Annemarie Nikolaus: Die Piratin
Drachenwelt

ANNEMARIE NIKOLAUS

Die Piratin

Drachenwelt

Fantasy-Roman

Prolog

Die Brandung donnerte lauter als gewöhnlich gegen die Klippen vor den Toren Kruschars. Wie ein wütender Dämon zerrte der Wind an den Gewändern des Ratsherrn Margoro. Dieses Wetter war unwirtlich genug, um die Menschen schon Tage vor dem Herbstfest in die schützende Stadt zu locken.

Wäre es nicht eine so vulgäre Geste, hätte Margoro sich zufrieden die Hände gerieben, während er über einen marmorgepflasterten Weg zum größten seiner Ställe ging. Auch in der relativen Abgeschiedenheit seines Anwesens vergaß der junge Adlige keinen Augenblick, dass sein Ansehen auf dem Bild beruhte, das die Menschen sich von ihm machten. Manch ein Händler war reicher als er, aber in Kruschar war keiner mächtiger.

In der Stallgasse wartete ein Drachenhirte mit einem Korb voller Zistrosen auf ihn. Hinter den hohen Holzgattern rechts und links reckten prächtige Drachen ihre langen Hälse nach den Leckerbissen. Zwischen den hochbeinigen mehrfarbigen Reitdrachen standen stämmige Zugdrachen in Braun und Grün, den Farben seines Adelshauses.

Der Hirte reichte Margoro eine Zistrose nach der anderen. Margoro zupfte die Blütenblätter ab und fütterte einen ocker- und orangefarbenen Drachen damit. Das mächtige Tier verschlang sie laut schnurrend. »Friss nicht so hastig, Katran! Es sind die letzten in diesem Jahr.«

»Herr«, klang die brüchige Stimme von Hofmeister Yawani am Stalltor. »Wir sollten besser die Renndrachen damit füttern. Schließlich ...«

»Was sorgst du dich? Einer von ihnen hat noch immer gewonnen!«

Ein Renndrache mit kupferfarbenen Rückenschuppen lenkte mit einem Tritt gegen die Stallwand die Aufmerksamkeit auf sich. Er schnaubte zornig, als habe er die Worte der Menschen verstanden.

»Haben wir dich missachtet?« Yawani trat schwerfällig näher und tätschelte seinen Hals. »Wollen wir alle zehn antreten lassen, Herr?«

»Der Rat hat es gestern abgelehnt.« Margoro ging mit der nächsten Blüte zu einem blauen Renndrachen. »Sei's drum. Mit dem zweiten Rennen biete ich der Stadt ohnehin ein viel größeres Spektakel. Allein dafür wird man mich wiederwählen und ich kann dem Treiben der Priester Aharons Einhalt gebieten.«

»Wir müssen ihren Einfluss beschneiden, Herr. Nur das!«

»Das als Erstes!« Margoro fütterte endlich den kupferfarbenen Renndrachen, der mit seinem harten Maul geziert ein Blütenblatt nach dem anderen von seiner Handfläche nahm. »Aber eines Tages werde ich sie überhaupt nicht mehr brauchen.«

Er winkte dem Drachenhirten und zeigte auf die restlichen Zistrosen. »Verteil sie gerecht.« Der kupferfarbene Drache senkte den langen Hals und Margoro kraulte ihn hinter einem Ohr; dann verließ er den Stall.

Der Wind war eisig und er vergrub die kalten Hände in den weiten Ärmeln seines Umhangs. Vor dem Haus blieb er stehen und wartete darauf, dass Yawani mit seinem lahmen Bein die Stufen zum Portal heraufkam.

Endlich öffnete Yawani ihm die Tür. In der Eingangshalle schreckte ein Diener von dem Hocker hoch, auf dem er es sich bequem gemacht hatte. Hastig nahm er Margoro und Yawani die pelzbesetzten Umhänge ab und reichte Margoro einen seidenen Surcot mit goldbestickter Schleppe.

Margoro ignorierte die gestammelte Entschuldigung des Dieners; es gab jetzt Wichtigeres, als ihn für seine Faulheit zu rügen. Er wandte sich Yawani zu. »Eines Tages werden die Priester einer angesehenen Heilerin den Prozess machen und das Volk wird rebellieren.« Fast hätte er sich nun doch die Hände gerieben.

Yawani sah ihn nachdenklich an. »Vielleicht sollten wir nachhelfen.«

»Mein braver Yawani.« Margoro lachte schallend. »Immer ein neuer Einfall. Aber es könnte auffallen, wenn einer unserer Leute den Anfang machte. Das Risiko gehe ich besser nicht ein.«

»Doch nicht beim Anzetteln der Rebellion, Herr. Beim Aufspüren einer Hexe.« Yawani folgte ihm durch die zwei Stockwerke hohe Eingangshalle in einen hell erleuchteten Raum, in dem das lodernde Kaminfeuer das herbstliche Wetter vergessen ließ. Ächzend schloss er die schwere Tür.

»Noch brauche ich die Priester. Es gefällt mir sehr, wie der Heilige mit seinen Hexenjagden die Macht der Gilden bedroht.« Margoro wollte das Wissen der Alchemistinnen in seinen Besitz bringen, bevor er die Aharons-Priester in das ehemalige Königreich von Dhaomond zurückjagte. Die Glaswaren aus seinen Manufakturen galten selbst auf dem Festland als das Kunstvollste, was es zu kaufen gab. Aber damit war er nicht zufrieden –

er wollte auch das Rohglas selbst herstellen lassen. »Die Frauen werden ein Geheimnis nach dem anderen offenlegen müssen, um zu beweisen, dass keine Magie im Spiel ist.«

»Aber bislang haben die Priester nichts von Nutzen erfahren. Nur die Furchtsamen und Unbedeutenden zerbrechen unter der Folter.« Yawani klingelte nach dem Diener und befahl ihm, den Holzvorrat aufzufüllen.

»Ich könnte eine Armee ausrüsten, die auch mit gläsernen Waffen unbesiegbar wäre, wenn die Alchemistinnen das Geheimnis des Schwarzpulvers preisgeben würden.«

»Wir brauchen keine Armee, Herr, sobald wir die freien Städte des Nordens vereint haben.« Yawani schob sein steifes Bein nach hinten, bückte sich nach dem Holzkorb und legte drei dicke Scheite ins Feuer. Das Harz zischte laut, bevor sie zu brennen begannen; das Holz war nicht abgelagert.

Der Wind drückte eine Qualmwolke ins Zimmer und Margoro kniff die Augen zusammen. »Ich will aber die ganze Insel, nicht nur den Norden. Und ich will den Königstitel von Dhaomond.«

»Es wird keiner zum König gekrönt, der nicht mit dem Hohen Haus von Sondharrim verbunden ist.«

»Dann such mir eine passende Frau.« Margoro breitete die Arme weit aus. »Bin ich nicht reich genug, um eine Prinzessin mit allem auszustatten, was ihr Herz begehrt?«

Yawanis Blick schien einmal mehr Missbilligung auszudrücken. Dies war wohl einer der Tage, an dem die Gicht den alten Mann so sehr plagte, dass er alles in düsteren Farben sah.

Wieder drückte ein Windstoß Rauch ins Zimmer zurück. Margoros Augen begannen zu tränen und er wies zum Fenster.

Yawani öffnete es für ihn und wedelte mit einem der schweren Vorhänge, um den Qualm schneller hinauszubefördern. »Man hört, der Heilige hat die Fenster zweier Tempel, die auf Passhöhen liegen, mit farbigen Mosaiken aus Olmaram wetterfest machen lassen.«

»Warum hat er das Glas nicht in meinen Werkstätten erworben?« Margoro packte Yawani an der Schulter. »Und warum erfahre ich das erst jetzt?«

»Die Werkstatt von Adhar konnte nicht liefern. Wir hatten nur Tage zuvor alles Glas nach Thannes Lane verschiffen lassen.«

»Dann hätte das Schiff zurückgeholt werden müssen!«

»Unmöglich! Nur die wendigen Schiffe der Elfen, denen Wind und Meer gehorchen, sind in der Lage, die großen Schoner einzuholen.«

»Und die Brigantine der Piratin! Aber eines Tages werde ich auch solche Schiffe besitzen.« Er zerrte mit nur mühsam beherrschtem Unmut an seinem rechten Ärmel; dessen Goldbesatz war schon ganz zerschlissen. »Wo ist sie überhaupt? Du hast versprochen, dass sie mir die Pferde bringt.«

»Nanja wird rechtzeitig kommen, Herr.« Yawani griff nach der verspiegelten Karaffe auf dem Tisch und schenkte einen prunkvollen Kristallkelch halbvoll. »Sie ist die beste Seefahrerin von allen. Außer den Elfen natürlich.«

»Das ist keine Antwort.«

Yawani hielt ihm den Kelch hin. Als Margoro nicht sofort danach griff, zog er die Augenbrauen hoch. »Verschmäht Ihr heute Euren Schlaftrunk? Er ist aus dem feinen Schilfgras gebrannt, das an den Stränden von Belascha wächst.«

Margoro nahm den Kelch, hielt ihn vor seine Nase und schnüffelte. »Er riecht aber fad.«

»Soll ich Euch den Maniok-Schnaps bringen lassen, Herr?«

»Ich will keinen Schnaps. Ich will diese Pferde.« Er stellte den Kelch auf den Tisch zurück und stolzierte auf und ab, die Schleppe hinter sich herschleifend wie ein gereizter Drache seinen Schwanz. »Es sind kaum zwanzig Sonnenaufgänge bis zum Herbstfest. Ohne die Pferde bin ich blamiert.«

»Deshalb hatte ich geraten, lediglich eine Überraschung anzukündigen. Aber wir mussten unseren Plan, die Drachen gegen diese fremden Tiere antreten zu lassen, ja überall verbreiten.«

»Es wäre allemal bekannt geworden. Schließlich brauchte ich dafür das Einverständnis der anderen Rennställe. «

Yawani holte tief Luft, aber dann schien er sich eines Besseren zu besinnen und gab keine Antwort.

Margoro hatte ihn im Verdacht, dass er an diesem Abend den Widerspruch für sich gepachtet hatte. Er griff nach dem Schilfgrasbrand und trank den Kelch in einem Zug leer. »Wenn mir die Piratin die Pferde nicht bringt, kann ich den Sitz im Rat der Stadt gleich freiwillig abgeben. Statt mich wiederzuwählen, wird man über mich lachen.«

»Auch dann, Herr, wenn diese Renntiere verlieren sollten. Es sei denn, wir machen eine Komödie daraus, um die Arroganz der Festländer vorzuführen.«

»Ein amüsanter Gedanke. Merk ihn dir.« Margoro hielt Yawani den Kelch hin und der schenkte nach. Er

trank aus und rülpste laut und genussvoll. »Aber eins
nach dem anderen. Wann kommt nun diese Piratin?«

1

Lautes Schnurren in ihrem Nacken weckte Nanja. Schon wieder hatte sich eine der Katzen in die Kajüte geschmuggelt. Ohne die Augen zu öffnen, griff sie hinter sich und schob das Tier aus dem Bett.

Eindeutig der zimtbraun gefleckte Kater: Es war seine empörte Stimme, die für einen Moment alle anderen Schiffsgeräusche übertönte. Kurz darauf fiel etwas klirrend zu Boden. Nanja rieb sich mit beiden Händen übers Gesicht und schwang die Beine aus dem Bett. Der Kater saß auf dem Kartentisch. Wieder einmal. Er maunzte vorwurfsvoll.

Nanja warf ihm einen ebenso vorwurfsvollen Blick zu und hob die Halskette mit dem Solstein auf, die er heruntergeworfen hatte. Dann öffnete sie das breite Kajütenfenster und beugte sich hinaus. Wie eine Katze flehmte sie nach einer Brise; die aufgehende Sonne ließ sie blinzeln. Die See war noch immer glatt, aber das Plätschern gegen den Schiffsrumpf schien ein wenig lauter als in den letzten Tagen. Vielleicht der erste zaghafte Vorbote von Wind.

Sie schnürte das lange Hemd zu, in dem sie geschlafen hatte, und entwand dem Kater ein paar Seidenbänder, so grün wie ihre Augen. Das Glas des geöffneten Fensters als Spiegel vor sich, flocht sie die Bänder in die hüftlangen braunen Haare. Dann zog sie einen bunten Leinenrock über den Kopf, schlüpfte in Stiefel und steckte ihren eisernen Dolch in den Gürtel. Den Kater klemmte sie unter den Arm, bevor sie die Kajüte verließ. »Geh, mach deine Arbeit und kümmere dich um die Ratten.«

So früh am Morgen waren viele Seeleute noch unter Deck. Solange die Flaute anhielt, konnten sie den Tag gemächlich angehen lassen. Die Arbeit an Bord eines Segelschiffs war oft anstrengend genug.

Kethan, der junge Bootsmann von den Schwimmenden Inseln, stand neben dem Achterdeck am Schanzkleid, den grimmigen Blick auf das bewegungslose Toppsegel am Großmast gerichtet. Er sah zu ihr, als sie die Tür hinter sich schloss. »Was will Margoro eigentlich mit diesen Tieren?«

Beim Großmast, vor dem Achterdeck der Brigantine, war ihre kostbare Fracht untergebracht: Pferde, die sagenhaften Renntiere vom Festland. Von den Weiden der Sabienne in Thannes Lane hatten sie eine Herde von dreizehn Tieren an Bord der »Agena« gebracht: ein männliches Tier – Stallone nannten es die Sabienne – von beeindruckender Anmut und zehn Weibchen. Zwei von ihnen hatten Junge, die nun ebenfalls an Bord waren, denn Nanja hatte es nicht übers Herz gebracht, die zutraulichen Tiere sich selbst zu überlassen.

Nanja setzte den Kater ab; er huschte Richtung Kombüse davon. »Seit wann denkt ein Adliger darüber nach, wozu er etwas braucht? Hauptsache, er hat es.«

»Kann uns auch egal sein, solange er uns bezahlt.« Khetan salutierte mit einem Grinsen und ging zur Ladeluke in der Mitte des Decks.

Ron, einer der wenigen Festländer, die mit ihnen segelten, stand im Unterstand zwischen den Tieren. Im letzten Hafen, den sie in Thannes Lane angelaufen hatte, war er an Bord gekommen und hatte wie selbstverständlich die Betreuung der Pferde übernommen. Keiner verstand es wie er, sie ruhig zu halten.

Er hatte einen der kleineren Wasserbottiche zwischen seinen Füßen stehen und schien sorgsam darauf bedacht, dass alle Pferde gleichermaßen ein paar Schluck Wasser bekamen.

Farwo, ein anderer der Bootsmänner, lehnte am Großmast und verfolgte Rons Tun mit unübersehbarem Missfallen. Zählte er die Tropfen oder was? Wenn die Pferde krank wurden, würde Margoro mit gutem Recht den vereinbarten Preis drücken. Oder sich überhaupt weigern, sie anständig zu bezahlen.

Als Farwo gleich darauf an den Pferden vorbeiging, keilte der Stallone aus und schlug wiehernd mit den Hinterhufen gegen die hölzernen Streben, die den Unterstand begrenzten. Unwillkürlich wich er zurück. Aber das Pferd war noch nicht fertig mit ihm. Mit einem zornigen Wiehern wandte es sich gegen Farwo und stieg, die Hufe drohend über dem Geländer.

Ron sprang hinzu, griff dem Stallone in die Mähne und versuchte ihn zu beruhigen. Das Pferd schüttelte wild den Kopf, als ob es Ron loswerden wollte. Aber dann ließ es sich wieder auf seine Vorderbeine fallen; dabei trat es mit einem Huf in den Bottich.

Das Wasser ergoss sich über das Stroh im Unterstand und sofort drängelten und schubsten die Pferde, um etwas von der versickernden Flüssigkeit aufzulecken.

Aufs Höchste erbost griff Farwo nach einem Enterhaken und schlug Ron quer über die Brust. »Ich ziehe dir das verschwendete Wasser von deiner Ration ab.«

Ron krümmte sich vor Schmerz und fiel ächzend auf die Knie.

»Das nächste Mal passt du besser auf.« Farwo ließ den Enterhaken fallen und winkte zwei Seefahrer herbei, damit sie Ron wieder auf die Beine halfen.

So behandelte man auf ihrem Schiff niemanden! Nanja kniff zornig die Augen zusammen. Am liebsten hätte sie Farwo sofort und in aller Öffentlichkeit zur Rede gestellt, aber das war nicht klug. Mit geballten Fäusten stieg sie den Steuerbordaufgang zum Achterdeck hoch.

Sitaki stand oben am Ruder – breitschultrig, breitbeinig –, wie er schon dort gestanden hatte, als ihr Vater sie als Siebenjährige zum ersten Mal aufs Schiff mitgenommen hatte.

Mit der Pfeife im Mundwinkel quetschte er seinen Kommentar hervor. »Warum lässt er Ron nicht machen? Man sollte denken, dass die Festländer zusammenhalten, aber Farwo scheint ihn als Rivalen zu sehen.«

Sie knurrte. »Landmenschen!«

»Dieser Ron dürfte inzwischen begriffen haben, worauf es auf See ankommt. Aber Farwo macht ihm das Einleben schwer.«

Ron zog sich gerade das Hemd über den Kopf. Der Enterhaken hatte einen blutunterlaufenen Abdruck unterhalb seines Brustkorbs hinterlassen. Wohl proportionierte Schultern, aber nicht übermäßig breit – er sah nicht so aus, als ob er schwere Arbeit gewohnt wäre. Ein Landmensch eben. »Er taugt immer noch bloß dazu, die Pferde zu hüten.«

»Was kein anderer sonst kann. Du solltest ihm beistehen, wenn Farwo ihn schikaniert.« Sitaki blinzelte zum Toppsegel hoch, das immer noch bewegungslos am

Großmast hing. »Es wird genauso heiß und windstill wie gestern.«

»Das Wasser wird knapp.” Zu dieser Jahreszeit dauerte die Überquerung des Ozeans normalerweise knapp zwei Wochen und sie hatten großzügig Vorräte für drei geladen. Aber es war immer noch zu wenig. Eine Flaute wie diese hatten sie noch nie erlebt.

Nanja klopfte Sitaki auf die Schulter. »Puste ein bisschen mehr, mein Alter. Ich gehe frühstücken.«

Inzwischen sah Farwo seine Aufgabe als Bootsmann wieder einmal darin, Peire und Samnang, die Schiffsjungen, zu schikanieren. Die beiden saßen neben einem der Landungsboote und spleißten Taue. Farwo rupfte eines wieder auseinander. »Was soll der Mist? Ist euch nicht klar, dass ein Leben davon abhängt?«

Er hatte ja recht; aber so würden sie nie lernen wollen, wie man es richtig machte.

Nanja trat zu den Pferden ans Gatter. »Guten Morgen, ihr Schönen!« Sie sprach laut. Pferde schienen im Gegensatz zu den Drachen der Inseln keine Gedanken sehen zu können. So, wie sie es auf einem Markt der Sabienne beobachtet hatte, streckte sie die Hand flach über das Geländer.

Der Stallone warf den Kopf hoch und schnaubte. Dann kam er neugierig heran und schnupperte an ihren Fingern. Sein Maul war viel weicher als das ihres Flugdrachen Tiruman. Sie lachte amüsiert, als er gleich darauf das Maul in der Tasche ihres weit geschnittenen Rocks vergrub: Verfressen – darin glichen sich alle Tiere.

Eines der weiblichen Pferde reckte den Kopf über das Geländer. Ein Sonnenstrahl fiel auf seinen Rücken und obwohl das Fell dunkelbraun war, hatte es in diesem frühen Morgenlicht einen Schimmer ähnlich dem der silbernen Schuppen Tirumans.

»Gibt man euch eigentlich auch Namen? Und hört ihr darauf wie unsere Drachen?« Behutsam strich Nanja über den Hals der Cavalla. Das Pferd legte den Kopf auf ihre Schulter und sie kraulte es hinter den Ohren, wie sie es mit Tiruman tat. Aber die Cavalla schnurrte nicht.

Ron stand inzwischen neben der Luke zum Laderaum und ließ sich Heu hochreichen. Unvermittelt schleuderte er einen Ballen in Richtung Unterstand und Nanja wurde in eine Staubwolke gehüllt; sie hustete und runzelte die Stirn. Er war wirklich nicht achtsam genug mit dem, was er tat.

»Verzeiht, Kapitänin.«

Immerhin.

Er brachte den Pferden das Futter und sprach leise mit einer der Cavallas, die ihren zierlichen Kopf auf seinen Arm legte.

Nanja lächelte. Das weiße Pferd und der schwarzhaarige Mann ergaben ein Bild wie aus einer Zeichnung ihrer Mutter. »Anmutige Tiere. Fast so schön wie Tiruman.”

Ron sah auf, sichtlich überrascht, dass sie ihn ansprach. »Wer ist das?”

»Der Drache, den ich aufgezogen habe. Ein Flugdrache.” Sie war einen Monat lang nicht zur See gefahren, um das Drachenei zu hüten.

»Auf dem Festland gibt es keine Drachen.” Also hatte er noch nie einen gesehen. Was würde er wohl von ihnen halten? Sie waren monströs im Vergleich zu seinen Pferden.

»Sie haben einen Panzer statt des Fells. Aber die silberfarbenen Schuppen der Flugdrachen schimmern in der Sonne genauso wie das Fell der schwarzen Pferde.”

Selten hatte sie etwas so tief berührt wie der Anblick des verknautschten Wesens, das sich mühsam durch die harte Schale pickte. Die Elfen hatten sie davon abgehalten, ihm zu helfen; es war seine Aufgabe, nicht ihre. »Selbst für uns Hochseebewohner ist es eine unerhörte Ausnahme, mit einem Flugdrachen zu leben. Ich bin stolz darauf und liebe meinen Drachen mehr als alles sonst auf der Welt.«

In den aufmerksamen Blick, mit dem Ron ihr zuhörte, stahl sich ein amüsiertes Funkeln. Müsste er ihre Liebe für Tiruman nicht verstehen, da er diese Pferde doch so hätschelte?

Lert, der Schiffskoch, hatte ihr einen einzelnen verschrumpelten Apfel auf den Tisch gelegt - nicht nur das Wasser wurde knapp. Sie schnitt den Apfel in dünne Scheiben, um den bröckeligen Zwieback mit dem halb vertrockneten Obst genießbarer zu machen. Das Wasser roch nach moderndem Holz und schmeckte brackig. Angewidert stellte sie den Holzbecher nach einem Schluck beiseite.

»Dreimaster an Backbord«, kam ein Ruf vom Krähennest am Fockmast.

Sie steckte den letzten Bissen Apfel-Zwieback in den Mund und ging an Deck.

Bald darauf war das Schiff am östlichen Horizont für alle sichtbar: Eine Fleute, wie sie die Salzhändler aus Sondharrim im Süden der Dracheninsel gern benutzten. Dank des geringen Tiefgangs konnten sie mit ihnen weit in die Salzmarschen von Dhaomond hineinfahren.

Der Dreimaster driftete langsam auf sie zu. Die beiden Rahsegel am Großmast hingen in Fetzen und der Fockmast schien auf halber Höhe gekappt worden zu sein. Entweder war das Schiff in schweres Wetter geraten oder in ein Gefecht.

»Setz die Flagge von Kruschar«, befahl Nanja. Sie hatten die Fahnen aller an Bord, unter deren Kaperbrief sie zuweilen fuhren. Farwo zog die Brauen hoch, aber er gab den Befehl kommentarlos weiter: In gewisser Weise segelten sie derzeit im Auftrag von Kruschar.

Nanja stieg zu Sitaki aufs Achterdeck. »Hoffentlich können wir ihnen noch helfen.«

»Wir kämen allemal zu spät.« Farwo war ihr gefolgt; er dachte offensichtlich, er hätte etwas zu sagen zu dem, was sie taten.

Sitaki musterte ihn mit offenkundigem Missfallen. »Manchmal wäre es gut, wenn wir Riemen hätten!«

»Rudern? Hast du schon einmal einen freien Mann rudern sehen?« Farwo verzog angewidert den Mund.

»Menschen nicht, aber Elfen.« Sitaki klopfte ihm auf die Schulter. »Du kannst viel von ihnen lernen.«

»Wir werden auch so zu diesem Schiff gelangen.« Nanja befahl den Bootsmann zurück aufs Deck. »Lass alle Segel setzen! Fangt mir jeden Windhauch ein!« Auch als Kaperfahrerin hielt sie sich an das Gesetz der See, jedem in Not geratenen Schiff zu helfen.

»Unser Ziel liegt im Süden.« Farwo rührte sich nicht. »Denen dort nützt es nichts und wir sind bald selber in Not.«

»Eine lohnende Prise ist es allemal.« Sitaki richtete den Kurs nach Osten aus. »Ich lasse keine Beute in Sichtweite an mir vorbeitreiben.«

Farwo blickte von einem zum anderen, dann stieg er mit einem empörten Schnauben hinunter.

Sitaki schob seine Pfeife vom rechten Mundwinkel in den linken. »Was für ein Besserwisser.«

»Ich hätte ihn nicht anheuern sollen.« Aber nach der Schlacht gegen die Schiffe von Allcress waren so viele verletzt gewesen, dass sie zusätzliche Seeleute vom Festland brauchten, um die »Agena« zu segeln.

Wer nichts zu tun hatte, stand am Schanzkleid, gespannt, was sie auf der Fleute finden würden: Sie hofften alle auf eine gute Prise. Selbst Ron interessierte sich einmal für etwas Anderes als seine Pferde.

Bis zum späten Nachmittag gelang es Sitaki, so nahe an die havarierte Fleute heranzukommen, dass sie hinüberrudern konnten. An Deck des fremden Schiffs rührte sich nichts. Bis auf eine kleine Gestalt am Ruder wirkte es aufgegeben.

»Ein Kind«, rief Ron verblüfft. »Wie lange mag es auf uns gewartet haben?« Auf die »Agena« gewartet? Merkwürdiger Gedanke.

Nanja schirmte ihren Blick gegen die Sonne ab. Tatsächlich ein Kind. »Ein kleines Mädchen!« Es reichte nicht einmal bis zur Oberkante des Ruders.

Sie befahl, zwei Boote ins Wasser zu lassen und fuhr selber mit Farwo, Ron und einem weiteren Dutzend Männer hinüber. Mit Kindern kannten die sich nicht aus.

An Deck der Fleute stiegen sie über wirr herumliegendes Tauwerk und mussten erst ein zerfetztes Segel beiseite räumen, ehe sie die Decksluke öffnen konnten. Fauliger Gestank schlug ihnen entgegen. Während die Männer hinunterstiegen, ging Nanja zu dem Mädchen aufs Achterdeck.

Das Ruder war festgezurrt und ließ sich nur wenige Fingerbreit bewegen. Die Kleine hielt sich mehr daran fest als zu steuern. Sie strich sich die dunklen Haare aus dem salzverkrusteten Gesicht und begrüßte Nanja mit einem müden Lächeln.

»Gut, dass ihr endlich kommt!«, murmelte sie. »Ich warte schon so lange auf euch.«

Nanja ging in die Hocke und legte die Hände auf ihre Hüften. »Wie heißt du? Was ist hier passiert?«

»Ich bin Lastella.« Ein Elfenname. Lastella begrüßte sie so unaufgeregt, weil sie zuvor in ihre Gedanken geschaut hatte.

»Was ist passiert?«, wiederholte Nanja. »Warum bist du allein hier oben?«

In den Augen der Elfin glitzerten Tränen; sie versuchte, sie wegzublinzeln. »Sie sind alle unter Deck.« Sie sprach leiser und leiser. »Vater ist gestorben und alle anderen auch.« Sie zog den Kopf zwischen die Schultern und blickte aus den Augenwinkeln hastig um sich. »Dämonen haben sie in Besitz genommen.« Dämonen – trotz der Elfen an Bord; das war beunruhigend.

Nanja schauderte bei der Vorstellung, was sich unter Deck abgespielt haben musste. »Haben sie sich gegenseitig umgebracht?«

»Seitdem warte ich darauf, dass ein anderes Schiff kommt. Wir sind so weit weg von zu Hause. Niemand weiß etwas.«

»Du denkst, niemand hat deine Gedanken gesehen?«

Lastella nickte. »Es ist zu weit. Erst als dein Schiff näher kam, habe ich den Schatten einer Antwort gefunden.«

»Wir bringen dich nach Hause«, versprach Nanja.

»Wer bist du?«

Nanja lächelte. »Ich bin die Piratin.«

»Dann kennen sich unsere Väter.«

»Aber jetzt sind sie beide tot.«

»Deiner auch?« Lastella drückte Nanjas Arm. »Das tut mir leid.«

»Warum seid ihr überhaupt mit einem fremden Handelsschiff auf Reisen gegangen?«

Lastella machte ein ratloses Gesicht. Natürlich; sie konnte kaum eine Antwort darauf haben. In Gegenwart ihres Vaters hatte sie sich wohlerzogen aus den Gedanken der anderen herausgehalten.

Farwo kam zu Nanja aufs Achterdeck. »Dort unten liegen zehn tote Männer. Die meisten haben schwere Verletzungen, die nicht versorgt worden sind. Nur zwei Leichen scheinen äußerlich unversehrt.« Er starrte Lastella nachdenklich an. »Danke Aharon, dass du noch lebst.«

Lastella zog die Mundwinkel verächtlich herab. Eher schrieb sie Aharon zu, dass ihr Vater tot war.

»Der Rest der Besatzung ist wohl über Bord gegangen.« Das war gewiss, denn mit nur zehn Männern konnte man selbst eine Fleute nicht segeln.

»Lastella spricht von Dämonen.« Nanja lief erneut ein Schauer über den Rücken. »Und die Ladung?«

Farwo breitete grinsend die Arme aus. »Äxte, Schwerter, Lanzen. Metall, so viel du willst.«

Einer nach dem anderen kamen die Seefahrer wieder an Deck und brachten die Leichen hoch. Lastella umklammerte Nanjas Arm mit beiden Händen, während sie sie betrachtete. Einer der beiden unversehrten Toten war ihr Vater. Der Elfenfürst hatte die Augen weit aufgerissen, als habe er im letzten Moment seines Lebens etwas Furchtbares gesehen. Von Lastella kam ein Laut wie ein unterdrückter Schluchzer.

Nanja bückte sich und schloss ihm die Lider. Während die anderen Leichen über Bord geworfen wurden, ließ sie den Elf in ein Segeltuch einschlagen und wieder unter Deck bringen.

Dann stieg sie selber hinunter, um sich die Waffen anzusehen. »Ladet das Zeug um. Ich weiß, wen wir damit glücklich machen können.« Die Rebellen von Dhaomond, die den Heiligen und seinen Orden loswerden wollten, zahlten gut.

Sie warteten, bis die »Agena« nahe genug heran war. Dann nahmen sie die Fleute in Schlepp und drei Männer blieben zurück, um sie zu manövrieren.

Als Nanja mit den anderen wieder in die Boote stieg, bestand Lastella darauf, dass Ron ihr vom Schiff herunterhalf und im Boot drückte sie sich an ihn. Es schien ihm nichts auszumachen. Was für ein seltsamer Mann, der mit Kindern genauso gut umgehen konnte wie mit Pferden.

»Bevor wir wieder Kurs auf Kruschar nehmen, bringen wir Lastella nach Hause auf die Schwimmenden Inseln.« Wenn sie nur aus der Flaute herauskamen – Wasser war ein größeres Problem als die Zeit, die bis zum Herbstfest blieb.

Ron strich dem Mädchen übers Haar. »Du bist eine Elfin?« Ehrfürchtiges Staunen lag in seiner Stimme.

»Weißt du das denn nicht?« Für einen Moment wirkte Lastella fassungslos. Dabei erkannten selbst Hochseemenschen Elfen nicht immer; wie also ein Landbewohner? »Ich bin Loperos Tochter und wenn ich groß bin, bin ich eine Prinzessin.«

Nanja lachte amüsiert. »Eine Prinzessin bist du schon jetzt.«

Lastella sah an ihren schmutzigen Kleidern herab und rümpfte die Nase.

2

Am nächsten Morgen trieben sie noch immer unter einem wolkenlosen Himmel. Wenigstens erleichterte die Windstille, die Waffen auf die Brigantine zu verladen. Enterhaken hielten die beiden Schiffe nebeneinander und sie hatten Planken von Bord zu Bord gelegt.

Nanja stand am Schanzkleid und zählte, was die Männer herüberbrachten. Ein Dutzend Schwerter, deren Parierstangen aufwändig mit Edelsteinen verziert waren. Übermannslange Breitschwerter aus Bronze, die mit beiden Händen geführt werden mussten und über der Schulter getragen wurden. Eine Hand voll elegante Rapiere mit schmalen, zweischneidigen Klingen, die auf den ersten Blick eher für einen Ball als für einen Kampf zu taugen schienen, aber zu den tödlichsten Stichwaffen des Festlands zählten. Zwei große Kisten mit Dolchen und kurzen Krummsäbeln. Streitäxte mit überraschend langen Griffen und Lanzen. Und unzählige Pfeile mit eisernen Spitzen; dazu an die hundert Langbögen, deren Durchschlagskraft keine Rüstung standhielt. Eine Streitmacht, die mit diesen Waffen ausgerüstet war, würde auf der Dracheninsel jeden Gegner niederringen. Farwo organisierte mit gierig funkelnden Augen die sorgfältig ausbalancierte Unterbringung der schweren Waffen im Laderaum.

Lert kam mit sorgenvollem Gesicht aus seiner Kombüse. »Wie viel Wasser kann ich zum Kochen haben?«

Sitaki nahm seine Pfeife aus dem Mund. »Wie viel haben wir noch?«

»Für vier Tage – wenn ihr endlich aufhört, die Pferde zu tränken«, erwiderte Lert trocken. »Vielleicht bringst du den Kahn bald irgendwo an Land.«

Nanja hörte auf, die Waffen zu zählen. »Wenn wir sie nicht lebend nach Kruschar bringen, war die Fahrt umsonst.«

»Brauchen wir eigentlich alle? Reichen nicht das Männchen, die beiden Jungen und ein paar von den Weibchen?«

Sie schnappte schockiert nach Luft. »Das haben sie nicht verdient, dass sie jämmerlich verdursten. Wir haben eine Verantwortung übernommen, als wir sie auf dieses Schiff gepfercht haben.«

»Lass die Männer wählen.« Meinte Lert das im Ernst? War wohl so. »Ich könnte sie schlachten.« Nein, das konnte er nicht ernst meinen; das passte nicht zu Lert. Diese Pferde mussten die Reise überleben.

Auf halbem Weg zum Unterstand blieb sie noch einmal stehen und sah zur Fleute hinüber. Selbst wenn sich das Wetter bald änderte, sollten sie die Prise aufgeben. Mit der Fleute im Schlepp konnten sie nicht hoch genug am Wind segeln, um schnell Land zu erreichen.

»Was ist jetzt mit dem Wasser?«, rief Lert ihr hinterher. »Koch uns etwas Ordentliches!«

Ron zog mit seinen Fingern den verfilzten Schweif eines der jungen Tiere auseinander. Lastella stand am Gatter und sprach leise mit dem Stallone. Als Nanja näher trat, sah sie ihr entgegen. »Wir brauchen Wind, nicht wahr? Und die Pferde dürsten.«

»Wir versuchen, sie ausreichend zu tränken. Aber zuerst kommen wir Menschen. Und du natürlich. Solange wir hier festsitzen, müssen wir sparen.«

Lastella deutete zur Fleute. »Auf unserem Schiff gab es noch genug Wasser.« Wieder hatte das Elfenmädchen in ihre Gedanken gesehen, ohne zu fragen. Höflichkeit war ihr anscheinend nicht immer wichtig.

»Wir haben nur zwei volle Fässer gefunden.«

»Es waren bestimmt mehr.« Lastella runzelte nachdenklich die Stirn, während sie den Stallone weiter streichelte. »Jedenfalls, jetzt haben wir nicht genug Wasser.« Sie betrachtete die Pferde eins nach dem anderen. »Wie schön sie sind. Fast so schön wie Baldra.«

»Ist das dein Drache?«

»Ja.« Zum ersten Mal leuchteten die Augen der Elfin auf. »Wir sind zusammen aufgewachsen und ich habe sie ganz allein gezähmt. Sie ist so alt wie ich.« Für einen Augenblick schien das Mädchen seinen Kummer vergessen zu haben.

»Wie sieht sie denn aus?«

»Sie ist ein zweifarbiger Laufdrache. Der Bauchpanzer ist rosa. An den Flanken werden die Schuppen immer dunkler, bis sie am Rücken in Lila übergehen. Vater meinte, ich sei noch zu klein zum Fliegen. Aber nächstes Jahr bin ich groß genug, um einen Flugdrachen aufzuziehen.« Lastella wandte sich ab und bedeckte ihr Gesicht mit beiden Händen. Sie würde ohne ihren Vater am Rand der Klippen stehen, wenn sie zum ersten Mal flog.

Nanja hatte den Elfenfürst das letzte Mal vor jener unglückseligen Fahrt gesehen, bei der ihr Vater den Tod fand. Lopero hatte ihn vor einem Hinterhalt gewarnt, aber Vater hielt sich für unverwundbar. Nun war der Elf ebenfalls tot. Sie würden seinen Leichnam wie die der anderen Seeleute im Meer versenken müssen, wenn sie nicht bald an Land kämen.

»Ich habe auch einen Drachen. Er ist noch ziemlich klein.« Nanja hob ihre Hand und zeigte, dass seine Schulter ihren Kopf nur knapp überragte. »Aber er hat schon die ersten Flüge gemacht, als ich das letzte Mal zu Hause war.«

Lastela ließ sich von ihrem Kummer ablenken und sah sie mit großen Augen an. »Hast du ihn selbst gezähmt?«

»Aber nein. Einer der Euren hat mir geholfen. Das Ei hatte ich den Söldnern von Dhaomond abgejagt.« Sie hatte die sterbende Drachenmutter klagen hören und dann war sie den diebischen Söldnern den Gletscher hinunter bis vor die Feste von Kaimon gefolgt, um das Ei zu retten. In ihrem ganzen Leben hatte sie nicht so gefroren.

»Und darum durftest du den Flugdrachen behalten.« Lastella wickelte ihre Finger in die Mähne der Cavalla und zog eine Strähne an ihre Wange. »Diese Haare sind fast so weich wie meine.«

Nanja schmunzelte über die Sprunghaftigkeit der jungen Elfin. »Er sieht mich als seine Mutter an, weil ich bei ihm war, als er geschlüpft ist.«

»Dann darfst du ihn nicht lange allein lassen. Drachen werden krank, wenn sie Sehnsucht haben, weißt du das nicht? Wie heißt er?«

»Tiruman. Aber du?« Nanja versenkte ihre Finger ebenfalls in der Mähne des Pferdes. »Wie lange hast du Baldra jetzt allein gelassen?«

Lastella seufzte. »Viel zu lange. Wer weiß, wie lange wir schon zurück sein wollten!« Sie senkte den Kopf. »Ich habe vergessen, die Tage zu zählen.«

Nanja nahm das Mädchen in die Arme. »Jetzt bist du bald zu Hause.« Lastellas zweifelnder Blick erinnerte sie daran, dass die Elfin ihre Gedanken sehen konnte.

Lastella blinzelte die Tränen weg, die in ihren Augen schimmerten, und wandte sich dann wieder den Pferden zu. »Mit Baldra kann ich mich jedenfalls besser unterhalten als mit den Pferden. Sie versteht jedes Wort. Die hier sind dumm. Sie wissen nicht einmal, wie sie heißen.«

»O doch, das wissen sie«, widersprach Ron. »Sie hören sehr wohl auf ihre Namen.«

»Cavalla nennt man die weiblichen Pferde ...« Warum schmunzelte Ron? Irritiert brach Nanja ihre Erklärung ab.

»Und die Männchen?«

»Stallone«, sagte Nanja.

Ron gab dem Jungen einen Klaps auf die Schulter und schickte es zu seiner Mutter zurück. »Und jedes hört auf seinen eigenen Namen, genau wie eure Drachen.« Er drehte den Pferden den Rücken zu. »Wildfang!« Obwohl er die Stimme gesenkt hatte, hob die weiße Cavalla ihren Kopf. »Wildfang.« Das Pferd kam ans Gatter und stupste Rons Schulter an.

»Rabenschwarz!« Der Stallone wieherte und scharrte mit einem Huf in der Streu.

»Sie sind doch nicht so dumm!« Lastella klatschte begeistert. »Du kannst dich mit ihnen verständigen.«

»Sicher. Einander zu verstehen zeichnet gute Reiter aus.« Das war bei Drachen ähnlich; aber Drachen sahen, was ihre Reiter dachten. Diese Pferde brauchten laute Worte.

»Warum bringt ihr sie auf die Dracheninsel? Es wird ihnen dort an Gefährten fehlen.« Die Antwort hätte Lastella aus den Gedanken der Besatzung erfahren können. Beeindruckend, dass die Kleine ihre Neugier so weit bezähmt hatte.

»Ein Händler in Kruschar will sie haben«, erklärte Nanja. »Aber die Festländer verkaufen ihre Pferde nicht. Darum haben wir sie für ihn besorgt.«

»Dann müsst ihr sie gut behandeln.« Lastella suchte Rons Blick. »Ich würde meinen Drachen nie dürsten lassen. Eher würde ich selber verzichten.«

Nanja würde es nicht anders machen. Aber hier ging es nicht um sie allein. »Die Tiere kommen an zweiter Stelle.«

»Warum? Sie leiden doch genauso wie wir.«

»Und sie können nicht für sich selber sorgen.« Ron strich Rabenschwarz über die Nase. »Das ist eine sehr philosophische Frage.« Und die Antwort darauf schien er von Nanja zu erwarten.

»Wie lange halten sie es ohne Wasser aus?«

»Vergiss es, Kapitänin.« Er schüttelte den Kopf. »Wenn dein Händler sie nicht für einen Braten vorgesehen hat ...«

»Wenn wir für mehr Schatten sorgen, wie viel Wasser können wir dann sparen?«

Ron schüttelte nur wieder den Kopf.

Bis zum Nachmittag hatten sie alle Waffen verstaut und die Ladung war gesichert. Lert hatte auf der Fleute einen halben Sack weißes Mehl gefunden und alles aufgebraucht. Die Brotfladen schmeckten ein wenig fad, denn er hatte an Salz sparen müssen, aber es war eine großartige Abwechslung zum ewigen Schiffszwieback. Nun saßen die Männer mit zufriedenen Gesichtern an Deck und aßen.

Kurz nach dem Essen flitzte Lastella übers Deck. »Nanja, Nanja«, rief sie schon am Fuß des Aufgangs. Mit hochrotem Gesicht und strahlendem Blick stürmte sie zu Nanja anfs Achterdeck. »Sie müssen ganz nahe sein; sonst hätte ich sie nicht gesehen.«

»Was hast du gesehen?« Nanja senkte den Oktanten und ging vor dem Mädchen in die Hocke.

»Viele klare Gedanken. Im Süden. Dort gibt es keine Insel, nicht wahr? Dann muss es ein Schiff sein.«

Nanja sah sie hoffnungsvoll an. »Ein Elfenschiff? - Kannst du es holen? Wenn sie den Wind für uns rufen, könnten wir endlich irgendwo an Land.«

Lastella nickte voller Eifer. »Ich versuche es.«

Nanja umarmte sie und lächelte ihr ermutigend zu. »Du wirst es schon schaffen!«

Sie errötete und blickte zu Boden. Vermutlich hatte sie noch nie versucht, ihre Gedanken so weit auszusenden. Nun, da so viel auf dem Spiel stand, fürchtete sie zu versagen.

Doch schon nach einer Stunde tauchten die Spitzen veilchenfarbener Lateinersegel am Horizont auf. Es gab noch immer keinen Wind und dennoch wölbten sich die dreieckigen Segel des Elfenschiffs, als wehe eine steife Brise. Bald darauf kam die Schebecke längsseits. Von beiden Schiffen warfen die Besatzungen Enterhaken aus, um sie nebeneinander zu halten.

Lastella stand mit Nanja am Schanzkleid und nannte ihr die Namen der Besatzungsmitglieder. »Sie freuen sich, dir helfen zu können. Und sie danken dir für deine Mühen. Lovento und Lostagno kommen zu uns an Bord.«

Die Elfen, deren Schiff höhere Aufbauten hatte als die Brigantine, legten breite Planken von Bord zu Bord. Dann kamen die beiden Elfen zu ihnen herüber. Andere ließen inzwischen ein kleines Boot zu Wasser und ruderten zur Fleute.

Nanja empfing sie mit Lastella an ihrer Seite. Farwo stand abseits von den anderen Seemännern; in seinem Gesicht stritten Furcht und Neugier. Wie viele Festländer glaubte er die Legenden, die seit dem Großen Krieg über die Macht der Elfen in Umlauf waren.

»Ich begrüße dich, Lastella.« Wohl aus Höflichkeit gegenüber den Menschen benutzte Lovento auch ihr gegenüber Sprache. »Gut, dich wohlauf zu sehen.«

Lostagno, der jüngere der beiden, drückte das Mädchen an sich und verständigte sich offensichtlich in Gedanken mit ihm. Dabei sah er sich um.

Beim Anblick der Pferde weiteten sich seine Augen; dann blieb sein Blick an Ron hängen. Und er schien noch überraschter als einen Moment zuvor. Nachdenklichkeit machte sich in seinem Gesicht breit, während er zusah, wie Ron einer der braunen Cavallas mit einem feuchten Schwamm Kühlung verschaffte. Gleich darauf wandte sich auch Lovento nach Ron um.

Was war so Besonderes an ihm?

Nanja fühlte sich mittlerweile komplett übergangen. Männer! Aber von den Elfen war sie Besseres gewohnt.

»Und du bist die Kapitänin.« Lostagno lächelte sie über Lastellas Schulter freundlich an und sie mahnte sich zur Gelassenheit: Elfen pflegten gewöhnlich ihren Rang zu achten.

Lovento stellte schließlich sich und Lostagno förmlich vor. »Wir haben genug Wasser, um mit euch zu teilen.« Trauer trat in seine Augen. »Doch zuerst bringen wir die Leiche Loperos zu uns an Bord.«

»Werdet ihr uns Wind rufen?«, fragte Nanja.

»Sicher, ihr habt ihn euch verdient. Vier Tage werdet ihr dennoch brauchen bis zur nächsten Küste.« Loventos

Blick landete wieder auf Ron. »Lasst euch nicht in eine Auseinandersetzung mit dunklen Mächten hineinziehen.«

»Nun bekommt dein Vater das Begräbnis, das ihm gebührt.« Nanja legte ihren Arm um Lastella. »Wir hätten ihn bald versenken müssen.«

Nachdem die Elfen das erste Fass Wasser an Bord gebracht hatten, lief Lastella zu Ron und tränkte mit ihm die Pferde. Dann kam sie zu Nanja zurück. Sie schlang die Arme um ihre Taille und presste sich an sie. »Wir sehen uns wieder.« Sie blickte zum Unterstand. »Pass gut auf ihn auf.«

Rabenschwarz warf den Kopf und wieherte, als habe er sie gehört. Aber Lastella hatte gewiss nicht ihn gemeint, sondern Ron.

Ein leichter Luftzug bewegte die Flagge, die über dem Krähennest hing. Einen Augenblick später faltete sie sich auseinander: Im Bild des Zentauren breitete ein Drache seine Schwingen aus und griff mit einer Tatze nach dem Stern, dessen Namen die Brigantine trug. Das Toppsegel am Großmast füllte sich mit Wind.

Nanja atmete auf. »Setzt alle Segel!«

3

Ein stetiger Wind ließ die »Agena« südwärts fliegen. Schon in der Dämmerung des vierten Morgens ragten die Klippen der Baritinen aus dem Dunst - eine verkarstete Inselgruppe vulkanischen Ursprungs, auf der sich zumeist kaum mehr als ein paar Moose hielten. Nur zwei der Inseln konnten mit einer nennenswerten Vegetation aus Gräsern und Bäumen aufwarten. Bewohnt war keine von ihnen.

Der Blick aus dem Fenster ihrer Kajüte sagte Nanja, dass sie noch Zeit für ein üppiges Frühstück hatte. Die Elfen hatten ihnen neben einer großzügigen Wasserration auch Mehl, Eier und frisches Obst überlassen, sodass Lert voller Enthusiasmus die Mannschaft mit frischem Brot und Nanja mit Pfannkuchen verwöhnte. Irgendwann würde er sich auf den Schwimmenden Inseln niederlassen und ein eigenes Gasthaus führen. Eines Tage, wenn er eine Gefährtin gefunden hatte ...

Die ersten beiden Inseln hatten sie schon passiert, als sie schließlich ihre Kajüte verließ. Vom Vordeck kam ihr das Gelächter der Seefahrer entgegen. Sogar die beiden Schiffsjungen bemühten sich nicht einmal, ernsthaft zu arbeiten. Zwar hockte Smanang auf seinen Fersen, aber er schwenkte seinen Feudel müßig auf dem Decksboden hin und her, während Peire außenbords einen Eimer baumeln ließ, als wolle er Wasser schöpfen. Und Farwo ließ sie gewähren. Die Männer freuten sich auf das erste Besäufnis in den Hafenschenken von Kruschar am kommenden Abend.

Doch sie musste sie enttäuschen. Die wochenlange Überfahrt vom Festland hatte den Pferden zugesetzt und sie ließen auch nach diesen drei Tagen mit ausreichend Wasser immer noch apathisch die Köpfe hängen.

Ron stand zwischen ihnen im Unterstand. Er hatte eine der harten Bürsten in der Hand, mit denen die Besatzung das Deck schrubbte, und putzte die weiße Cavalla mit langen, weit ausholenden Bewegungen.

Nanja lehnte sich auf das Geländer des Unterstands. »Bekommst du so den Glanz zurück, den das Fell zu Beginn der Fahrt hatte?«

Ron zupfte ganze Büschel von Haaren aus der Bürste und ließ sie davonfliegen. »Nein. Ich kann nur das Salz entfernen. Sie brauchen anderes Futter.«

Dann war es richtig, die Baritinen anzulaufen. Die Tiere sollten sich ein paar Tage auf einer Weide erholen, bevor sie sie Margoro präsentierten. Er durfte keinen Anlass haben, den vereinbarten Preis in Frage zu stellen. »Wie lange?«

Ron kam zu ihr ans Gatter. »Wohin willst du, Kapitänin?«

Einen Augenblick lang starrte sie ihn sprachlos an – wie kam er darauf? Als ob er wüsste, was sie dachte.

Er zupfte weiter an der Bürste herum. »Du würdest mich nicht fragen, wenn du sie gleich abliefern wolltest.«

»Was die Pferde betrifft, vertraue ich auf deinen Rat.« Sie lächelte über seine skeptische Miene. Dass sie etwas an ihm schätzte, überraschte ihn anscheinend. »Wir haben ein paar Tage Zeit, ihnen eine Weide und frisches Wasser zu gönnen.«

Als sie sich dann den Riffs vor der Lagune von Etmos
näherten, ließ sie Sitaki Kurs auf Gemona nehmen. Gleich
darauf segelte das Schiff weniger hoch am Wind und verlor deutlich an Fahrt. Schlagartig hielten viele der Seefahrer mit ihrer Tätigkeit inne und wandten sich dem
Achterdeck zu.

Farwo sprang die Stufen zum Ruder hoch. »Warum
ändern wir den Kurs, Kapitänin?«

Suchte er schon wieder Streit? Er verpasste wirklich
keine Gelegenheit, sich als gedankenlos zu blamieren.
»Wenn wir Margoros Perlen für diese Pferde haben wollen, dürfen sie nicht so heruntergekommen aussehen wie
jetzt. Wir werden sie ein paar Tage hätscheln.«

Farwo warf einen Blick hinunter zu den Männern auf
Deck, als suche er deren Einverständnis. Zwei Festländer
kamen an den Aufgang; aber sie wagten es nicht, einen
Fuß auf die Stufen zu setzen. Trotzdem breitete sich ein
hämischer Zug um Farwos Mund aus. »Wir sind Matrosen, keine Hirten.« Er sprach sehr laut, damit es die unten Stehenden hörten.

Jemand kicherte: Einer von ihres Vaters Mannschaft.
Er warf Farwo einen verächtlichen Blick zu.

»Und ihr freut euch jetzt auf Frauen und Feuerwasser.
Ich weiß.« Sie grinste schadenfroh. »Beides müsst ihr bezahlen können.«

Ein paar Männer kamen näher zur Treppe. Das Gemurmel wurde lauter. Nanja ließ ihren Blick von einem
zum anderen wandern.

Dann sagte Janso, ein Seemann von der Dracheninsel:
»Gras gibt es auch in Kruschar. Und Hirten.«

Tamati, der Segelmacher, schnaubte verächtlich. »Was
habt ihr? Ist euch Pferdehüten zu schwierig?« Er grinste

Farwo herausfordernd an. Obwohl ebenfalls ein Festländer, hatte Tamati sich vom ersten Tag an auf die Seite der Hochseebewohner geschlagen. In jedem Streit stand er dort, wo er die Mehrheit vermutete.

Sitaki trat einen Schritt vor, aber Nanja hielt ihn am Arm fest. Die Männer sollten das ruhig untereinander austragen; da brauchte er sich nicht einzumischen.

»Was wird das?", rief Khetan schließlich. »Eine Meuterei?"

Sitaki schob seine Pfeife in den anderen Mundwinkel und grinste breit. »Wen wollt ihr an Nanjas Stelle?«

Im erstaunten Schweigen der Seefahrer war zuerst nur das rhythmische Knarren der Schiffsplanken und das Plätschern der Wellen gegen das Schiff zu hören. Dann begann einer der älteren Hochseebewohner lauthals zu lachen; andere von den Schwimmenden Inseln fielen ein. Nanja unterdrückte nur mit Mühe ihre eigene Heiterkeit über die absurde Situation. Keiner von der alten Besatzung würde jemand anderen als Kapitän akzeptieren.

Farwo schien zu schrumpfen. »Also auf nach Ketros, das ist überschaubar.« Aus den Augenwinkeln suchte er nach seinen Verbündeten auf dem Deck. »Da brauchen wir wenigstens nicht groß auf die Tiere aufzupassen.«

»Ketros ist zwar überschaubar, aber wie sollen wir die Pferde dort ohne Davit an Land bringen?« Sitaki konnte einfach seinen Mund nicht halten. Aber jetzt war es gleich, den Aufrührern war gründlich genug der Wind aus den Segeln genommen worden. »Das ist ein einziger Steinhaufen und das Schiffsdeck gewaltig viel höher als der Strand.«

»Wir fahren nicht nach Ketros. Wir laufen Gemona an«, erklärte Nanja. »Wir ankern an einer Klippe, die ungefähr die gleiche Höhe hat wie das Schiff. Dann führen wir die Pferde über Planken an Land.«

»Du bist verrückt«, entfuhr es Farwo. »Lass uns gleich nach Kruschar segeln. Wir sind doch schon fast dort.«

Nachdem sie die Riffe vor Gemona durchquert hatten, ließ sie am Fockmast nur die Toppsegel stehen, um manövrieren zu können. Die Brigantine glitt mit der Strömung langsam auf die Südspitze der Insel zu. Die Küste wurde felsiger und steiler.

»Dort«, rief Ron plötzlich vom Vordeck aus und zeigte auf einen Überhang ein Stück voraus. »Das könnte passen, ohne dass wir riskieren, auf Grund zu laufen.«

»Er hat ein gutes Auge.« Sitaki grunzte anerkennend und manövrierte auf die Stelle zu.

Die letzten Riemenlängen übernahm Nanja selbst das Ruder und brachte das Schiff längs der überhängenden Felsen. Auf Höhe einer langgestreckten Felsplatte, die nur wenig niedriger als das Deck lag, ließ sie Anker werfen. Mit ein paar langen Planken konnten sie den Abgrund zwischen Schiff und Insel überwinden. Es musste einfach gehen.

Das Getöse, mit dem die Brandung gegen das Schiff schlug, alarmierte die Pferde und sie traten mit den Hufen gegen das Geländer des Unterstands.

Ron verließ das Vordeck und ging zu ihnen, aber er konnte sie nur mäßig beruhigen. »Die Pferde werden nervös.« Er sprang die ersten zwei Stufen zum Achterdeck herauf und drehte sich dann zur Mannschaft um. »Sie wittern das Land. Wir müssen sie von Bord schaffen, bevor sie sich in ihrer Unruhe verletzen. Wenn wir sie heil nach Kruschar bringen, wird man sie uns in Gold aufwiegen.« Er hatte wahrlich schnell gelernt, auf die Gier der Männer zu zählen. Nur wurden auf der Dracheninsel Perlen als Zahlungsmittel benutzt; Gold war zu rar für diesen Zweck.

Nanja lachte ihm fröhlich zu, als er sich nach ihr und Sitaki umsah. Zu ihrer Überraschung wurde er rot.

Sitaki stieg hinunter und klopfte ihm auf die Schulter. »Dann kümmere dich darum, mein Junge.«

Ron nickte, griff nach dem nächsten Tau und schwang sich an Land. Eine Weile inspizierte er das Gelände und verschwand dann hinter den Klippen aus ihrem Gesichtsfeld. Als er an die Felskante zurückkam, ließ er Planken auslegen und vom Schanzkleid zum Ufer lange Taue zu einem luftigen Geländer spannen, deren Enden er gemeinsam mit einem anderen Seemann an Felsnasen verknotete.

»Das hält doch niemanden«, maulte Farwo.

Nanja verzog verächtlich die Mundwinkel. »Es dient dazu, dass die Männer sich auf die Tiere konzentrieren und nicht auch noch darauf achten müssen, wie nah am Rand sie gehen.«

Es war anzunehmen, dass das kleinste Tier am einfachsten zu beherrschen war; beim nächsten hätten sie dann mehr Sicherheit. Darum befahl Nanja, zuerst eines der Jungen zu Ron an Land zu bringen. Zwei Männer gingen in den Unterstand, aber das Junge wehrte sich dagegen, von seiner Mutter getrennt zu werden. Es wieherte nach ihr und sie antwortete prompt. Daraufhin stemmte es sich gegen die beiden und war nicht mehr bereit weiterzugehen. Doch sie waren stark, und nachdem sie dem Tier ein Tau um den Bauch geschlungen hatten, konnten sie es aus dem Unterstand zerren. Schließlich sprang noch ein dritter hinzu und schob von hinten.

Kopfschüttelnd verfolgte Nanja das Geschehen. Konnten sie es nicht einfach tragen?

Zu dritt begannen sie schließlich, das Tier übers Deck zu ziehen. Erst ein empörter Aufschrei Rons ließ sie innehalten.

»So wird das nichts«, sagte Sitaki leise neben Nanja.

»Hast du einen anderen Vorschlag?«

Der Alte nahm seine Pfeife aus dem Mund und deutete ans Ufer zu Ron. »Natürlich nicht. Aber Ron weiß es gewiss; er hat lange bei den Sabienne gelebt.«

Sie blickte ihn überrascht an. »Woher weißt du das?« Ihre Frage war ein Reflex gewesen; eine Antwort brauchte sie in diesem Moment nicht. Ron hatte bereits bewiesen, dass er sich mit den Pferden auskannte. Sie lief aufs Deck hinunter.

»So geht das nicht!«, herrschte sie Farwo an. »Tragt das Tier über die Planken.«

Ron kam an Bord zurück. »Der Mutter wird es anstandslos folgen.« Er sprach leise, sodass es niemand außer ihr hörte.

Sie warf ihm einen schnellen Blick zu. Farwo sollte wohl nicht merken, dass er ihr einen Rat erteilte.

»Dann geh mit der Cavalla voraus, Ron.«

»Zuerst der Stallone. Pferde sind Herdentiere.« Er sprach immer noch leise, nur zu ihr. Er fürchtete sich wohl vor einer Konfrontation mit dem Bootsmann.

»Müsste er dafür nicht das Leittier sein?"

Er zuckte die Achseln. »Er ist das einzige männliche Tier. Das sollte genügen.«

Ron streifte seine Stiefel ab, ging zu Rabenschwarz und sprach eine Weile auf ihn ein. Dann führte er ihn an der Mähne aus dem Unterstand.

Plötzlich schwang er sich auf seinen Rücken. Rabenschwarz schnaubte unwillig und warf den Kopf. Ron lehnte sich weit über seinen Hals und redete weiter auf ihn ein. Allmählich beruhigte sich das Tier. Mit den Fersen tippte er ihm sacht in die Flanken und es lief zwei Schritte. Ron ließ es noch ein paar Schritte weitergehen, dann wandte er sich an Nanja. »Einer der Männer soll uns hinübergeleiten."

Einer der Festländer: Nanja befahl Farwo zu ihnen. Aber als Farwo dem Pferd in die Mähne greifen wollte, sprang es zur Seite und wieherte zornig. Es stieg und buckelte; Ron stürzte. Er knallte gegen den Fockmast und blieb reglos liegen. Mit einem halblauten Schreckensruf kam Sitaki aufs Deck herunter.

Rabenschwarz bleckte die Zähne, stieg erneut und ruderte vor Farwo mit den Hufen, als wolle er auf ihn losgehen. Farwo brüllte und langte nach einem Tau. Aber dann trabte Rabenschwarz zum Unterstand zurück.

Nanja vergrub ihre Zähne in der Unterlippe, als Sitaki sich neben Ron kniete. Am liebsten wäre sie selber zu ihm gelaufen. Ron drehte sich langsam zur Seite und Sitaki half ihm auf.

»Ich bin gleich wieder in Ordnung.« Aber er taumelte und stützte sich gegen den Mast. Falls er sich ernsthaft verletzt hatte, würde ihnen seine Hilfe fehlen.

Nach einer Weile ließ Ron den Mast los und hinkte übers Deck. Am Gatter stützte er sich wieder ab und sammelte sich, bevor er den Unterstand betrat. Er streckte Rabenschwarz seine Hand entgegen; Nanja hielt unwillkürlich den Atem an.

Rabenschwarz versenkte seine Nase in Rons Hand und beschnupperte sie. Ron glitt mit seinen Fingern langsam den Kopf entlang, strich ihm über den Hals. Er schien leise mit ihm zu reden. Das Pferd schnaubte, blieb jedoch stehen. Unvermittelt griff Ron in die Mähne und führte es langsam vom Unterstand fort.

Er hielt vor Nanja an. »Ich bringe ihn besser alleine hinüber."

Zu ihrer Verblüffung ließ er das Pferd los, nachdem er das Spalier der Seeleute passiert hatte. Er klopfte ihm noch einmal beruhigend auf den Hals, sagte etwas und ging langsam zu den Planken. Rabenschwarz schnaubte wieder, senkte den Kopf und scharrte mit einem Huf – und dann folgte er Ron.

Es war unfassbar.

Das Gemurmel der Seemänner verstummte schlagartig; niemand rührte sich mehr.

Langsam, ganz langsam tat Rabenschwarz einen Schritt nach dem anderen. Ron ließ ihm Zeit, redete unaufhörlich in leisen, lockenden Tönen.

Als sie auf der Klippe angekommen waren, winkte er und Nanja schickte die Schiffsjungen hinüber. Ron führte Rabenschwarz noch einige Schritte vom Ufer fort zu einen größeren Felsplateau, in dessen Ritzen hier und da Moos wuchs. Er legte ihm die Leine um den Hals, die Peire mitgebracht hatte, und gab sie dem Jungen in die Hand. Dann kam er zurück an Bord.

Nanja nickte ihm zu und über sein Gesicht ging ein Leuchten. Aber als sie ihn am Arm fasste, damit er stehen blieb, versteifte er sich. »Bringst du die anderen Tiere genauso hinüber?"

Er nickte; seine Stimme war heiser. »Ich werde es schaffen.«

Und tatsächlich brachte Ron die dreizehn Pferde, eines nach dem anderen, ohne Zwischenfall an Land. Die Pferde schienen ihm blind zu vertrauen. Nanja stand am Schanzkleid und sah fasziniert zu. Einmal kreuzten sich ihre Blicke; das Aufblitzen seines Lächelns sagte ihr, dass er gesehen hatte, wie beeindruckt sie war.

»Wo hast du das gelernt?«, fragte sie schließlich.

Seine Augen wurden schmal. »Es wird ungleich schwieriger, sie zurückzubringen.«

Zu dieser Jahreszeit gab es nicht mehr sonderlich viel Grün auf der Insel, aber eine Ergänzung zum Heu war es allemal. Genauso wichtig wie eine Weide war Süßwasser; daran sollte es keinen Mangel geben.

Ron griff nach Rabenschwarz' Leine, folgte dann dem Pferd aber mehr, als dass er es führte. Die anderen Tiere liefen anstandslos hinterher.

Als Nanja nach der Erkundung der Insel mit ein paar Männern einen kleinen Bach erreichte, saß Ron an dessen Ufer im Gras, Rabenschwarz neben sich.

Nanja lachte auf und er drehte sich um. »Die Tiere haben das Wasser gefunden.«

Dass sie nicht selber darauf gekommen war, die Suche nach Wasser den Pferden zu überlassen! Einem Drachen hätte sie sich in einer solchen Situation auch anvertraut.

Gras und Wasser: An diesem Ort würden die Pferde bald wieder zu Kräften kommen. In der schmalen Senke waren sie zudem ohne Mühe beisammen zu halten. Eigentlich war es eher eine Klamm, die nach Süden so eng wurde, dass sie nur den Bach hindurchließ. Dahinter stürzte er steil in die Tiefe und verschwand dann im Karst. Die Hänge waren nur dürftig mit Gestrüpp bewachsen, aber an einer Seite des Talbodens gab es einen kleinen Wald aus knorrigen alten Birken.

Die Männer ließen sich am Bachrand auf den Bauch fallen und schöpften das frische Wasser mit beiden Händen. Lert und einer der Schiffsjungen, Peire, wateten in voller Kleidung hinein; freilich reichte der Bach ihnen nur bis zu den Knien. Mit bloßen Händen fingen sie Fische und warfen sie ins Gras. Nachdem sie ein gutes Dutzend gefangen hatten, setzte Lert sich ans Ufer, zückte sein Messer und begann, sie auszunehmen. Peire fischte weiter und warf ihm so viele zu, dass sie damit die gesamte Mannschaft satt bekamen. Zwei Männer liefen in das angrenzende Birkenwäldchen und sammelten Holz. Lert spießte die ersten Fische auf Stöcke und bald darauf brieten sie über dem Feuer.

Janso legte sich auf den Rücken und blinzelte in die Sonne. »Hier kann ich es ein paar Tage aushalten.«

»Das ist gut.« Nanja schmunzelte. »Denn wir bleiben hier, bis sich die Pferde erholt haben.«

»Sie warten doch in Kruschar auf uns«, protestierte Farwo. Aber dieses Mal klang sein Widerspruch halbherzig.

Janso setzte sich auf. »Wer wartet? Deine Schnapsflasche? Du wirst noch ein paar Tage ohne sie auskommen.«

Farwos Gesicht verfinsterte sich; das passte ihm natürlich nicht. »Es sind nicht einmal mehr zwei Wochen bis zum Fest. Wird der Händler die Tiere nicht vorher sehen wollen?«

»Er kann ja herkommen: Mit jedem Schiff ist er in drei Stunden hier«, antwortete Sitaki.

Ron schlug vor, an der offenen Nordseite einen Zaun zu bauen, sodass sich die Pferde in der Senke frei bewegen konnten. Damit war Farwo endgültig der Wind aus den Segeln genommen.

Nachdem sie im Birkenwald genügend Bäume gefällt hatten, bauten sie außer dem Zaun auch noch einen Wetterschutz am Waldrand, für den ein Segel von der Fleute als Dach diente. Ganz ohne Aufsicht sollten die Tiere nicht bleiben.

Am Abend ließen sie Ron und zwei weitere Männer bei den Pferden; die übrigen kehrten zum Schlafen aufs Schiff zurück.

»Wie lange willst du wirklich bleiben?«, fragte Sitaki, als sie in der Kapitänskajüte zusammensaßen. »Kruschar fast in Sichtweite und die Männer sitzen hier fest. Das kann Probleme geben.«

»Keiner wird seinen Anteil aufs Spiel setzen.« Selbst Farwo traute sie nicht zu, sich mit der Fleute davonzumachen. Nicht einmal unter den Festländern war sein Stand so gut, dass er genügend Abtrünnige zusammenbekäme, um sie zu segeln.

Nanja zündete die Wachslampen an der Kajütenwand an, während die Sonne langsam hinter der Insel verschwand. »In ein paar Tagen lasse ich nach Margoro schicken. Sie werden um die Gunst wetteifern, ihn in Kruschar abzuholen.«

»Wer sich als der beste Pferdeputzer erwiesen hat, darf fahren.« Mit einem breiten Grinsen stopfte Sitaki seine Pfeife. Bevor er sie ansteckte, öffnete er eines der Kajütenfenster. »Das wird lustig.«

»Lass das Fenster nur zu.« Der Geruch des brennenden Rauchkrauts brachte Vaters Geist zurück. Es war seine Kajüte gewesen und immer hatte der Geruch seiner Pfeife in der Luft gehangen.

Sie öffnete den Sekretär und holte zwei dicke Pergamentbündel heraus. Vielleicht fand sie in den Aufzeichnungen ihrer Mutter Hinweise, um die Pferde besser zu versorgen. Die Frauen, die nach den Magie-Kriegen auf die Dracheninsel ins Exil gegangen waren, hatten das Wissen vom Festland an die Gilden weitergegeben. »Wie kommst du darauf, dass Ron den Umgang mit Pferden bei den Sabienne gelernt hat?«

»Ich habe ihn auf einem ihrer Märkte gesehen.«

»Warum hast du mir nichts davon erzählt, als er angeheuert hat?«

Sitaki paffte vernehmlich. Irritiert hob sie die Augenbrauen. Auch Ron hatte seltsam reagiert, als sie ihn gefragt hatte, woher sein Wissen stammte.

»Wozu?«, fragte Sitaki schließlich. »Du hättest ihn allemal an Bord genommen. Wir brauchten Leute.«

Sie legte die Pergamente wieder beiseite. Das hier war jetzt wichtiger. »Was weißt du über ihn? Er ist ... anders. Nicht nur, weil er ein Landmensch ist.«

Plötzlich rumpelte es draußen. Dann kam ein seltsam dumpfer Ton wie ein Grollen, der auch nicht dorthin gehörte. Das Schiff schwankte so heftig, als zerrte eine Sturmböe an ihm.

Sitaki streckte den Arm zum Fenster hinter ihr. »Was ist das?«

Nanja fuhr herum. Und fragte sich dasselbe. Über der Insel stand ein roter Schein, als ob die Sonne noch nicht untergegangen wäre. Nur dass der Himmel darüber schon lange dunkel war. Dann ein donnerndes Geräusch und das Schiff krängte noch heftiger als zuvor. Aber es fehlte das Rauschen der Wassermassen, das mit einer so enormen Welle verbunden wäre. Was für eine Macht war hier am Werk?

Nanja stürzte hinaus; Sitaki folgte ihr langsam. Die Besatzung sammelte sich in höchster Aufregung an Deck.

Von der Insel kam ein lautes Grollen. Das rote Licht stieg höher und breitete sich aus.

»Was ist das?«, fragte Smanang. Entsetzen schwang in seiner Stimme.

»Ein Vulkanausbruch?« Peire presste die Hände ineinander, aber auch damit konnte er nicht verbergen, dass er vor Angst schlotterte.

»Warten wir erstmal ab«, rief Farwo. »Hier passiert uns nichts.«

Es rumpelte erneut und nur ein paar Riemenlängen entfernt stürzte ein Stück der Felsplatte ins Meer. So viel dazu, dass ihnen nichts passieren konnte, solange sie an Bord blieben.

Sie mussten auslaufen, um das Schiff in Sicherheit zu bringen. Wenn es noch mehr krängte, könnten die Masten an den Klippen zertrümmert werden. Aber dort auf der Insel waren die Pferde in Gefahr.

Nanja befahl Sitaki, auch die Fleute zu bemannen und die Anker zu lichten. Dann griff sie nach einem Tau, schwang sich ans Ufer und rannte die Klippe hinunter in Richtung der Klamm. Sitaki würde dafür sorgen, dass diejenigen folgten, die er entbehren konnte.

Sie kam nicht weit mit ihrer Eile. Ein Schatten auf dem Boden vor ihr entpuppte sich plötzlich als Riss, kaum als solcher wahrnehmbar in der zunehmenden Dunkelheit. Ihr Fuß wurde regelrecht in den Spalt hineingezogen und sie brauchte beide Hände, um ihn wieder aus der Gewalt zu befreien, die an ihm zerrte.

Langsamer und achtsamer ging sie weiter. Entlang eines Wildpfads musste sie an mehreren Stellen breite

Bruchspalten überspringen. Plötzlich bewegte sich der Boden unter ihren Füßen und dann kam ein Grollen vom Hang hinter ihr. Sie warf nur einen kurzen Blick zurück, dann rannte sie erneut, vor den Steinen her, die sich aus dem Berg lösten und zu Tal polterten.

Dann ging es wieder bergauf. Immer öfter sprang sie über Schatten, die vor ihr aus dem Boden stiegen, hatte keine Zeit, sich zu fragen, was da in der Tiefe erwachte.

Eine Staubwolke holte sie ein, als sie den Fuß der Anhöhe erreichte, die seewärts die Klamm begrenzte. Der Staub war so dicht, dass sie kaum eine Armlänge weit sah. Aber solange sie bergauf lief, konnte sie nicht fehl gehen.

Endlich ließ sie den Staub hinter sich und kam oben an. Der Mond beleuchtete eine Gerölllawine, die den Eingang zur Senke versperrte, dort, wo sie zuvor den Zaun gebaut hatten. Eine Gänsehaut kroch ihr den Rücken hoch. Wie mochte es weiter drinnen aussehen? Wenn die Pferde verloren wären, dann hätten sie die ganze Fahrt umsonst gemacht. Nanja fluchte alle Flüche, die sie in ihrem Leben gelernt hatte.

In ihren Gedanken sah sie plötzlich Ron vor sich, das Gesicht in der Mähne der weißen Cavalla vergraben. Gewiss hatte er getan, was er konnte, um die Pferde zu schützen. Statt an die eigene Sicherheit zu denken. Sie biss die Zähne zusammen und schob die Beklemmung beiseite, die sie jäh überfiel. In so mancher Schlacht hatte sie gute Männer verloren.

Einer nach dem anderen erklommen die Seefahrer hustend und keuchend den Hang. Manch einer reagierte mit einem Schreckensruf auf den Anblick zu ihren Füßen. Aber sie wandte sich erst um, als Lert sie ansprach. »Smanang hat sich verletzt, als er in einen Erdspalt gestürzt ist. Ich habe ihn zurückbringen gelassen.«

»Ein paar Leute sollen erkunden, wie es dort unten aussieht.«

»Diese Pferde sind verflucht!« Farwo baute sich vor ihnen beiden auf. »Erst die Windstille, jetzt das hier. Wir dürfen sie nicht nach Kruschar bringen.«

»Zieh ein Hemdchen an, damit jeder sieht, dass du ein kleines Kind bist! Du solltest nicht in Männerkleidung herumlaufen.« Dass Lert jemanden verspottete, war ein bedenkliches Zeichen. Sie konnte sich nicht erinnern, wann er das letzte Mal so gereizt reagiert hatte.

»Sie gehören nicht auf eure Insel!«, fauchte Farwo.

Nanja stellte sich auf den Felsen, auf dem sie gesessen hatte; so überragte sie alle. Sie deutete in die Schlucht. »Das Mondlicht erlaubt euch, gefahrlos hinunterzusteigen und die Lage zu erkunden. Farwo, nimm dir fünf Leute.«

Zwei Männer, Festländer wie Farwo, murrten doch tatsächlich über ihren Befehl.

Nanja schüttelte den Kopf über sie. Einem Hochseebewohner würde nie einfallen, die Seinen im Stich zu lassen. »Fürchtet ihr euch vor den Dämonen der Nacht? Wenn ihr zu dieser Zeit bei euren Dirnen liegt, ist es euch auch hell genug.«

Farwo verschränkte die Arme. »Kapitänin, Furcht ist zuweilen eine Tugend.«

»Und die Männer, die dort eingeschlossen sind?« Lert holte seine Pfeife aus der Tasche und versuchte, auf einem Felsen Funken zu schlagen, um sie anzuzünden. Schließlich gab er auf und steckte sie wieder ein.

»Sie werden sich zu helfen wissen, wenn sie noch leben.«

Lert berührte Nanja am Bein. Sie ließ sich zu ihm hinunter. »Für diesmal hat Farwo recht: Es wäre ein Risiko, das sich nicht lohnt.«

Aber wenn sie sich irrten? Wenn die dort unten doch Hilfe brauchten? Sie zögerte.

»Wasser haben sie genug.« Lert verzog sein Gesicht zu einer Grimasse, die wohl ein beruhigendes Lächeln sein sollte. »Essen und Wärme auch.«

Aber abwarten? Konnten sie nicht doch etwas tun – jetzt?

Nanja ging an den Rand der Abbruchkante. Der obere Bereich des Hangs war steil und er war vom Vollmond gut ausgeleuchtet. Was sie unterhalb davon zu erwarten hatten, war dagegen kaum zu erkennen.

Lert trat neben sie. »Mit Seilen und Werkzeug kommen wir hinunter.« Er wusste wohl auch nicht, was jetzt sinnvoll war.

»Du hast recht. Wir sollten nicht einfach losmarschieren.« Sie schickte ein paar Männer zu den Klippen zurück, damit sie Seile, Werkzeug und Fackeln holten, sobald die Schiffe wieder vor Anker lagen. Das fühlte sich weniger wie Abwarten an. Aber erst als der Morgen graute, kamen sie mit Sitaki und den übrigen Besatzungsmitgliedern zurück.

Das Tageslicht zeigte dann das ganze Ausmaß der Geröllhalde unter ihnen. Es war unmöglich, sie beiseite zu räumen. Aber für die Pferde brauchten sie einen stabilen Weg; entweder darüber hinweg oder die Wand der Klamm hinauf.

Nanja ließ von einigen den Kamm umrunden, um nach einem möglichst einfachen Pfad zu suchen. Schließlich kehrte einer zurück und teilte ihr mit, dass er eine Bewegung in der Senke gesehen hatte.

Wieder tauchte Rons Gesicht vor ihr auf. Falls die Götter nur einen verschont hatten, dann sollte er es sein.

4

Während andere noch die Trittfestigkeit des Geröllfelds erforschten, das den Zugang zum Tal versperrte, überquerte Nanja es so schnell sie konnte.

Auch von den beiden Wänden der Klamm hatten sich Felsbrocken und Steine gelöst und waren ins Tal gestürzt. Aber am Bachufer grasten vier Pferde; die Fahrt war nicht umsonst gewesen.

Ein Teil des Birkenwäldchens war komplett verschüttet. Über einen anderen Teil war eine Gerölllawine hinweggedonnert und die Bäume lagen entwurzelt und zerbrochen übereinander. Genau dort hatten die Männer ihren Unterstand gebaut. Aber es war früher Abend gewesen, als die Erde zu beben begann; gewiss hatten sich die Männer noch nicht schlafen gelegt.

Einer von ihnen saß am Waldrand, an einen Felsbrocken gelehnt: Tamati. Sein rechter Arm hing schlaff herab; das Hemd war zerfetzt und blutverklebt.

Tamati hob erst den Kopf, als sie fast vor ihm stand. »Ron.« Er deutete mit dem Kopf auf den Verhau aus Stämmen, Ästen und Felsbrocken hinter sich. »Er muss dort drin sein.«

Nanja schluckte. Nicht Ron!

Warum bekümmerte er sie eigentlich so sehr?

Sie blickte von dem Trümmerberg zu Tamati – er konnte ihr kaum helfen. »Wo ist Janso?«

Tamati schwenkte seinen gesunden Arm in eine kaum bestimmbare Richtung. »Er liegt dort hinten.« Als sie die Augenbrauen hochzog, fügte er hinzu: »Den hat es erwischt.«

Nanja hockte sich vor Tamati auf die Fersen. »Lass mich sehen!«

Mit ihrem Dolch schnitt sie die Fetzen von seinem verletzten Arm und verband provisorisch die Wunde an seinem Unterarm. Sie war nicht so schlimm, wie es zuerst ausgesehen hatte; nur ein langer Riss, der freilich heftig geblutet hatte. Es schien nichts gebrochen zu sein, aber die Schulter war ausgekugelt. Da konnte sie allein nicht viel machen, nur den Arm in einer Schlinge ruhig stellen, die sie aus Streifen seines Hemds zusammenknotete.

Nachdem sie ihn versorgt hatte, umrundete sie den Verhau, um das Innere zu erkunden. Das Geäst war wohl licht genug, um schützende Hohlräume zu bieten. Aber ein Teil wurde von schweren Felsstücken niedergedrückt. An einer Stelle war ein Stück der Segelleinwand zu sehen, aber von Ron keine Spur. Sie rief nach ihm, doch es kam keine Antwort.

Tamati sah ihr zu; er konnte ihr mit seinem verletzten Arm eh nicht helfen. »Das ist doch überflüssig«, sagte er schließlich. »Der ist genauso hinüber wie Janso.«

»Woher weißt du das?« Sie kniff die Augen zusammen und versuchte, ihren Zorn über seine Gleichgültigkeit zu beherrschen. »Kümmere dich um die Pferde!« Das immerhin konnte er wohl auch mit seinem verletzten Arm.

Nach und nach kamen die anderen Männer ins Tal. Nanja schickte zwei Leute zum Schiff zurück, um Sägen zu holen; ausgerechnet die hatten sie nicht mitgebracht. Inzwischen begannen die anderen, Äste und Felsbrocken abzutragen und beiseitezuräumen. Es war eine mühselige Arbeit und die Vorsicht zwang sie, langsam vorzugehen.

Die Sonne brannte ungewöhnlich heiß für Anfang Herbst und die ersten begannen bald, über die mühsame Arbeit zu murren. Aber Nanja trieb sie zur Eile und packte selber mit an. Je länger Ron unversorgt blieb, desto zweifelhafter wurde es, ob sie ihn lebend herausholen konnten.

Dann, endlich, wurde zwischen gebrochenen und verkanteten Ästen ein Bein sichtbar. Zwei dicke Stämme hatten eine Art Widerlager gebildet, über dem sich die dichten Kronen anderer Bäume zu einem Gewölbe verhakt hatten. Darunter gab es einen halbwegs geröllfreien Raum. Das mochte Ron gerettet haben.

Nanja hielt den Atem an.

Sitaki drehte sich zu ihr um und nahm die Pfeife aus dem Mund. Aber er sagte dann doch nichts, sondern musterte sie nur nachdenklich.

»Er rührt sich nicht«, sagte Farwo trocken. »Warum sollen wir ihn ausgraben, nur um ihn hinterher zu versenken?«

Nanja gab ihm einen Stoß, sodass er rücklings in den Verhau fiel. »Arbeite weiter!«

»Diese Pferde sind verflucht!« Der Bootsmann schielte unter zusammengekniffenen Augenbrauen zu ihr hoch. »Sie werden Kruschar Unglück bringen.«

»Was sorgst du dich um Kruschar?« Khetan kletterte so tief wie möglich in den Astverhau und machte sich lang; mit einer Hand erreichte er schließlich Rons Bein. »Er fühlt sich ganz lebendig an.« Er kroch rückwärts wieder heraus.

Einige Männer hievten mehrere Felsbrocken beiseite, um sich besser bewegen zu konnten. Andere sägten die Baumkronen klein und trugen sie Stück für Stück ab. Vorsichtig legten sie immer mehr von Rons Körper frei. Die ganze Zeit über lag er bewegungslos und gab keinen Laut von sich.

Die Sonne hatte ihren Höchststand überschritten, als sie ihn endlich frei hatten. Sitaki schob Rons zerfetztes Hemd beiseite und schnitt die blutverschmierten Hosenbeine auf. Er tastete ihn ab, konnte aber wenig mehr sagen als das, was eh zu sehen war: Vermutlich gebrochene Rippen, denn Ron hatte große Mühe zu atmen; Platzwunden am Kopf und viele kleine Verletzungen am ganzen Körper; das linke Fußgelenk deutlich geschwollen und eine lange klaffende Wunde wie von einem Schnitt im rechten Oberschenkel. Es grenzte an ein Wunder, dass er nicht verblutet war.

Während der Bergungsarbeiten hatten die Männer auch die zerfetzte Segelleinwand ausgegraben. Sie taugte immerhin noch dafür, eine Trage herzustellen. Neben dem Bach richtete Sitaki dann für Ron ein Lager her.

Von den verstreuten Pferden kamen erst ein Fohlen und seine Mutter von alleine zu ihnen zurück, dann Rabenschwarz. Er sank neben Ron auf die Knie und stupste ihn immer wieder an. Schließlich ließ Nanja ihn wegführen. Am Ende fehlten ihnen nur zwei Pferde, vermutlich unter der großen Geröllawine begraben.

Den Pferden schien der eine Tag an Land viel von ihrer ursprünglichen Kraft und Schönheit wiedergegeben zu haben. Doch vielleicht war das auch nur Wunschdenken, um schnell nach Kruschar zu kommen. Nachdem sie alle Pferde zusammengetrieben hatten, ging Nanja zu Ron und Sitaki zurück.

Ron war aufgewacht und sah ihr mit fiebrig glänzenden Augen entgegen. »Kapitänin, du hast mir das Leben gerettet. Jeder andere hätte mich aufgegeben.«

»Du bist der einzige, der Erfahrung mit Pferden hat.«

Sie hatte wohl schroffer geklungen als beabsichtigt, denn Sitaki zog die Augenbrauen hoch. Aber auf Rons zerschundenem Gesicht tauchte die Spur eines Lächelns auf.

Hätte sie nur ein wenig von der Magie der Elfen zur Verfügung! Sie kannte nur die Heilkräuter ihrer Mutter und keines davon schien hier zu wachsen.

Sie hätten diese verfluchte Insel meiden und tatsächlich gleich nach Kruschar segeln sollen. Zu allem Übel konnte Ron ihnen jetzt nicht einmal helfen, die Pferde aufs Schiff zurückzubringen. Dabei hatte er gesagt, dies sei der schwierigere Teil.

Nanja ließ sich zeigen, wo die Männer Wege vom Kamm herunter gefunden hatten. Schließlich entschied sie sich für einen Aufstieg, wo sie nur eine Strecke von wenigen Riemenlängen klettern musste. Sobald sie auch dieses Stück begehbar gemacht hatten, konnten sie Ron und die Pferde zum Schiff zurückbringen.

Im Fels gab es Löcher und tiefe Furchen, die ihr gut zupass kamen, um den Weg freizusprengen. Trotzdem würde es noch eine Menge harter Arbeit werden. Sie markierte die Stellen, wo vorhandene Löcher vergrößert und weitere Sprenglöcher in die Felsen geschlagen werden mussten, um eine großzügige Serpentine zu schaffen.

Farwo sah finster drein, als sie die Aufgabe erklärte, die vor ihnen lag. Gleich würde er wieder meutern und sich damit lächerlich machen. Amüsiert wartete sie auf seinen Ausbruch.

Er spuckte aus, dann stellte er sich in Positur, breitbeinig, die Hände in die Hüften gestemmt. »Steine klopfen. Das ist keine Arbeit für freie Männer!« Er sprach sehr laut, sodass es die Umstehenden alle hören konnten.

Sitaki grinste Farwo herausfordernd an, dann wandte er sich an die anderen. »Leute, wenn ihr den Weg schnell frei kriegt, wird der Junge überleben und wir bekommen unseren Lohn für die Pferde. Ohne ihn kriegen wir sie nicht einmal zurück aufs Schiff.«

Farwo blickte noch mürrischer, aber die anderen machten sich mit Eifer an diese Arbeit, deren Sinn sie nur halb begriffen.

Weitab von diesem Aufstieg ließ Nanja einen Pferch für die Pferde bauen, um sie in Sicherheit zu wissen, wenn sie den Weg freisprengte.

Selber kehrte sie auf die »Agena« zurück und schloss die Tür der Kajüte hinter sich ab. Nicht einmal Sitaki dürfte ihr jetzt über die Schulter sehen.

Sie öffnete die große Zederntruhe, die hinter ihrem Bett stand, und räumte die Schicht Kleider beiseite, die zuoberst lag. Darunter befand sich in einem sorgfältig verschnürten Stoffsack ein Lederbeutel, der mit dem Siegel von Kitarra, einer Stadt im Zentralgebirge der Dracheninsel, verschlossen war.

Sie trug den Beutel auf den Kartentisch und zerbrach das Siegel mit einem spitzen Messer. Das grobkörnige schwarze Pulver darin konnte man auch zu anderem als Feuerwerk gebrauchen: Die Geologinnen von Kitarra benutzten es im Geheimen im Bergbau. Nur die anderen Gildenführerinnen wussten, wie sie ihre Sprengungen bewerkstelligten. Es war eine gefährliche Substanz und eines der bestgehüteten Geheimnisse der Insel-Frauen. Nanja hatte das Pulver nie zuvor selbst benutzt. Aber in den Aufzeichnungen ihrer Mutter gab es ausführliche Anweisungen, wie sie es gebrauchen sollte. Und eine noch ausführlichere Warnung, dass der Umgang damit lebensgefährlich sei.

Nanja zerschnitt einen ihrer Unterröcke in viereckige Lappen. In jeden kam etwas Schwarzpulver, dann verknotete sie sie zu Säckchen. Aus einem Geheimfach hinter dem Gemälde ihres Vaters holte sie eine lange, penetrant nach Schwefel stinkende Schnur: Das war ihre Lunte. Nachdem sie den Rest des Pulvers wieder in der Truhe verschlossen hatte, ging sie zurück in die Klamm.

Die Männer, die noch am Hang arbeiteten, schickte sie auf die andere Seite des Bachs; sie zogen sich bis zur Talmitte zurück. Nanja stieg zum ersten Sprengloch hoch, band die Zündschnur an eines der Säckchen und stopfte es in die Öffnung. Sie führte die Schnur zur nächsten, und verband so alle Sprenglöcher miteinander. Dann rollte sie die Schnur bis zu einem großen Felsen aus, der ihr als Deckung diente, und zündete sie an.

Leise zischend kroch das bläuliche Feuer die Lunte entlang und entzündete die erste Ladung. Der Knall hallte von den Felswänden ringsum wider; Schwefelgeruch stieg ihr in die Nase. Ein Felsstück löste sich und stürzte in die Senke.

Währenddessen explodierte das nächste Sprengloch, dann das übernächste. Schließlich brach ein langes Stück Fels weg und bald darauf gab es einen gewundenen Pfad, der zwar noch von Geröll übersät war, aber – einmal freigeräumt – auch für die Pferde begehbar sein würde.

Nachdem sich der Staub verzogen hatte, stieg Nanja langsam hinunter; bei jedem Schritt prüfte sie ausgiebig die Stabilität des Pfads.

Auf halber Höhe kam ihr Sitaki entgegen. »Ist dir auch nichts passiert?«

Sie klopfte sich den Staub aus den Kleidern. »Warum sollte mir etwas passiert sein? So gefährlich ist das Zeug nun auch wieder nicht.«

Sein Lächeln war gequält – sie hatte ihn nicht überzeugt. Recht hatte er; sie hatte tatsächlich keine Erfahrung damit. »Trotz deiner Vorwarnung sind die Männer vom Festland völlig verstört.«

»Das denke ich mir.« Inselmenschen und Hochseebewohner kannten immerhin Feuerwerk und manche wussten auch von den Sprengungen in den Bergwerken des Zentralgebirges. Aber für die Festländer musste es wie ein zweites Erdbeben gewesen sein.

Das Geröll wegzuräumen war eine mühsame Arbeit. Am Fuß des Hangs standen sie sich anfangs immer wieder im Weg oder kamen sich in die Quere. Ein Stück höher bildeten sie dann eine Kette, um das Geröll und die Felstrümmer ins Tal hinunterzubefördern. Sie arbeiteten bis zum Einbruch der Dunkelheit und darum blieben sie an diesem Abend alle in der Klamm.

Zwei Männer waren in der Zwischenzeit einem Wildpfad gefolgt und hatten mehrere Kaninchen aus ihrem Bau gezogen. Nach Einbruch der Nacht briet Lert sie über den Feuern und die Stimmung unter den Männern besserte sich beträchtlich.

Mit Kaninchenstücken, zwei Schüsseln Weißkrauteintopf und zwei Decken ging Nanja zu Sitaki, der neben Ron wachte. Ron hatte die meiste Zeit des Tages vor sich hin gedämmert und sein Fieber war trotz Sitakis Bemühungen gestiegen. Aber Nanja fiel nichts ein, wie sie die Arbeit am Hang beschleunigen konnten.

Nachdem sie gegessen hatte, setzte sie sich neben Sitaki. Wortlos legte er den Arm um sie. Immer hatte er sie so getröstet; schon, als sie nach Mutters Tod aufs Schiff gekommen war. Der Vater in seiner eigenen hilflosen Trauer hatte lange nicht gewusst, wie er ihr gerecht werden konnte.

Die Stimmen der Männer am Lagerfeuer verstummten eine nach der anderen, als sie sich schlafen legten. Nanja und Sitaki warteten wortlos darauf, dass die Nacht verging. Hin und wieder stöhnte Ron. Dass er immer noch lebte, hielt ihre Hoffnung aufrecht.

Irgendwann verzogen sich die Wolken und der Mond stieg rund und groß über den Horizont. Da sie nun mehr sah, stand Nanja auf. Sacht wischte sie Ron den Schweiß ab, der im Schein des Windlichts auf seiner Stirn glänzte.

Sie hockte sich neben sein Lager, schlang die Arme um ihre angezogenen Knie und betrachtete ihn. Er war schön; trotzdem er hochgewachsen war, wirkte er feingliedrig. Seine Finger waren lang und schmal wie die eines Musikanten.

Oder die eines Elfs. Zum ersten Mal kam ihr der Gedanke, er könnte Elfen unter seinen Vorfahren haben. Vielleicht hatte Lastella deshalb ein so erstaunliches Zutrauen zu ihm gefasst. Auch die beiden Elfen hatten ihm ungewöhnlich viel Aufmerksamkeit geschenkt. Ob er mit den Pferden so gut zurechtkam, weil er sich mit ihnen verständigen konnte, wie Lastella es getan hatte? Aber wie war er zu den Sabienne gekommen? Und was war er bei ihnen gewesen – ein Gefangener? Sitaki könnte ihr vielleicht mehr über ihn erzählen.

Plötzlich keuchte Ron mit heftigen, abgehackten Atemstößen, als bekäme er keine Luft mehr. Nanja richtete ihn auf und er atmete wieder gleichmäßiger. Sein Gesicht lag an ihrer Schulter und die Fieberhitze drang sogar durch den schweren Stoff ihres Hemdes. Sie hielt ihn fest und bemühte sich, wach zu bleiben.

Eine Berührung schreckte sie auf. Die ersten Sonnenstrahlen fanden ihren Weg über den östlichen Rand der Klamm und Sitaki stand hinter ihr. Also war sie doch eingeschlafen.

»Noch einen Tag hier draußen wird er wohl nicht überleben.« Sitaki sprach ihre eigene Sorge aus; ihr Magen krampfte sich zusammen. »Er braucht eine erfahrene Heilkundige, nicht so einen Stümper wie mich.«

»Aber können wir ihn überhaupt den Hang hinauf transportieren?«

»Ich weiß nicht.« Sitaki zog ratlos die Schultern hoch. »Vielleicht.«

»Besser also, er bliebe hier liegen.« Nanja tupfte Ron die schweißnasse Stirn ab, während sie überlegte. Er fieberte und schien wieder bewusstlos.

»Sollte nicht jemand Margoro abholen? Der könnte gleich eine Heilerin mitbringen.« Sitaki hielt ihr einen Holzbecher hin. Sie benetzte Rons rissige Lippen mit ihren Fingern und versuchte dann, ihm Wasser in den halb geöffneten Mund einzuflößen. Aber er schluckte nicht; er reagierte überhaupt nicht.

»Margoro können wir hier erst gebrauchen, wenn die Pferde wieder vorzeigbar sind.« Sie erhob sich, den Blick weiter auf Ron geheftet. Er war so bleich, als habe alles Blut seinen Körper verlassen.

Zum Teufel mit den Pferden! Sie würde Margoro schon überzeugen, dass sie in ein paar Tagen wie neu wären. »Aber sie werden erst zum Abend zurück sein.« Sie nagte heftig an ihrer Unterlippe.

»Dein Adliger wird bestimmt alles stehen und liegen lassen, um seine Tierchen kennenzulernen.«

»Gewiss; aber eine Heilerin bewegen mitzukommen?«

Sitaki grunzte. »Meinst du, die Kerle haben vergessen, wie man jemanden überzeugt?«

Aber diese Methoden taugten nicht für eine Frau, deren Hilfe sie benötigten. Nanja blickte nachdenklich zu den Seefahrern, die sich langsam aus ihren Decken schälten oder schon mit einem dampfenden Becher in der Hand vor dem Feuer saßen und auf Lerts Frühstück warteten. »Ich fahre selbst. Ihr werdet in der Zwischenzeit den Weg weiter freiräumen und befestigen.«

»Das ist gut; mit einer Frau wird eine Heilerin freiwillig mitkommen.« Sitaki legte eine Hand auf Rons Brust. »Ich fühle seinen Herzschlag fast nicht mehr.« Er senkte den Kopf; mit halb erstickter Stimme sprach er weiter. »Aber auch du wirst kaum schnell genug zurück sein.«

Nanja straffte ihre Schultern. »Ich werde rechtzeitig zurückkommen.«

Sitakis Kopf sank noch tiefer. Kaum verstand sie, was er flüsterte. »Ja, wenn du die Kraft der Magie besäßest.«

5

Wenig später stand Nanja am Ruder ihrer Brigantine. Sitaki blieb mit allen zurück, die sie für die kurze Fahrt auf dem Schiff nicht brauchte. Sie würden den Tag über den Weg weiter freiräumen und befestigen.

Die Winde meinten es diesmal gut mit ihr und schneller als erwartet tauchten die ockerfarbenen Mauern von Kruschar vor ihr auf. Als eine der freien Städte des Nordens brauchte Kruschar seinen Reichtum nicht mit anderen zu teilen und zeigte es ungeniert: Die meisten Gebäude hatten verglaste Fenster; die Straßen waren allesamt gepflastert. Oberhalb des Hafenviertels hatten selbst die direkt aneinander gebauten Häuser kleine Gärten vor den Türen.

An der Hafeneinfahrt ließ sie eine Botentaube zu Margoro schicken und lief dann mit dem Pomp einer vollen Besegelung in die windgeschützte Bucht ein, ihr Banner am Topp des Großmasts. Wenn auf den Schiffen, an denen sie vorbeifuhr, die Bordwachen nicht allzu zerstreut waren, dippten sie ihre Flaggen, um sie zu begrüßen. Die Schiffer der Dracheninsel, die sich nie weiter als eine halbe Tagesreise von der Küste entfernten, verneigten sich allesamt vor den Kapitänen, die sich aufs offene Meer wagten.

Um jenseits des Hafenviertels möglichst wenig aufzufallen, zog sie ein bodenlanges Kleid mit üppigen Stickereien und drei Unterröcken an, löste ihren Zopf und steckte ihre Haare mit Spangen aus dunkelgrünem Obsidian fest. So unterschied sie nur noch ihre sonnengebräunte Haut von den Bürgerinnen der Stadt.

Als sie anlegten, stand der Ratsherr schon am Kai, trotz der Menge unübersehbar in seinem Prunkgewand. Nun brauchte sie nicht darüber nachzudenken, ob sie zuerst Margoro aufsuchen sollte oder gleich nach einer Heilerin schicken. Er überragte die meisten der Umstehenden um einen halben Kopf und beanspruchte den Platz von drei Männern. Wäre sein Äußeres nicht ohnehin unverwechselbar gewesen, so hätten ihn die Insignien des Rats der Stadt verraten, die er auf seiner Brust zur Schau stellte.

Er trat buchstäblich von einem Bein aufs andere vor Ungeduld. Sicher konnte er es kaum erwarten, sein neues Spielzeug in Empfang zu nehmen.

Farwo hatte die Stelling noch nicht gesichert, da sprang Margoro schon an Bord und kam mit langen Schritten übers Deck. So viel Behändigkeit hatte sie ihm angesichts seines Körperumfangs gar nicht zugetraut. Immerhin keuchte er schwer.

»Wo sind sie denn?«, rief er schon von weitem.

Nanja stieg langsam vom Achterdeck herunter. »Auf Gemona.« Sie schmunzelte über seinen enttäuschten Gesichtsausdruck. »Dort erholen sie sich von der langen Überfahrt.«

»Ich will sie haben«, murrte Margoro. »Erholen können sie sich auch auf meiner Drachenweide.«

Nanja nickte. »Willst du uns mit deinem eigenen Schiff folgen oder kommst du an Bord?«

»Ich bin doch schon an Bord!«

»Das ist nicht zu übersehen.« Farwo fand sich wohl sehr geistreich.

Nanja warf ihm einen Blick zu, der ihn den Kopf einziehen ließ. Sie konnten es nicht gebrauchen, Margoro zu verärgern, denn er würde sich gedulden müssen, bis sie eine Heilerin gefunden hatten. »Du solltest dich praktischer kleiden. Die Insel ist unwegsam; zudem hat ein Erdbeben große Schäden angerichtet.«

»Und meine Pferde?« Magoros gelbliches Gesicht rötete sich. Mit dem kunstvoll verzwirbelten Bart, dessen gewachste Enden rechts und links von seinen Mundwinkeln abstanden, wirkte er in diesem Augenblick wie ein Hummer, der seine Scheren aufklappte.

»Denen geht es gut, aber wir brauchen Hilfe für einen der Männer. Erst dann fahren wir zurück.« Dass sie zwei der Tiere verloren hatten, brauchte er nicht zu erfahren; es waren immer noch genug.

»Kein Problem, überhaupt kein Problem.« Margoro zog einen Leinenbeutel aus den Tiefen seines Gewandes und hielt ihn Nanja hin. »Damit kannst du alle Hilfe kaufen, die es in Kruschar gibt.«

»Wirklich alle? Auch das, was es eigentlich nicht gibt?«

Magoro warf einen misstrauischen Blick auf den Bootsmann – offensichtlich hatte er verstanden. Er trat einen Schritt näher zu Nanja und flüsterte: »Magie kann man nicht kaufen. Aber ich weiß, wo du sie vielleicht findest.«

»Zeig mir den Weg!« Nanja raffte ihre unhandlichen Röcke und lief zur Stelling.

Erst am Kai blieb sie stehen und wartete darauf, dass er von Bord kam. Plötzlich schien ihm jede Bewegung schwer zu fallen; in seinem ersten Eifer hatte er sich wohl verausgabt. Er sah sie an, als erwarte er, dass sie es sich anders überlegte. Aber als sie nickte, bequemte er sich weiterzugehen.

Am Kai wartete eine prunkvolle offene Kutsche mit zwei grün und braun schimmernden Zugdrachen als Gespann. »Wir fahren zuerst zu meinem Stadthaus und nehmen dann einen unauffälligeren Wagen.«

Unauffälliger war das andere Gefährt zwar nicht, aber geschlossen und mit dichten Vorhängen versehen, sodass niemand hineinsehen konnte. Die Wappen an den Türen ließ Margoro mit einem Tuch verhängen. Aber den edlen Zugdrachen sah man doch an, dass der Besitzer zu den Vornehmen der Stadt gehörte.

Nanja war es gleich. Nicht sie würde Schwierigkeiten mit den abergläubischen Aharons-Mönchen bekommen. Aber er vermutlich auch nicht; gewiss hatte er einen Pakt mit ihnen wie so mancher der Adligen.

Das Erdbeben war bis Kruschar zu spüren gewesen und die Fahrt dauerte viel länger, als sie erwartet hatte. An mehreren Stellen waren die Gassen durch Aufräumarbeiten blockiert. Mancherorts lag noch immer Glas herum und sie mussten Umwege fahren, damit sich die Drachen nicht die Tatzen aufschnitten. Eine breitere Straße war zur Hälfte durch ein herabgestürztes Dach versperrt; von der Front des Hauses hingen die traurigen Überreste weißer Girlanden, die es schon für das Herbstfest schmückten.

Margoro brachte sie zu einer Herberge am Rande der Stadt. Er schlug einen Vorhang zurück und zeigte sie ihr, während sie daran vorbeifuhren. Der Drachenlenker hielt erst zwei Häuser weiter und gegen jeden Brauch blieb er auf dem Bock sitzen statt ihr die Tür der Kutsche zu öffnen.

»Nach wem soll ich fragen?«

»Am besten fragst du gar nichts. Nimm dir ein Zimmer und erzähle der Wirtsfrau, dass du für einen Schwerverletzten Hilfe brauchst. Sag ihr, dass nur die Macht der Götter ihn noch retten kann.« Margoro blickte sie prüfend an. »So ist es doch, oder?«

Nanja nickte.

»Nun, man wird verstehen, was du meinst. Sprich so laut, dass es alle hören. Dann wird sich die Richtige schon finden.«

Das war aber nicht sehr vorsichtig. Misstrauisch kniff Nanja die Augen zusammen. Im Halbdunkel der Kutsche war sein Gesichtsausdruck nicht zu deuten. War sie ein zu großes Risiko eingegangen? Niemand wusste, wo sie war. Sie aber hatte Margoro verraten, wo sich die Pferde befanden. Wie hatte die Sorge um Ron sie so leichtsinnig werden lassen?

»Wenn es eine gibt, die sich angesprochen fühlt, wird sie dich finden.«

»Und wie? Du willst doch sicher nicht bis zum Abend warten. Und ich kann nicht.«

Margoro öffnete ihr den Schlag der Kutsche. »Mehr kann ich dir nicht bieten. In zwei Stunden lasse ich dich abholen und dann will ich nach Gemona.«

Einen Augenblick zögerte sie noch, dann stieg sie aus. Letztlich konnte Magoro es sich nicht leisten, sie an die Mönche zu verraten. Noch nicht.

Die graue Fassade der Herberge war an vielen Stellen bröckelig und vom Salz der Seeluft zerfressen. Die Besitzer hatten sich den Aufwand gespart, die schmalen Fenster zu verglasen. Wer hier abstieg, hatte entweder kein

Geld oder etwas zu verbergen. Wahrscheinlich wimmelte es im Essen von Maden und in den Betten tummelten sich die Wanzen. Nun, sie wollte weder mit den einen noch mit den anderen Bekanntschaft schließen. Vielleicht gab es einen genießbaren Schnaps, denn darauf bestanden selbst die heruntergekommensten Gesellen.

Noch bevor sie die Tür zur Herberge öffnete, verklang hinter ihr das Stampfen der davontrabenden Zugdrachen. Margoro hatte es wirklich eilig.

Ein langer düsterer Flur, von dem zwei Treppen abgingen, führte in den Schankraum. An einem der wackligen Tische saßen zwei alte Männer ohne Schuhe, die Hemden mit unpassenden Stoffen geflickt. An einem zweiten saß ein Paar in einfachen braunen Kleidern, so alt wie sie selber oder ein wenig jünger. Ein Hund mit langem zweifarbigem Fell schwänzelte um den Tisch herum. Die junge Frau wog für ihren Geschmack ein bisschen zu viel, hatte aber ein hübsches Gesicht. Der Mann kam ihr bekannt vor. Zumindest hatte sie schon einmal jemandem getroffen, der ihm sehr ähnlich sah.

So wenige Gäste, trotzdem sich die Stadt für das Herbstfest füllte: Diese Herberge musste wirklich mies sein.

Neben dem Tresen stand eine gut aussehende junge Frau mit einem kleinen Mädchen auf dem Arm. Eine grellbunte Schürze kennzeichnete sie als die Wirtin. Sie blickte Nanja staunend entgegen. In dieser Umgebung stach sie mit ihren aufwändig frisierten Haaren und dem eleganten Kleid freilich heraus wie ein Drache in einer Ziegenherde. Damit hatte sie nicht gerechnet, dass sie eine Heilerin an einem solchen Ort suchen sollte.

Mit einem liebevollen Lächeln für das Kind, das dieses ohne Scheu erwiderte, fragte Nanja nach einem Zimmer.

Die Wirtin sah noch überraschter aus als zuvor. »Wie lange willst du bleiben?«

Nanja hob die Hände. »Das weiß die Göttin! So lange, bis ich gefunden habe, was ich suche.«

Die Wirtin setzte das Kind auf die Theke. »Ich kenne hier alles und jeden. Wenn du mir also sagt, was du suchst ...«

»Nun ja!« Nanja strich dem Mädchen übers Haar. Margoros Rat, lauthals nach einer Heilerin zu fragen, erschien ihr noch immer fragwürdig. »Wie heißt du denn, Prinzessin?«

Das Mädchen drehte sich zur Seite und verbarg sein Gesicht an der Schulter der Wirtin.

»Ich suche eine Heilerin. Eine wirklich gute.« Die junge Frau an dem Ecktisch richtete sich auf, als wolle sie besser hören. Darum hob Nanja nun doch die Stimme, wie Margoro ihr geraten hatte. »Auf Gemona liegt ein Mann, der beim Erdbeben verschüttet wurde. Er wird sterben, wenn ich nicht bald Hilfe bringe.«

»Also brauchst du eine Heilerin, die Zeit hat, mit dir zu gehen. Hast du denn ein Schiff?«

»Ich bin Nanja.«

»Nanja!« Die Wirtin sah sie voller Staunen an. »Welch eine Ehre für meine bescheidene Herberge.« Ihre Augen begannen zu glitzern. »Bleib, so lange du willst. Ich werde mich für dich umhören.« Wahrscheinlich rechnete sie sich jetzt aus, wie viel ihr das alles einbrachte.

»Mein Steuermann sagt, es bräuchte ein Wunder, damit der Matrose überlebt. Aber wenn ich nicht bald zurückkomme, wird auch das nichts mehr helfen.«

»Es gibt keine Wunder.« Die Wirtin zögerte unverkennbar, als sie diese Worte aussprach.

Nanja lächelte. »Ich glaube an die Allmacht der Götter. Bhiel schützt die Tapferen.« Wenn das ihre Mutter gehört hätte! Sie sollte vielleicht nicht ganz so dick auftragen. »Hast du einen guten Schnaps, Wirtin?«

Die Wirtin stellte eine Flasche und ein Glas auf den Tresen. »Ich mache dir ein Zimmer fertig. Dann gehe ich zu der alten Ratika. Sie wird nicht selber mit dir kommen, aber gewiss weiß sie eine andere.«

»Umgekehrt! Geh zuerst zu dieser Ratika.«

Die Wirtin kratzte sich in den Haaren, als hätte eine Laus sie gebissen, und schaute auf die anderen Gäste. Sie war eben doch nicht so eilfertig, wie sie getan hatte. Aber dann band sie ihre Schürze ab und verließ mit dem Mädchen an der Hand den Schankraum.

Nanja setzte sich an einen freien Ecktisch. Von dort hatte sie die anderen Gäste im Blick und wirkte doch nicht neugierig. Sie schenkte sich ein; dann kippte sie ihren Stuhl, bis er mit der Lehne an die Wand stieß, und streckte die Beine aus. Unter ihrem Kleid verborgen streifte sie die unbequemen hochhackigen Schuhe ab.

Die beiden alten Männer sprachen über das bevorstehende Fest und stritten lautstark darüber, ob die fremden Renntiere, die gegen die Drachen antreten sollten, gewinnen würden. Dafür also dienten Margoro die Pferde; und er hatte sie offensichtlich großspurig angekündigt.

Der junge Mann am anderen Tisch sah mehrmals zu ihr herüber, sodass sie wieder darüber nachdachte, wo sie ihn gesehen haben mochte. Kannte auch er sie? Er unterhielt sich flüsternd mit seiner Gefährtin; deren heftige Gesten ließen sie aufgeregt wirken. Grübelnd trank Nanja ein Glas Schilfgrasbrand nach dem anderen. Der Schnaps war tatsächlich gut – weich und wärmend.

Die Wirtin blieb bedenklich lange fort. Aber wenn Margoro sie hierher geschickt hatte, musste er der Frau vertrauen. Sie würde ihr schon nicht die Hexenjäger auf den Hals schicken. Plötzlich wurde ihr bewusst, dass das kleine Mädchen dem Adligen auffallend ähnlich sah: die gleichen dünnen, geraden Augenbrauen; die etwas schräg stehenden Augen. Sein Balg! Margoro kam also öfter hierher. Amüsiert pfiff sie durch die Zähne.

Sein Balg. Ihre Gedanken machten ein Sprung. Jetzt wusste sie, warum ihr der Mann am Nachbartisch vertraut schien: Er gehörte zur Familie eines Mannes, den der Mönchs-Orden ruiniert hatte. Aber dieser war zu jung, um der Rebellenführer von Dhaomond zu sein; ein Bruder also. Er sollte wissen, wo Hollor jetzt zu finden war. Vielleicht konnte sie die eisernen Waffen verhökern, die ihren Laderaum füllten, bevor sie nach Gemona zurückfuhren. Nur durfte Margoro nichts davon bemerken. Dieser Aufstand, das war Politik und sie hatte keine Ahnung, wer mit wem paktierte.

Die Gläser des Paares waren inzwischen leer. Nanja schlüpfte in ihre Schuhe, nahm die Flasche und ging an seinen Tisch. »Darf ich mich setzen?«

Die beiden sahen sich an. Die junge Frau langte sich in die Haare und drehte eine Strähne um ihre Finger.

Der Mann nickte. »Wir haben gerade überlegt, ob wir dich ansprechen sollen.«

Nanja zog nur die Brauen hoch. Das ließ sie ihn erst einmal erklären, bevor sie selber etwas sagte. Sie schenkte den beiden die Gläser voll.

»Wir haben mitbekommen, dass du Hilfe brauchst«, fuhr er fort. Die Frau blickte auf den Tisch, als sei sie peinlich berührt.

Nanja wartete, wie es weitergehen mochte. Aber anscheinend war sie jetzt dran. »Einer meiner Matrosen ist schwer verletzt. Wisst ihr eine Heilerin, die mit mir kommen würde?«

»Sondria hat die Heilkunst gelernt«, sagte der junge Mann. »Übrigens, ich bin Wribald. Wir sind nicht von hier.«

Wribald also. Von seinem Bruder, dem Rebellenführer, hieß es, er sei bloß ein Dieb, dem die Rückkehr der Könige nach Dhaomond völlig gleichgültig wäre. Ob das auch für ihn galt?

Über die Waffen konnte sie später reden. Zuerst Sondria. Nanja stützte den Kopf auf beide Hände und musterte sie unverhohlen.

»Wenn du niemanden sonst findest ...« Sondria sprach zum Tisch. »Ich weiß nicht, ob meine Fähigkeiten reichen. Gewiss gibt es Erfahrenere als mich.«

»Aber nicht doch.« Wribald protestierte so laut, dass die beiden alten Männer zu ihnen herübersahen. Sofort senkte er seine Stimme wieder. »Ich weiß, dass Sondria gut ist.« Er zögerte einen Augenblick und wandte sich dann an sie. »Bis zum Fest kannst du doch problemlos aus der Stadt verschwinden.«

Das war eine eindeutige Aufforderung an Sondria, die Gelegenheit zu nutzen. Der Bursche war wenig geschickt; Nanja musste sich beherrschen, um nicht loszulachen. Vor wem musste Sondria auf der Hut sein, dass der Schutz der Rebellen nicht reichte – oder die Rebellen sie nicht schützen mochten? Natürlich würde sie ihr helfen zu verschwinden, gleich, ob sie heilen konnte oder nicht. Aber wenn sie auslief, musste eine an Bord sein, die in der Lage war, Ron zu retten.

Trotz der schwarzen Haare schien Sondria kein Elfenblut in den Adern zu haben, denn sie war stämmig wie ein Bauernmädchen. Und sie war jung; zu jung eigentlich, um die Magie der Landmenschen zu beherrschen.

Nanja senkte ihre Stimme zu einem Flüstern. »Hat Sondria einen Grund, Kruschar so kurz vor dem Fest zu verlassen?« Wenn sie selber Flagge zeigte, konnte sie am ehesten Aufrichtigkeit erwarten.

Wribald riss die Augen auf. »Wieso? Wie kommst du auf die Idee?«

Nanja sah Sondria an. »Ist es so oder nicht? Sag mir die Wahrheit. Ich nehme dich mit, wenn du auf der Flucht bist – auf jeden Fall. Aber ich muss wissen, ob du Ron heilen kannst oder ich jemand anderes brauche.«

Sondria senkte wieder den Blick; Wribald legte wie beschwörend seine Hand auf ihren Arm.

»Ich vertraue dir ein Leben an, Sondria. Er wird sterben, wenn du mich betrügst.«

»Es stimmt«, sagte Sondria leise und schob Wribalds Hand beiseite. »Lass mich!« Sie reckte ihr Kinn und blickte Nanja überraschend selbstbewusst an. »Ja, ich bin auf der Flucht. Der Heilige und seine Mönche sind hinter mir her. Und die Rebellen auch – Wribalds Bruder. Aber ich kann wirklich heilen! Doch fehlt es mir an Übung. Besser wäre, du fändest eine Erfahrenere.«

Dennoch ein Hoffnungsschimmer für Ron – Nanja lockerte ihre angespannten Schultern. »Behaupten die Mönche bloß, dass du eine Hexe bist oder besitzt du wirklich magische Fähigkeiten?«

Sondria kaute auf ihren Lippen und schielte dabei zu Wribald. Der wusste wohl nicht alles. Nanja war dieser abwägende Blick Antwort genug.

Wribald richtete sich auf und starrte die junge Frau an. Dann sagte er lahm: »Sondria ist keine Hexe. Wir sind zusammen aufgewachsen.« Was für eine Begründung!

»Wir werden sehen, ob die Wirtin jemanden findet.« Sie lächelte Sondria an. »Aber dich nehme ich auf jeden Fall mit.«

Sondria nickte nachdrücklich. »Ich werde deinem Matrosen helfen.«

Damit war klar, dass die junge Frau magische Fähigkeiten besaß. So focht es Nanja nicht weiter an, dass die Wirtin erfolglos zurückkam.

Wenig später stand Margoros Drachenlenker in der Tür. Die Wirtin bekam noch einmal große Augen; ganz offensichtlich kannte sie ihn. Vermutlich verlangte sie deshalb auch keine Entschädigung, als Nanja ihr erklärte, sie brauche das Zimmer nun doch nicht.

Dass Margoro nicht selber gekommen war, bot die Gelegenheit, Wribald die Waffen zu zeigen, bevor sie ausliefen.

Er zögerte jedoch und errötete, als sie ihn einlud mitzukommen. »Das ist nicht nötig. Ich werde hier auf Sondria warten. Du bringst sie doch wieder zurück nach Kruschar, nicht wahr?«

»Natürlich komme ich zurück. Ohne die Pferde findet Margoros Rennen nicht statt.«

Einer der alten Männer erhob sich leicht schwankend und kam auf sie zu. »Du ... du weißt mehr über die Renntiere?«

Nanja nickte amüsiert. Wenn er wüsste, dass sie selbst die Tiere von den Weiden der Sabienne entführt hatte.

»Sag, auf wen ... auf wen sollen wir wetten?«, fragte sein Kumpan. »Wer ist schneller?«

Nanja setzte ihr charmantestes Lächeln auf. »Ihr seid zu zweit. Wettet auf beide – Pferde und Drachen. Dann gewinnt einer von euch auf jeden Fall.« Die Männer starrten sie mit dümmlichem Gesichtsausdruck an, viel zu betrunken, um ihre abstruse Rechnung zu begreifen.

Sie wandte sich wieder an Wribald. »Wenn du zum Schiff mitkommst, wirst du feststellen, dass du Besseres tun kannst als herumzusitzen und auf Sondrias Rückkehr zu warten.«

Wribald sah erleichtert aus – als ob es ihm in Wahrheit schwer gefallen wäre, Sondria alleine gehen zu lassen.

Der Drachenlenker dagegen blieb einfach am Tresen stehen, als sie gehen wollten; das Glas Schnaps in der Hand, das die Wirtin ihm unaufgefordert hingestellt hatte.

»Vorwärts«, befahl Nanja. »Margoro bezahlt dich nicht fürs Herumstehen.«

Wribald lachte auf. »Ich glaube nicht, dass er ihn überhaupt bezahlt«, flüsterte er.

Das bestätigte ihren Eindruck, dass sich auch auf der Dracheninsel die Sklavenhaltung immer weiter ausbreitete. Es war ihr völlig unverständlich: Wenn sie sich nur vorstellte, sie hätte ihre Besatzung genauso wie die Brigantine von ihrem Vater geerbt und nun auf Gedeih und Verderb am Hals! Diese adligen Landmenschen mussten immer um die neueste Mode wetteifern und ihren Reichtum zur Schau stellen. Eines Tages würde ihnen ihr Geprotze das Genick brechen.

Nanja befahl der Bordwache, die Besatzung aus den Hafenkneipen zu holen. Dann brachte sie Sondria und den Hund in Sitakis Kajüte und bat Wribald, mit ihr zu gehen.

»Ich möchte dir etwas zeigen, bevor Margoro an Bord kommt.« Sie führte ihn hinunter zum Laderaum und zündete zwei Fackeln an.

Beeindruckt pfiff er durch die Zähne. »Ein prächtiges Arsenal!« In seine Augen trat ein gieriger Ausdruck. »Kein Wunder, dass du als unbesiegbar giltst. Damit ist es einfach.« Als ob die Handelsschiffer vom Festland nicht mit eben diesen Waffen kämpften.

»Schätzt du diese Waffen so hoch ein?«, fragte sie amüsiert.

Er trat vor ihr in den Laderaum und langte nach einem Schwert mit einer besonders prächtig verzierten Parierstange. »Das ist eine Waffe, gegen die kommt keiner der Söldner des Heiligen an. Ich wette, sie ist sogar immun gegen dessen Magie.«

»Der Heilige hat Magie verboten.«

Wribald tat ihre Bemerkung mit einer Handbewegung ab. »Das besagt nichts. Der Heilige paktiert gewiss mit einem Dämon. So viel Bosheit kann nicht in einem einzelnen Menschen wohnen.«

»Er hat seinen Glauben.« Nanja nahm eine der Fackeln aus ihrer Halterung und hielt sie höher, um in den entfernten Teil des Laderaums zu leuchten. »Und es sind nicht die Religionen, die das Übel in die Welt bringen, sondern die Habgier der Menschen.«

»Aber wenn sich Religion mit Habgier paart ...« Wribald ereiferte sich und schwang das Schwert durch die Luft, als greife er einen unsichtbaren Gegner an. Er schien ein geübter Kämpfer zu sein. Auch hatte er instinktiv das beste Schwert von allen gefunden. Er senkte es und strich mit der anderen Hand vorsichtig über die Klinge. »Es fühlt sich an wie ... Ich habe immer geglaubt, Eisenschwerter müssten unendlich schwer sein. Dieses jedoch ...«

»Manche schon. Schau, diese dort.« Sie zeigte auf eines der Langschwerter. »Nur wenige können sie in einer Schlacht führen, ohne allzu bald zu ermüden.«

Ohne sein Schwert beiseite zu legen, wollte er in die Ecke laufen, wo die Langschwerter an der Wand lehnten. Aber sie winkte ihm, den Laderaum zu verlassen. Margoro konnte jeden Moment eintreffen.

Ob sie Sondria einen Gefallen täte, wenn sie ihm das Schwert schenkte? Aber er hätte vermutlich nichts davon; Hollor würde es für sich beanspruchen. Sie packte ihn an der Schulter. »Leg es zurück.«

Mit einem sehnsüchtigen Blick beobachtete er, wie sie die Tür verriegelte. »Warum hast du mir das gezeigt? Damit mein Bruder sich nicht an Sondria vergreift, während sie unter deinem Schutz steht?«

Nanja lachte. »Wir brauchen diese Waffen nicht, um unsere Schlachten zu gewinnen. Überdies taugen Waffen wie die Langschwerter wenig für den Nahkampf auf Schiffen.« Sie blieb mitten auf dem Niedergang stehen und sah ihm aufmerksam ins Gesicht. »Es ist euch ernst mit diesem Aufstand, nicht wahr?«

Wribald biss die Zähne zusammen und versuchte, entschlossen dreinzuschauen. Er litt wohl unter dem Schatten seines berühmten Bruders.

»Wie viel wäre es euch wert, diese Waffen zu besitzen?«

»Damit könnten wir eine ganze Armee ausrüsten«, flüsterte er. Auf der obersten Stufe angekommen, blickte er noch einmal zur Tür zurück.

Er war so leicht zu durchschauen. »Ans Stehlen solltest du nicht einmal denken. Aber kaufen könnt ihr sie.«

»Ich ... ich frage meinen Bruder.« Wribald schluckte; seine Stimme war heiser vor Aufregung. »Wie viel auch immer du dafür verlangst, wir werden einen Weg finden, diese Waffen zu bezahlen.«

»Ich fürchte, das kann ich dir glauben«, antwortete sie sarkastisch. »Aber hütet euch, die Armen zu plündern. Ich nehme kein schmutziges Geld.«

Margoro ließ auf sich warten. Als Farwo die Sanduhr zum zweiten Mal umdrehte, befahl Nanja, die Segel zu setzen. Sie musste unbedingt vor Einbruch der Dämmerung zurück sein. Farwo wollte gerade die Stelling einholen lassen, als er endlich vorfuhr. Nanja tat, als sähe sie ihn nicht, und ließ die Leinen lösen.

Margoro stürmte wutentbrannt zu ihr aufs Achterdeck. »Was fällt dir ein?«

»Ich habe angenommen, du folgst mir mit deinem eigenen Schiff.«

»Und wie hätte ich euch gefunden?«

Nanja grinste. »Einmal um die Insel herum. Die ‚Agena‘ ist nicht zu übersehen.«

Er war streitsüchtig, weil sie fast ohne ihn gesegelt wäre, und suchte nun nach einer Entgegnung, mit der er gewinnen konnte. Aber er wurde schon leiser. »Es sind meine Pferde«, murrte er.

Da lachte Nanja ihn erst recht aus. »Noch nicht! Erst, wenn du sie bezahlt hast.« Sie wandte sich ab und ging ans Ruder.

Immer noch missgelaunt, folgte er ihr und stellte sich neben sie. Sie ließ ihn gewähren, um nicht noch einen Streit anzuzetteln. »Wie sind sie?«

Konzentriert steuerte sie an den anderen Schiffen vorbei aus dem überfüllten Hafen. Überraschenderweise wartete er geduldig.

Als sie das letzte Leuchtfeuer hinter sich ließ, fragte sie zurück: »Was genau willst du wissen? Ob sie schön sind?«

Zu ihrer Verblüffung ging Margoro auf ihren Scherz ein. »Das will ich doch hoffen.« Er stützte sich mit einem Ellenbogen aufs Geländer vor ihnen und sah sie erwartungsvoll an.

Sie warf ihm einen kurzen Blick zu, dann konzentrierte sie sich wieder auf das Ruder. »Sie sind sehr schön. Elegant wie Schwäne. Neben unseren Drachen werden sie zerbrechlich wirken.«

»Aber sind sie auch schnell?«

Natürlich waren sie das, aber verglichen mit den Drachen? Nanja zuckte die Achseln. Sie hatte die Pferde auf dem Festland laufen sehen, aber für die Rennen der Laufdrachen von Kruschar hatte sie sich nie interessiert. Tiruman flog. »In der Herberge haben sie von dem Rennen geredet. Es ist wohl Stadtgespräch.« Sie schaute ihn an. »Ich nehme an, du hast auf die Pferde gesetzt.«

Margoro grinste. »Noch nicht. Mehr als der eigene Einsatz interessiert mich, wie ich die Wetten organisieren muss, damit ich auf jeden Fall gewinne.«

»Gleich, ob die Pferde schneller laufen oder die Drachen: Hast du denn Leute, die sie reiten können?«

»Ist doch egal, ob jemand ein Pferd oder einen Drachen reitet.«

Seit sie Ron auf Rabenschwarz gesehen hatte, war sie überzeugt, dass es einen Unterschied machte. Aber sollte er es doch selbst herausfinden. »Es wird wohl wie so oft davon abhängen, wer der bessere Reiter ist.«

»Vielleicht sollte ich nicht Pferde gegen Drachen setzen lassen, sondern auf die einzelnen Tiere?« Margoro zerrte nervös an seinen weiten Ärmeln. Es schien eine Angewohnheit zu sein, denn der Goldbesatz an den Rändern war völlig abgegriffen.

»Damit ließest du mehr auf die Reiter wetten als auf die Tiere.«

»Aber wenn es doch auf die Reiter ankommt?«

Nanja lachte schallend. Margoro sah erst irritiert aus, dann machte er ein böses Gesicht. »Was verstehst du denn davon?«

Halb atemlos stieß sie hervor: »Aber du willst doch mit den Pferden etwas beweisen.« Sie dachte einen Moment nach. »Was für einen Zweck hat das Ganze?«

»Das Volk will unterhalten werden. Das haben sich die Menschen nach einem langen Jahr harter Arbeit verdient.«

Also brauchte er die Gunst der Bevölkerung für irgendetwas. Im Grunde unterschied er sich nicht von den Sabienne. Diese Landmenschen hatten allesamt nichts als Macht und Reichtum im Sinn. Und Stroh im Kopf.

<h1 style="text-align:center">6</h1>

Es war später Nachmittag, als sie Gemona erreichten. Diesmal ankerte Nanja die Brigantine in einer sandigen Bucht nahe der Klamm, in der die Seefahrer lagerten.

Margoro mühte sich ächzend das Fallreep hinab ins Landungsboot und wartete später mit dem Aussteigen, bis die Seefahrer das Boot den Strand heraufgezogen hatten. Trotzdem trat er mit seinen kostbaren Brokatschuhen ins Wasser. Natürlich hatte er ihren Rat nicht befolgt, sich angemessen zu kleiden: Das hätte ja bedeutet auszusehen wie ein gewöhnlicher Bürger.

Mit grimmigem Gesicht raffte er seine Gewänder und stakste den Strand hoch. Bei jedem Schritt bohrten sich die hohen Absätze in den Sand und er hatte Mühe voranzukommen. Als er sich endlich seinen Weg durch die angrenzenden Felsen gesucht hatte, waren die Schuhe unwiderruflich hinüber. »Und wie kriegt ihr die Pferde zurück aufs Schiff? Das ist doch ganz unmöglich!«

Ohne Ron würde es tatsächlich schwierig. »Nicht hier in der Bucht«, fertigte Nanja ihn vage ab.

Sondria lief immer noch am Strand auf und ab, bückte sich wieder und wieder und ließ Sand zwischen ihren Fingern hindurchrieseln. Sie war wohl doch ein wenig merkwürdig. Ihr Hund, Harun, bellte wütend die Wellen an. Aber jedes Mal, wenn sie stehen blieb und sich bückte, bohrte er seine Schnauze neben ihr in den Sand, als wolle er helfen.

Als Sondria dann zu ihnen stieß, lief Nanja mit ihr voraus, ohne Rücksicht darauf, ob Margoro Schritt halten konnte. Doch je näher sie der Klamm kamen, umso zögerlicher wurde ihr Schritt, umso drückender die Angst, zu spät zu kommen.

Sondria musste den Aufruhr in ihrem Herzen spüren, denn als sie die Anhöhe erreichten und ins Tal hinabschauten, legte sie Nanja ihren Arm um die Taille. »Fürchte dich nicht.«

Nanja blieb stehen.

Sondria drückte sie fester an sich. »Ich spüre die Geister der Menschen dort unten. Einer ist am Verlöschen – aber noch ist es nicht zu spät. Er wehrt sich standhaft, in die Dunkelheit gezogen zu werden.«

Es war eine Hoffnung, mehr nicht.

Sie stiegen den Pfad hinunter, den Nanjas Männer inzwischen befestigt hatten. Trotz der großen Serpentine war er steil und Margoro fluchte hinter ihnen unausgesetzt über die Zumutungen des Geländes. Nichts interessierte sie jetzt weniger.

In Sitakis Gesicht stand Hoffnungslosigkeit geschrieben, als er sich zu ihnen umwandte, kaum dass ihn die Rufe der anderen auf sie aufmerksam gemacht hatten. Sein Blick glitt zwischen ihr und Sondria hin und her. Dann räusperte er sich und setzte zum Sprechen an, aber er brachte nur drei unzusammenhängende Worte hervor.

Ron atmete pfeifend; als er hustete, sickerte Blut aus einem Mundwinkel. Sein Gesicht war grau und unterschied sich wenig von einer wächsernen Totenmaske.

Nanja ging neben Sitaki in die Knie. »Sind wir zu spät gekommen?« Selten war ihr das Leiden eines ihrer Männer so nahe gegangen. Ron hatte seine Heimat aufgegeben, um ein besseres Leben zu finden, nicht den Tod.

Sondria schob die Decke beiseite und musterte Ron von oben bis unten, legte eine Hand erst auf seine Stirn, dann auf die Brust. Sie öffnete die andere Hand, die sie die ganze Zeit zur Faust geballt hatte, und ließ Sand zwischen ihren Fingern ins Gras rieseln, sodass er ein kleines Häufchen bildete. »Es ist nicht der richtige; er taugt wenig«, sagte sie langsam.

Sitaki schüttelte verwundert den Kopf. »Wozu brauchst du Sand?«

Ron stöhnte, hustete erneut und bäumte sich dabei krampfhaft auf. Seine Lippen waren bleich. Sondria hielt ihn sanft auf seinem Lager fest.

Sein Anblick brach Nanja das Herz. »Er stirbt«, flüsterte sie mit erstickter Stimme.

Sondria zog einen Kräuterbeutel aus dem Bündel, das sie aus der Herberge mitgenommen hatte. »Ich brauche heißes Wasser, einen Becher und einen Teller.«

Sitaki stürzte zum Feuer.

Behutsam tastete Sondria Rons Oberkörper ab. »Er hat zwei gebrochene Rippen; ein Splitter hat seine Lunge verletzt. Erstaunlich, dass er immer noch lebt.« Nanja erstarrte, aber Sondria fuhr mit einem dünnen Lächeln fort: »Wenn es wirklich schlimm wäre, wäre er längst verblutet.« Nun ja, das war kein wirklicher Trost.

Sondria begann, die Verbände zu lösen. »Hilf mir!«

Mit bebenden Fingern tat Nanja wie geheißen. Ron stöhnte, wenn sie blutverklebte Flachsfasern von den Wunden reißen mussten. Zuweilen flatterten seine Augenlider, als sei er an der Schwelle zum Bewusstsein. Dass Sondria beim Anblick der entzündeten Wunden wenig besorgt wirkte, ließ sie schließlich hoffen, er würde es schaffen.

»Der ist hinüber«, erklang plötzlich Margoros kalte Stimme hinter ihr.

Mit einem Wutschrei sprang Nanja auf. Margoro und Farwo standen mit verschränkten Armen da. Farwo sah gelangweilt aus; Margoro schaute angewidert auf den Verletzten. Nanja hätte sie beide erdolchen mögen.

Farwo musste außer Sichtweite. Besser, er bekam nichts mit, wenn Sondria Magie gebrauchte. Die Seefahrer wussten zwar so viel über Rons Zustand, dass sie sich ein wenig wundern würden, wenn er überlebte; aber die Männer ihres Vaters hielten den Mund. Farwo jedoch - falls er über Sondrias Heilmethoden plauderte, konnte das strikte Magie-Verbot, das auf dem Festland galt, sie bei ihrer nächsten Fahrt dorthin in Schwierigkeiten bringen.

»Zeig ihm die Pferde«, befahl sie dem Bootsmann, um beide loszuwerden.

Er schaute erschrocken und drehte sich dann zögernd um. Was für ein Feigling: Da schwang er ständig aufrührerische Reden und wagte es, sich mit ihr anzulegen, fürchtete sich aber vor ein paar Tieren. Margoro folgte ihm aufgeregt plappernd.

Als sie sich wieder neben Sondria kniete, kam Sitaki mit einem Krug heißes Wasser, einem Becher und einem Teller. In den Becher schüttete Sondria so viel von ihren Kräutern, dass der Boden bedeckt war, und goss dann auf. Beißender Geruch stieg Nanja in die Nase.

Sondrias Blick hieß sie, sich zurückzuziehen. Sie stand auf und zog Sitaki mit sich. Ein Dutzend Riemenlängen entfernt blieben sie stehen.

Sondria nahm etwas aus ihrer Rocktasche, zerkrü-
melte es auf dem Teller und zündete es an. Ein dünner
grauer Rauchfaden stieg auf und formte dann eine Kugel,
die immer größer und dunkler wurde. Währenddessen
trank sie selber aus dem Becher. Nanja schüttelte verblüfft den Kopf; sie hatte ein heilendes Gebräu für Ron
erwartet.

Einige Seefahrer wurden auf den seltsamen Rauch
aufmerksam und kamen näher. Sitaki schickte sie mit einer Handbewegung ans Lagerfeuer zurück.

Sondria verfiel in einen Singsang, von dem nur einzel-
ne Worte zu ihnen drangen. Währenddessen klaubte sie
das Sandhäufchen aus dem Gras und streute es über Ron.
War das nun Magie?

Was Nanja als kleines Kind in Belascha von den magischen Zeremonien der Landmenschen gesehen haben
mochte, war ihr nicht im Gedächtnis geblieben. Die Astronominnen, zu denen ihre Mutter gehört hatte, bezogen ihre Macht und Weisheit aus den Sternen, nicht aus
Ritualen. Und die Elfen benötigten keine sichtbaren
Hilfsmittel, um ihre Fähigkeiten zu entfalten; sie benutzten allein ihre Gedankenkraft. Dieses Zeremonie mit dem
Sand wirkte eher albern als geheimnisvoll.

Die Sonne verschwand hinter der Felswand und es
war immer weniger zu erkennen, was Sondria tat. Plötzlich wieherte ein Pferd direkt hinter ihnen. Eine der
braunen Cavallas trabte auf sie zu; der weiche Grasboden
verschluckte den Hufschlag. Der Dummkopf von Bootsmann musste den Pferch geöffnet haben.

Nanja versuchte, die Cavalla an der Mähne festzuhalten, aber sie sprang zur Seite und lief weiter. Sie wieherte noch einmal. Sondrias Singsang verstummte, die Hei-

lerin drehte sich um und starrte die Cavalla an. Sie stand auf und ging mit weit ausgestreckten Armen auf sie zu.

»Was macht sie denn?« Irritiert schob Sitaki seine Pfeife aus dem rechten Mundwinkel in den linken.

»Ich weiß nicht. Aber das kann nicht richtig sein.« Bhiel, der Göttin der Heilerinnen, wurde eine pferdeähnliche Gestalt zugeschrieben. Sahen die Heilerinnen also Pferde, wenn sie in Trance fielen? Und Sondria konnte nun nicht erkennen, dass dies ein wirkliches Pferd war?

Die Cavalla blieb vor Sondria stehen und scharrte mit einem Huf. Sondria streckte die Hand nach ihr aus. Im gleichen Augenblick, als Sondria sie berührte, schrie Ron auf.

Nanja lief ein eisiger Schauer über den Rücken. So hatte sie noch nie jemanden schreien hören: Das war keine menschliche Stimme; das war ein Kreischen aus einer anderen Sphäre. Harun raste um Rons Lager herum und bellte wie irre; Geifer troff von seinen Lefzen.

Ron warf sich hin und her und schien mit seinen Händen einen unsichtbaren Gegner abzuwehren. Dann umklammerte er plötzlich seinen Hals, als wolle er sich selber erwürgen. Sondria ließ das Pferd stehen und stürzte zu ihm zurück. Sie zerrte an seinen Fingern, bis sie sich von seinem Hals lösten, und legte sie auf seiner Brust ineinander. Dann fiel sie neben ihm ins Gras. Harun warf sich neben ihr zu Boden und knurrte drohend einen unsichtbaren Gegner an. Dämonen?

Nanja und Sitaki rannten los.

Während sich Sitaki um die erstarrte Heilerin kümmerte, packte Nanja Ron an den Schultern. Er wand sich noch immer und hatte die Augen weit aufgerissen, schien sie aber nicht zu sehen.

»Ron!« Sie drückte ihn an sich. Er zitterte; sein Gesicht brannte an ihrer Schulter. »Ron.« Sie presste die Augen zu, um die Tränen zurückzuhalten, die sich unter ihren Lidern sammelten.

Er stöhnte, krächzte etwas Unverständliches; dann entspannte er sich. Sie ließ ihn aufs Lager zurücksinken und kniete sich neben ihn, die Hand auf seiner Brust. Sein Herz schlug stolpernd; er keuchte.

Und dann blickte er sie an. Plötzlich stand das Leuchten in seinen Augen, das sie schon einmal berührt hatte.

Er erkannte sie und damit schlich ein Funken Hoffnung in ihr Herz.

Ron hustete heftig; sein Atem war von rasselnden Geräuschen begleitet. Dann schloss er die Augen wieder. Sie sprach ihn noch einmal an, aber er reagierte nicht mehr. Mit zusammengebissenen Zähnen drehte sie sich nach Sondria um. Die Heilerin lag starr und mit verdrehten Gliedern im Gras.

Sitaki stand auf und musterte Ron. »Ob sie etwas bewirken konnte?«

Nanja rieb sich den Nacken. »Irgendetwas ist schief gegangen.«

Sitaki legte beide Arme um ihre Schultern und zog sie an sich. »Die Magie, der sich die Landmenschen bedienen, ist gefährlich. Aber es war richtig, dass wir es versucht haben. Es war seine einzige Chance.«

»Wenn ich nur eine andere Heilerin mitgebracht hätte!«

»Du hattest keine Zeit zu suchen.«

»Doch«, flüsterte sie. »Während ich auf Margoro gewartet habe. Oder statt die Zeit damit zu verschwenden, Sondrias Begleiter das Arsenal vorzuführen.«

»Meine Kleine.« Sitaki strich ihr übers Haar, als sei sie immer noch sieben. »Mach dir keine Vorwürfe. Du hast dem Mädchen vertraut. Du warst sicher, dass du es richtig machst.«

»Aber es war falsch«, klagte sie. »Nur das zählt.«

Darauf hatte er keine Antwort.

Tamati verließ das Feuer und näherte sich ihnen bis auf einige Riemenlängen.

Nanja rief ihn zu sich. »Frag den Ratsherrn, ob er hier draußen übernachten will oder auf dem Schiff.«

Gleich danach stand ein empörter Margoro vor ihr. »Es wird gleich Nacht! Du kannst mich doch nicht in der Dunkelheit den Berg hinaufschicken!«

»Ich schicke dich nirgendwohin.« Sie wies zum Feuer. »Such dir also hier einen Platz zum Schlafen.«

Er schnaufte heftig; sein Gesicht lief dunkel an. »Was ist hier eigentlich los?«

»Die Heilerin hatte einen Zusammenstoß mit einem der Pferde.«

»Und jetzt sorgst du dich mehr um die Heilerin als um das Pferd?«

Nanja lachte auf. Margoros Gesicht mit dem seitwärts gezwirbelten Bart glich schon wieder einem Hummer. »Dem Pferd ist doch nichts passiert.«

Ihr Lachen schien Margoro noch zorniger zu machen. »Was tust du hier eigentlich? Was soll das ganze Aufheben um diesen dummen Matrosen?«

»Dieser dumme Matrose ...« Es war überflüssig, ihm etwas zu erklären. Einer, der sich Sklaven hielt und dem Tiere wichtiger zu sein schienen als Menschen, würde nicht verstehen, dass sie für ihre Männer sorgte.

Sie begleitete ihn zum Feuer zurück und sorgte dafür, dass er einen Schlafplatz bekam. Die Besatzung würde sich gut um ihn kümmern, denn er war derjenige, der die Pferde bezahlte.

Die Erwartung, den kommenden Abend in den Spelunken Kruschars zu versaufen, ließ die Seeleute lange nicht müde werden. Sie sangen und prahlten von ihren Erfolgen bei den Hafenmädchen. Als sich die Männer schließlich einer nach dem anderen zum Schlafen in ihre Decken wickelten, ging sie zu Ron zurück.

Sondria lag genauso bewegungslos im Gras wie zuvor. Sie breitete eine Decke über sie; es gab nichts, was sie sonst für sie tun konnte. Wie in der Nacht zuvor hockte sie sich mit angezogenen Knien neben Ron. Als sie seine Stirn berührte, reagierte er mit einem Murmeln, an der Schwelle zum Bewusstsein. Aber er wachte nicht auf.

»Nanja«, ließ sich plötzlich Sitaki vernehmen.

Sie drehte sich um. Er deutete auf Sondria. Der Mond schien ihr jetzt direkt ins Gesicht und die junge Frau bewegte sich endlich wieder. Harun fiepte leise, die Schnauze in ihrer Halsbeuge.

Nanja warf noch einen Blick auf Ron, dann kniete sie sich neben Sitaki an Sondrias Seite. Plötzlich fuhr sie hoch. Unwillkürlich wich Nanja zurück.

Sondria blickte um sich, als versuche sie zu erfassen, wo sie sich befand. Dann fuhr sie sich mit den Händen übers Gesicht und rieb sich die Schläfen. »Bhiel!« Ihre Stimme zitterte.

Besorgt verfolgte Nanja ihre Bewegungen. Falls Sondria ihre magischen Kräfte schon verausgabt hatte, konnte sie Ron dann überhaupt noch helfen? »Was ist passiert?«

»Es tut mir leid.« Sondrias Stimme war brüchig und Sitaki hielt ihr einen Becher Wasser hin. Aber sie wehrte ab. »Was ist mit dem Seemann?«

Nanja stand auf und ging zur Seite. Sondria presste einen Moment ihre Hände ineinander und rollte die Schultern. Als sie dann zu Ron trat, wirkte sie so gelassen, als habe alles seine Richtigkeit. Entweder war sie viel stärker, als Nanja geglaubt hatte, oder sie hatte ein kaltes Herz.

»Kannst du noch etwas für ihn tun?«

»Jetzt nicht.« Sondria zündete eine der Wachslampen an, die auf dem Boden standen, und leuchtete Ron ins Gesicht. »Wenn die Sonne aufgeht und den Dämonen der Nacht ihre Macht nimmt, werden wir weitersehen.«

»Was ist passiert?« Nanja ballte die Fäuste. Konnte sie nicht ein Mal eine richtige Antwort bekommen?

»Es ist besser, wenn du es nicht weißt.« Sondria nahm die Decke, streckte sich im Gras aus und schlief sofort ein. Sie war wirklich abgebrüht; unglaublich für eine so junge Landbewohnerin.

Nanja setzte sich wieder neben Ron ins Gras. Ab und zu stand sie auf und lief einige Schritte, um wach zu bleiben.

Plötzlich schrie Ron auf und warf sich keuchend hin und her. Wieder schien er gegen einen mächtigen Gegner zu kämpfen. Sie sprach ihn an, aber er reagierte nicht auf sie. Wie in der Nacht zuvor nahm sie ihn in die Arme. Er stöhnte und wand sich; sie vermochte ihn kaum zu halten. Eine unsichtbare Kraft zerrte an ihm und sie schloss ihre Arme fester um ihn. Harun winselte furchtsam.

Warum bewegten sich die Schatten um sie herum? Das war nicht der Wind, der die Blätter rascheln ließ.

Dann erklang ein Geräusch, das sie überhaupt nicht einordnen konnte. »Nein!«, rief sie zornig. »Ihr bekommt ihn nicht!«

Einst hatte sie beten gelernt, aber seit die Götter ihr die Mutter genommen hatten, glaubte sie nicht mehr an sie. Trotzdem versuchte sie sich jetzt zu erinnern, ob es eine gab, die sie anrufen konnte. Akele, die Göttin des Lichts und der Liebe, mochte die rechte sein – vielleicht würde sie die Finsternis vertreiben.

Es gab eine Bewegung direkt in ihrem Rücken; fast hätte sie sich umgedreht. Aber manche Dämonen konnten die Menschen bannen, wenn es ihnen gelang, ihren Blick zu fangen. Dann zupfte sie etwas am Ärmel und wieder war sie einen Augenblick lang versucht, sich umzudrehen.

Mit erstaunlicher Kraft stemmte Ron sich plötzlich ächzend gegen sie. Sie schloss die Augen, um sich vor den lähmenden Blicken der Dämonen zu schützen, und umklammerte ihn noch fester als zuvor. »Ron!«, flüsterte sie. »Bei der Göttin, wach auf!« Doch er schien sie nicht zu hören.

Als sie die Augen für einen Moment wieder öffnete, waren die Schatten noch näher gerückt. Wo war der Mond geblieben?

Etwas versuchte, ihre Hände zu lösen, die sie auf Rons Rücken ineinander verschränkt hatte. Sie krallte die Finger in sein Hemd. Wenn er nur aufwachte! Gemeinsam würden sie den Dämonen Stand halten.

Vielleicht konnte Sondria helfen. Sie rief laut nach der Heilerin. Im nächsten Augenblick stand sie neben ihr.

Ron stöhnte und wehrte sich weiter gegen Nanjas Umklammerung. Sie keuchte vor Anstrengung, ihn zu halten, und sein Hemd zerriss unter ihren Fingern. Wollten die Dämonen ihn lebend haben? Was wollten sie von ihm?

Sondria weckte Sitaki und bat ihn, lange Zweige von den nächstgelegenen Büschen zu schneiden. Dann verfiel sie in einen unverständlichen Singsang, den sie auch nicht unterbrach, als Sitaki mit den Ästen kam. Mit einer Geste bedeutete sie ihm, dass sie noch mehr brauchte. Singend und murmelnd legte sie ein großes Pentagramm um Rons Lager.

In dem Augenblick, als Sondria schließlich die Figur schloss, verschwand schlagartig die Kraft, die an Nanjas Händen gezerrt hatte, und Ron entspannte sich. Sein Kopf sank auf ihre Schulter.

Im ersten Augenblick erschrak sie, aber dann strich sein Atem über ihren Hals. Sie legte ihn aufs Lager zurück, stand auf und rollte ihre verkrampften Schultern, während sie sich umsah.

Sondria kniete außerhalb des Pentagramms am Boden, gestützt von Sitaki. Die Nacht schien weniger dunkel als zuvor und die Schatten bewegten sich nicht mehr. War es vorbei?

Sondria ließ sich von Sitaki auf die Füße helfen und trat bis an die Zweige des Pentagramms. »Lass ihn nicht los. Es ist noch lang bis zum Morgen.«

Nanja biss die Zähne zusammen und nickte. Aber wie sollte sie einen solchen Angriff ein zweites Mal überstehen, wenn Ron selbst gegen sie kämpfte? Sie kniete sich neben ihn und legte ihm die Hand auf die Brust. Sein Herz schlug stolpernd und wieder nahm die Angst um ihn ihr den Atem. Hastig stieß sie Bruchstücke eines alten Gebets zu Akele hervor.

Schließlich wandte er ihr den Kopf zu. Schweiß tropfte von seinem Gesicht. »Kapitänin«, krächzte er. »Ich habe Durst.« Die Göttin hatte sie erhört; er war endlich bei Bewusstsein.

Sie erhob sich und langte nach dem Becher. Einer der Äste des Pentagramms knackte und zerbrach dann unter ihrem Fuß. Ron schrie auf und noch ehe sie den Becher fallen ließ, wurde er von seinem Lager gerissen. Es gelang ihr, ihn an den Füßen zu packen und sie warf sich über seine Beine, um ihn festzuhalten. Etwas zog an Nanjas Beinen und sie trat mit aller Kraft dagegen.

Sitaki sprang auf und stürzte ins Pentagramm. Wieder knackte ein Ast und brach. Er packte Rons Arme, zog ihn herab und umklammerte ihn von hinten. Sondria schloss das Pentagramm mit zwei neuen Ästen. Die Gewalt verschwand. Sie stellte den neu gefüllten Becher ins Innere.

Sitaki zitterte genauso wie Ron. »Ich habe sie gesehen.« Seine Stimme bebte, seine Worte verwischten sich. »Der Tod hat nach mir gerufen. Ich werde sterben.« Ihr starker, unbeirrbarer Sitaki würgte an Tränen wie ein Kind.

»Halte ihn fest«, rief Sondria. »Wir werden abwechselnd wachen.« Sie winkte Sitaki zu sich und er trat taumelnd über die Grenze des geschützten Bereichs.

Auch Nanja liefen Tränen übers Gesicht. Fast hätten sie Ron verloren. Sie presste ihn an sich und wagte nicht, sich noch einmal zu bewegen.

Schließlich dämmerte der Morgen. Sondria trat zu ihr. »Es ist vorbei.«

Nanja starrte sie müde an. »Und heute Abend?« Sie ließ Ron auf sein Lager zurückgleiten und massierte sich die verkrampften Hände. »Was war das?«

»Besser, du weißt es nicht.« Sondria beugte sich über Ron. Er atmete flach, aber gleichmäßig. Nanja versuchte vergeblich, den Ausdruck in ihrem Gesicht zu deuten.

»Denkst du, dass es ihm besser geht?«

Sondria schüttelte den Kopf und Nanja schnürte es wieder die Kehle zu.

»Aber er ist stark«, fuhr Sondria fort. »Noch ist er nicht verloren.« Sie hob Rons Decke von seinem verletzten Bein und löste den Verband. Die Wunde war nur teilweise verschorft, die Ränder immer noch entzündet. »Nicht nur Magie, auch Liebe vermag eine Barriere gegen die Dämonen der Nacht zu errichten.«

»Was willst du damit sagen?« Das Leuchten in Rons Blick, als er sie erkannt hatte, kam ihr in den Sinn. Ihre Wangen begannen zu glühen; wie kindisch, so zu reagieren.

»Dass du ihn liebst.« Sondrias Lächeln breitete sich über ihr ganzes Gesicht aus. »Und sie wissen es genauso wie ich.«

»Absurd!« Ihre Stimme klang unangemessen heftig. Sie blickte in Rons bleiches Gesicht und plötzlich wünschte sie sich, er möge sie noch einmal mit diesem warmen Licht in den Augen ansehen. Ausgerechnet ein Landmensch. Noch dazu vom Festland.

»Bhiel möge mir verzeihen, dass ich sie schon wieder belästige.« Sondria langte nach ihrem Bündel.

Nanja weckte Sitaki. Sie würden dafür sorgen, dass die Heilerin diesmal ungestört blieb.

7

Margoro stand schon wieder am Pferch. Er trug keine Schuhe mehr und seine Fußkleider hatten Löcher in den Zehen. Das kostbare Gewand war verschmutzt und am Saum eingerissen. Zumindest für den Augenblick schien es ihn nicht zu stören, denn er starrte mit glänzenden Augen auf die grasenden Pferde.

Erst als Nanja direkt neben ihm stand, nahm er sie mit einem kurzen Blick zur Kenntnis. Dann wandte er sich zu den Pferden zurück.

»Du wirst Schuhwerk brauchen, um den Hang hinaufzugelangen.« Nanja mochte sich ein schadenfrohes Grinsen nicht verkneifen; sie hatte ihm sein Verhalten vom Vortag nicht verziehen.

»Aber wieso denn?« Er beobachtete die Pferde mit atemloser Verzückung, den Mund halb offen. »Eines dieser wunderbaren Geschöpfe wird mich tragen. Und auf diesem mächtigen Schwarzen dort werde ich selber am Rennen teilnehmen!« Er blickte so triumphierend, als habe er es schon gewonnen. Aber gegen die Renndrachen war selbst Rabenschwarz winzig. Mit Margoros Gewicht auf dem Rücken würde er wohl kaum mithalten können.

»Wie kommt man hinauf?«

»Was?« Seine Frage machte sie ratlos.

»Wie steigt man auf? Knien sich die Pferde hin wie unsere Drachen oder braucht man eine Leiter?«

»Eine Leiter?« Sie lachte und Margoro schaute sie böse an. Amüsiert tat sie ihm daraufhin den Gefallen, sich zu entschuldigen.

Er nahm ihre Entschuldigung mit einem gnädigen Nicken an.

»Wir haben Sättel an Bord. Die Frauen von Thannes Lane sitzen seitlich auf ihrem Pferd; die Männer stellen ihre Füße rechts und links in lederne Stützen. Aber wie man hinaufkommt?« Nanja zuckte die Achseln. Ron war mit einem Sprung auf den Rücken des ungesattelten Stallone gelangt; aber ob das auch der übliche Weg war, wenn die Pferde einen Sattel mit Fußstützen trugen? Margoro jedenfalls wäre zu einem solchen Sprung gewiss nicht in der Lage.

Margoro streckte eine Hand aus und lockte die Pferde mit gurrenden Lauten, als hielte er sie für Hühner. »Wie lange wolltest du hier bleiben?«

»Bis sich die Pferde von den Strapazen der Überfahrt erholt haben.«

»Die sehen doch gut aus. Ich muss zurück zu meinen Geschäften. Und das Rennen vorbereiten.« Zum ersten Mal an diesem Morgen sah er sie richtig an. »Bist du sicher, dass es dir um die Pferde geht und nicht um diesen Matrosen?«

»Auf den Matrosen können wir verzichten; er ist nicht einmal ein erfahrener Seemann. Den können wir mit einem Mann und der Heilerin hierlassen.« Nanja kaute nachdenklich auf ihrer Unterlippe. Vielleicht sollte sie Margoro jetzt doch mit seinen Illusionen konfrontieren. »Wenn du mit dem Stallone am Rennen teilnehmen willst, könntest du dich auch hier auf Gemona darauf vorbereiten. Oder nicht?«

»Ich sagte bereits, dass es keinen Unterschied macht, ob man einen Drachen oder ein Pferd reitet!« Margoro schob das Kinn angriffslustig vor. Er erinnerte an einen Greif, der zum Kampf antrat. »Ihr Seefahrer könnt das natürlich nicht wissen.« Er lächelte gönnerhaft.

Da ließ sie ihn ohne ein weiteres Wort stehen; sollte er sich doch blamieren.

»Wann laufen wir aus?«, rief er ihr hinterher.

In Rufweite von Rons Lager wartete Nanja auf ein Zeichen Sondrias. Weil keines kam, ging sie näher. Sondria saß entspannt im Gras. Diesmal war wohl alles glatt gegangen. Aber hatte sie auch Erfolg gehabt?

»Sondria?«

Die Heilerin hob den Kopf. Sie wirkte erschöpft, aber es gab keinen Anhaltspunkt, was sie dachte.

Ron atmete tief und ruhig wie ein Schlafender. Das mochte ein gutes Zeichen sein. »Wie geht es ihm? Hast du etwas bewirken können?«

Sondria lächelte. »Er lebt.«

Das sah sie selbst. Sie begann die Geduld zu verlieren und ballte die Fäuste, um nicht zornig herauszuplatzen.

»Für heute sind die Schatten gebannt«, fuhr Sondria fort. »Aber in der Nacht sind sie immer noch mächtig. Du musst gut auf ihn aufpassen.«

»Wie meinst du das?«

»Nicht ich habe ihn gerettet.« Nanja starrte sie an.

»Wenn du ihn heute Nacht nicht festgehalten hättest ... Meine Magie wäre zu spät gekommen.«

Nanja schüttelte ungläubig den Kopf. Wenn schierer Wille gegen den Tod helfen würde, dann hätte sie ihn mehr als einmal aufgehalten.

»Laufen wir jetzt aus oder nicht?« Margoro stand unvermittelt hinter ihr.

»Können wir Ron aufs Schiff bringen?«, fragte sie Sondria.

»Du hast doch gesagt, er kann hierbleiben!«, protestierte Margoro.

Sie wartete auf eine Antwort Sondrias, aber die zog nur die Brauen hoch. Nanja drehte sich um. »Ich habe mich geirrt.«

Margoro klappte den Mund auf und schnappte nach Luft; er war kurz davor zu explodieren. Sie sollte sich jetzt besser mit ihm befassen. Ron war für den Augenblick bei Sondria gut aufgehoben. »Willst du mit oder ohne Sattel reiten?«

Margoro kratzte sich am Kinn und tastete dann über seine stoppelige Wange. »Lass mir den Sattel holen. Ich will doch wissen, wie so ein Ding aussieht.«

Nanja blickte hoch zum Stand der Sonne: Sie konnte alles so lange verzögern, dass sie an diesem Tag nicht mehr ausliefen. Wenn sie nur wüsste, ob Ron hier draußen oder auf dem Schiff sicherer wäre.

Sie schickte nicht nur nach dem Sattel, sondern ließ die Männer auch Verpflegung für einen weiteren Tag holen. Als sie die beiden Fässer Schilfgrasbrand erwähnte, die sie in Kruschar an Bord genommen hatte, legte sich der aufkeimende Unmut. Nur Farwo schaute finster: Man hatte ihn in Kruschar aus dem Bett eines Mädchens geholt, bevor er mit ihm fertig gewesen war.

Margoro hörte mit wachsendem Groll zu. »Mit betrunkenen Matrosen fahre ich nicht«, knurrte er schließlich.

Nanja gab ihrem Gesicht einen bedauernden Ausdruck. »Dann bleiben wir noch eine Nacht. Die Männer haben sich ihr Fässchen verdient.«

»Das machst du mit Absicht!«, stieß er hervor.

Sie nahm einen langen Strick und zwei Äpfel und ging zum Pferch. Margoro tappte schimpfend hinterher. Sie hielt einen Apfel über das Geländer und lockte die Pferde.

»Welches willst du reiten?«

»Jetzt?« Margoro starrte sie schockiert an. »Ich denke, du willst bis morgen bleiben.«

»Wieso denn?« Eines der jungen Tiere schnupperte an dem Apfel und sie schob ihn in sein Maul. »Ich habe nichts dergleichen vorgehabt. Wir müssen deshalb bleiben, weil du nicht mit betrunkenen Matrosen segeln willst.«

Margoro blickte auf die Pferde und zerrte an seinen Ärmeln. »Den Berg hoch sollte ich besser eines nehmen, das sehr bequem ist, nicht?«

Am liebsten hätte sie ihn schon wieder ausgelacht. »Dann holen wir die weiße Cavalla.« Sie hatte zwar keine Ahnung, ob sie »bequem« war, aber bestimmt sanft und willig.

Sie ging um das Geländer herum und lockte Wildfang mit dem zweiten Apfel. Margoro brummte irgendetwas, folgte ihr aber wieder.

Als das Tier herankam, griff Nanja in die Mähne, legte ihm lose das Seil um den Hals und drückte es Margoro in die Hand. »Das ist Wildfang. Freunde dich an mit ihr.«

Er blickte zwischen ihr und Wildfang hin und her. Dann streckte er die Hand nach ihr aus und begann mit einschmeichelnder Stimme zu reden. Wildfang spitzte die Ohren und lehnte den Kopf übers Geländer. Der Ratsherr hatte zweifellos Erfahrung mit Tieren.

Peire und Smanang hatten inzwischen gemerkt, dass am Pferch etwas geschah. Sie kamen näher und andere, ebenfalls aufmerksam geworden, folgten bald.

Als Nanja gehen wollte, hielt Margoro sie auf. »Und wie kommt man nun hinauf?«

»Willst du es ausprobieren?« Sie wies aufs Geländer. »Steig hoch.«

Er gab ihr den Strick und mühte sich die zwei Holme hoch. Als er oben auf dem Geländer saß, wollte Nanja ihm das Seil zurückgeben, aber er wehrte ab.

Margoro griff in die Mähne, während Nanja das Seil hielt. Statt gleich aufzusteigen, zog er das Pferd dichter zu sich. Lert und Khetan zwinkerten sich zu und Nanja grinste.

Derweilen streckte Margoro die rechte Hand nach der Kruppe aus und versuchte, das Tier parallel zum Geländer zu stellen. Peire sprang in den Pferch und schob von innen. Margoro nickte ihm zu, dann schwang er sein rechtes Bein hoch, um auf den Pferderücken zu gelangen. Nur musste er dazu die Kruppe loslassen. Aber Peire war nicht stehen geblieben und sofort drehte sich das Pferd weg. Margoro plumpste zwischen Pferd und Geländer zu Boden und fiel hintenüber. Das Seil ließ er dabei vor Schreck los und Wildfang sprang davon.

Die Seemänner lachten, während Margoro sich aufrappelte. »Konntest du nicht stehen bleiben?«, fuhr er Peire an.

Zwei der Männer halfen ihm zurück aufs Geländer, während drei andere das Pferd in eine der gegenüberliegenden Ecken drängten. Khetan bekam schließlich das Seil zu fassen. Während die anderen zurückwichen, sprach er auf die Cavalla ein. Er machte seine Sache gut, denn er zerrte und zog nicht, sondern ließ ihr Zeit, ihm Schritt für Schritt zu folgen. Vermutlich hatte er sich das von Ron abgeguckt.

Schließlich stand er mit Wildfang vor Margoro. Lert kletterte ebenfalls in den Pferch und drückte sie dicht ans Geländer. Diesmal beugte Margoro sich nach vorne, legte sich halb über den Widerrist und hielt sich an der Mähne fest, bevor er sein Bein über den Rücken schob. So kam er schließlich richtig hinauf. Vorsichtig setzte er sich aufrecht und Khetan gab ihm das Seil.

Erst saß Margoro ganz still; dann streichelte er mit der freien Hand den Pferdehals und murmelte vor sich hin. Wildfang spitzte wieder die Ohren, als versuche sie, ihn zu verstehen.

Alle warteten gespannt, aber es geschah nichts. Auch die Cavalla schien zu warten. Margoro sah sich nervös um und rutschte auf dem Pferderücken hin und her. »Lauf doch endlich.«

Das Grinsen in den Gesichtern der Seefahrer wurde immer breiter; Margoro konnte es nicht entgehen. Er runzelte die Stirn und seine Miene verfinsterte sich. Plötzlich schwenkte er die Füße heftig hin und her: Wildfang reagierte mit einem Satz nach vorne – und Margoro saß wieder auf der Erde. Das Gelächter der Seefahrer übertönte minutenlang alle anderen Geräusche im Tal.

Margoro fluchte. Dann besann er sich seines Rangs und erhob sich so würdevoll wie möglich. Er kam zu Nanja ans Geländer. »Ich vergaß zu fragen, wie man sie in Gang setzt. Anscheinend laufen sie nicht wie unsere Drachen von alleine los, sobald man Platz genommen hat.«

»Ich glaube, das liegt daran, dass sie unsere Gedanken nicht sehen können.« Auch Nanja konnte sich das Lachen nicht mehr verkneifen, aber nun mochte er es auf die Pferde beziehen. »Sie sind wohl ein bisschen dumm.«

Margoro sah sie verwirrt an. Natürlich; er erwartete von Wildfang gar nicht, dass sie seine Absichten verstand, weil er auch nicht wusste, dass Drachen Gedanken sahen. Es war schwer zu begreifen, dass die Landmenschen so ahnungslos waren. Hätte es ihnen nicht längst auffallen müssen?

Wildfang lief zur Herde zurück. »Sollen wir sie holen?« Peire rieb sich erwartungsvoll die Hände.

»Vielleicht warte ich besser, bis ihr mir den Sattel gebracht habt.« Er musterte die Pferde mit halb zusammengekniffenen Augen. »Die Sabienne werden einen Grund dafür haben, dass sie Sättel benutzen.«

»Ron kann ohne Sattel reiten«, entfuhr es Nanja.

»Ron?« Margoro schob den Kopf über das Geländer. »Wer ist das?«

Sie deutete mit einer Kopfbewegung zum Bachufer. »Der Matrose, den die Heilerin zu retten versucht.«

Margoros Augen wurden schmal, während er zu Rons Lager starrte. In seinem Hirn arbeitete es jetzt sicher genauso wie in seinem Gesicht. Zuerst verfluchte sie ihre Unachtsamkeit, aber vermutlich hätte eh jemand verraten, dass Ron die Pferde beherrschte – spätestens, wenn es Schwierigkeiten gab, die Tiere wieder an Bord zu bringen.

»Warten wir also.« Sie lehnte sich ans Geländer und überkreuzte die Beine.

Die Männer kamen vom Schiff zurück und augenblicklich interessierte er sich nur noch für den Sattel: ein weicher, an der Unterseite gepolsterter Ledersitz mit Fußstützen aus einem leichten Holz, die an verstellbaren Lederriemen hingen. Ihre Mannschaft hingegen stürzte sich mit Inbrunst auf die Schnapsfässer.

Nanja wies Sitaki und Farwo an, die Verladung der Pferde vorzubereiten und dafür eine Brücke zu bauen, die breiter und stabiler als die Konstruktion mit den Planken war, die sie fürs Ausladen benutzt hatten.

Die meisten der Besatzung fürchteten sich noch immer vor den Pferden und die Tiere würden sich wohl davor fürchten, an Bord zurückzukehren – eine brisante Mischung. Wenn Ron wenigstens in der Lage wäre, ihr einen Rat zu geben.

Dann wandte sie sich wieder Margoro zu. Mit zwei ebenso ahnungslosen Seemännern beriet er darüber, wie der Sattel zu befestigen war. Nanja hatte eine ungefähre Vorstellung, wie es die Reiter in Thannes Lane machten, und zeigte es ihnen. Mit Hilfe der beiden Schiffsjungen gelang es Margoro schließlich, Wildfang den Sattel aufzulegen und zu befestigen. Dann hievte er sich erneut auf das Pferd.

Nanja ging zu Ron zurück. Sondria hatte sich im Gras ausgestreckt und schien wieder zu schlafen; aber mehr als einen Blick hatte Nanja nicht für sie. Rons Gesicht war grau und eingefallen; er atmete wieder angestrengter und mit halb geöffnetem Mund. Sie kniete sich neben ihn, tauchte ihre Finger in den Wasserbecher und benetzte seine ausgetrockneten Lippen.

»Wach auf«, flüsterte sie. »Ron, wach doch auf!« Für einen Moment flatterten seine Augenlider, als habe er sie gehört. Aber vielleicht täuschte sie sich. Oder es war nur ein Reflex. »Ich lasse nicht zu, dass die Dämonen dich kriegen.«

Doch sie durfte auch Margoro nicht mehr aus den Augen lassen. Seine Miene hatte besagt, dass er etwas ausheckte. Sie knirschte nervös mit den Zähnen, während sie ihn beobachtete.

Er mühte sich immer noch erfolglos mit der Cavalla und kam nicht vom Fleck. Eben stieg er wieder ab. Er band das Tier ans Geländer und kam zu ihr.

Erst betrachtete er Ron, dann schaute er mit zusammengekniffenen Augen zur schlafenden Sondria. »Er lebt noch«, stellte er überflüssigerweise und ein bisschen erstaunt fest. »Aber er sieht schlimmer aus als gestern. Mit dieser Heilerin hast du wohl kein Glück gehabt.«

Nanja antwortete nicht und er brabbelte noch eine Weile weiter. Plötzlich sagte er: »Bring mich nach Kruschar zurück. Ich kenne eine alte Hexe, die mir noch etwas schuldig ist.«

»Bis wir wieder zurück wären, wäre es zu spät.« Was auch immer von Sondrias Mahnung zu halten war, sie würde Ron nicht alleine lassen während der Nacht.

»Ich könnte es wenigstens versuchen!« Margoro hatte also begriffen, dass sich die Pferde nicht so einfach wie Drachen reiten ließen. Er ahnte, dass er Ron brauchte.

Nanja lächelte scheinheilig. »Warum ist dir plötzlich so wichtig, dass er am Leben bleibt?«

»Das weißt du ganz genau!« Margoro trat näher an Ron heran und musterte ihn von oben bis unten. »Was denkst du, was er bei den Sabienne gemacht hat?« Er grinste hinterhältig, während er ihn weiter betrachtete. »Einmal ein Sklave, immer ein Sklave. Ob auf dem Festland oder bei uns, das ist gleich.«

Vermutlich war Ron tatsächlich ein entlaufener Sklave. Aber Margoro konnte es nicht beweisen. »Wie kommst du darauf, dass er bei den Sabienne gelebt hat?«

»Du hast es mir verraten – als du gesagt hast, dass er ohne Sattel reitet.« Margoro zerrte an seinem Ärmelsaum. »Ich habe gerade festgestellt, dass du recht hattest: Es macht tatsächlich einen Unterschied, ob man einen Drachen oder ein Pferd reitet. Ich brauche jemanden, der mich lehrt, den Stallone zu reiten. Und jemanden, der mit einem zweiten Pferd antritt. Der da kann beides.«

Sie schüttelte den Kopf. »Er hat eine üble Beinwunde; er wird nicht für dich reiten können. Es sind nicht einmal mehr zwei Wochen bis zum Rennen.«

»Er muss!« Margoro zog einen prall gefüllten Lederbeutel aus seinem Gewand und warf ihn ihr zu. Sie ließ ihn ins Gras fallen. »Ich kaufe ihn dir ab.«

»Nein.«

Margoro starrte sie einen Moment an, dann blickte er zu den Seefahrern hinüber. Er grinste wieder und ging zum Feuer zurück. Den Beutel ließ er liegen.

Als sie sich zu Ron umwandte, sah er sie finster an. Wie viel hatte er gehört? Sie lächelte ihm zu und griff nach dem Wasserbecher. Bevor sie ihm half, sich aufzusetzen, strich sie eine lange Strähne aus seinem Gesicht. Bei ihrer Berührung verschwand die Düsternis für einen Moment aus seinem Blick.

Er stöhnte, als sie ihn aufrichtete. Sie setzte den Becher an seine Lippen und er trank mit geschlossenen Augen. Gleich nach den ersten Schlucken hustete er und würgte; das Wasser rann sein Kinn hinab.

Sie hielt ihn fest, bis er wieder gleichmäßig atmete. »Versuch es noch einmal. Du musst trinken.«

Plötzlich stand Sondria neben ihnen. »Ich kümmere mich um ihn.« Sie langte nach ihrem Bündel, holte einen weiteren Kräuterbeutel heraus und nahm Nanja den Becher ab. Damit lief sie zum Feuer und kam bald darauf mit einem dampfenden Aufguss zurück.

Langsam flößte sie Ron einen Teil des Tranks ein. »Er wird jetzt schlafen – und das solltest du auch, Kapitänin. Ich werde über ihn wachen, bis es dunkel wird.« Also glaubte Sondria tatsächlich, dass sie ihn vor den Dämonen der Nacht besser schützen konnte.

Nanja wickelte sich in Sondrias Decke und legte sich hin. Sitaki würde sich um alles kümmern. Und Margoro konnte hier nichts tun. Was mochte Ron gehört haben? Fürchtete er, sie könnte ihn im Stich lassen?

8

Sitaki weckte sie, als alles zur Rückkehr aufs Schiff bereit war. Im Gegensatz zum Vorabend saß Margoro abseits vom Feuer. Die Piraten schienen ihn zu meiden. Hatte er versucht, sie aufzuwiegeln, um Ron in die Hände zu bekommen? Aber die Hochseebewohner waren freiheitsliebende Menschen. Und auch die Männer vom Festland hassten die Sklaverei; manch einer hatte guten Grund dazu.

Sie sprach mit Sitaki über ihre Besorgnis wegen Margoros schamlosem Angebot. Er fragte, ob sie Ron nicht tatsächlich besser auf Gemona lassen sollten. Doch nun drohte ihm gleichermaßen Gefahr von den Dämonen und Margoro und hier wäre er schutzlos. Darum verwarfen sie den Gedanken sogleich.

Sondria löste Rons Verbände wieder und legte rötliche Blätter auf die größeren Wunden. Aus der tiefen Verletzung am rechten Oberschenkel begann erneut Blut zu sickern. Die übrigen äußerlichen Verletzungen waren inzwischen alle gut verschorft; nur waren die Wundränder vielfach noch entzündet.

Sondria reagierte schließlich auf Nanjas sorgenvollen Blick. »Auch Magie hat ihre Grenzen. Weißt du das nicht?«

»Aber er ist nicht mehr in Gefahr, oder?«

»Er wird bald einigermaßen gesund sein. Vielleicht

wird er nie mehr kämpfen wie früher, doch er wird reiten können.«

»Hältst du das für klug?«, fragte Nanja ohne Umschweife, während Sondria die Verbände erneuerte.

»Nicht so bald.« Sondria hatte nicht so fest geschlafen, wie sie dachte, und das Gespräch mit Margoro gehört. »Und es wäre auch keine gute Idee, ihn hier zurückzulassen.«

Also hatten sie die richtige Entscheidung getroffen. Nanja ging zu ihren Männern, um die Rückkehr aufs Schiff zu organisieren.

Die Brigantine ankerte inzwischen wieder an der Klippe und Sitaki ließ sie über die Holzbrücke, die sie gebaut hatten, fest mit dem Land verbinden. Sie mussten nur den immer noch recht schwierigen Pfad hoch zum Kamm bewältigen.

Margoro beabsichtigte tatsächlich, den Weg reitend zurückzulegen. Bis auf Rabenschwarz probierte er alle Pferde aus, aber es gelang ihm auch mit Sattel nicht, eines der Tiere zum Laufen zu bewegen.

Nanja verfolgte seine Versuche eine Weile, dann befahl sie Khetan an seine Seite, um das Pferd zu führen. Das ging jedoch nur bis zu jenem Teil des Aufstiegs gut, den sie freigesprengt hatte, denn danach war der Weg zu schmal, um neben ihm zu laufen. Khetan musste mit dem Strick in der Hand vorausgehen. Als sich dann unweit von ihnen ein Stein löste und polternd ins Tal fiel, scheute das Pferd und Margoro stürzte. Nur ein großer Strauch nicht weit unterhalb des Pfads bewahrte ihn davor, den gesamten Hang hinunterzurutschen.

Zwei Männer ließen sich zu ihm hinab und hievten ihn mit Hilfe von Seilen zurück auf den Weg. Danach weigerte er sich strikt, das Pferd noch einmal zu besteigen. Aber da seine Schuhe inzwischen in Fetzen waren und er nur noch die zerlöcherten Fußkleider trug, war er auch nicht bereit zu laufen. Also ließ Nanja die Trage holen, die für Ron gedacht war.

Die Pferde führten sie wieder auf das Plateau, auf dem sie sie schon beim Ausschiffen versammelt hatten. Eingedenk der Worte Rons, dass es schwierig würde, die Tiere wieder aufs Schiff zu bringen, wies Nanja jedem Pferd zwei Männer zu. Sie mussten die Tiere daran hindern, ins Tal zurückzukehren, wo es ihnen gewiss besser gefiel als auf den graslosen Klippen.

Bis sie schließlich alle Pferde oben und ihre Ausrüstung wieder an Bord hatten, war es Abend. Lert hatte inzwischen mit Wild und Fisch ein ordentliches Essen bereitet, glücklich, wieder in seiner Kombüse zu kochen.

Margoro drängte erst zur Eile, sah dann aber ein, dass sie mit den Pferden achtsam umgehen mussten. »Du lässt den Matrosen mit der Heilerin zurück, nicht wahr?«

Wenn sie noch Zweifel gehabt hätte, nun wäre sie sicher, dass sie damit einen Fehler beginge. »Ich brauche ihn hier oben, um die Pferde sicher aufs Schiff zu bringen.« Das war nicht einmal gelogen. »Da kann ich ihn auch gleich an Bord nehmen.«

Magoro zog die Augenbrauen hoch. »Er kann sich nicht einmal rühren. Was soll er also nützen?«

»Er kann uns raten.«

Auf der Klippe angelangt, nickte Ron anerkennend, als er die Holzkonstruktion hinüber zur »Agena« sah. »Ihr dürft euch nicht fürchten. Dann werden die Pferde euch vertrauen, wenn sie über die Brücke gehen sollen.«

»Das ist alles?«, fragte Margoro. »Warum ist es dann so schwierig, sie zu reiten?«

Ron musterte ihn einen Augenblick. Er kam wohl zu dem Schluss, dass Margoro trotz seiner heruntergekommenen Kleidung ein wichtiger Mann war, denn er antwortete ausgesprochen höflich. »Das kann ich Euch nicht sagen, Herr. Ich weiß nur, dass sie selbst Kindern schon gehorchen.«

»Wie kannst du es wagen?« Margoros Stimme bebte vor Ingrimm. Ohne es zu ahnen, hatte Ron ihn an seinen blamablen Reitversuch am Morgen erinnert. »Dafür wirst du mir büßen.«

Margoros Drohung ließ Nanja reflexhaft nach ihrem Dolch greifen. Langsam blies sie den Atem aus dem Mund und ging zwei Schritte rückwärts. Mit immer noch zornig geballten Fäusten musterte sie dann die Seefahrer einen nach dem anderen. Sitaki war zu alt und ungelenk. Außer ihm fürchtete sich wohl nur der junge Khetan nicht vor den Pferden. Sie befahl ihm, Rabenschwarz zu holen und zur Brücke zu bringen.

Ron ließ sich von Sondria aufrichten. »Führ ihn her.« Khetan gab ihm das Seil in die Hand und Ron sprach eine ganze Weile auf das Tier ein, das mit gespitzten Ohren bewegungslos dastand. »Steig auf«, sagte er schließlich.

Khetan blickte zur Brücke, dann zu Nanja. Er wurde blass und zog sichtlich unbehaglich die Schultern hoch. Wahrscheinlich dachte er an Rons Sturz am Tag der Landung.

Aber wenn Ron das so richtig fand ... »Halt dich an der Mähne fest«, befahl Nanja ihm.

Khetan schloss einen Moment die Augen, dann holte

er tief Luft und zog sich langsam auf den Rücken des Pferdes hoch. Rabenschwarz hielt still, den Kopf gesenkt.

»Drück deine Waden ganz fest an, aber tritt ihn nicht.« Ron hielt immer noch das Seil und wisperte Rabenschwarz etwas zu.

Sitaki nahm Ron das Seil ab. »Rede mit ihm«, wies er Khetan an und führte das Pferd bis zur Brücke. Dort gab er Khetan den Strick in die Hand.

Margoro sah mit verschränkten Armen zu. Seine Augen glitzerten – Hinterhältigkeit sprach aus ihnen. Vermutlich überlegte er, ob auch Khetan als Reiter in Frage kam. Wieder umklammerte Nanja ihren Dolch. Bevor Margoro einen ihrer Männer bedrohte, würde sie ihn umbringen.

Stolz, mit strahlenden Augen, kam Khetan zurück, nachdem er Rabenschwarz zum Unterstand geführt hatte, wo ihn ein anderer der Seefahrer in Empfang nahm. »Das ist ja ganz einfach!«, rief er schon von der Brücke. Und als er vor Ron stand, hauchte er: »Es war ... Es ist unbeschreiblich.«

»Still!«, zischte Nanja und warf aus den Augenwinkeln einen besorgten Blick auf Margoro. Farwo stand neben ihm und sprach leise auf ihn ein. Ihr gefiel das alles immer weniger.

Khetan zog erschrocken die Schultern hoch und das Lachen verschwand aus seinem Gesicht.

Aber er sollte sich nicht getadelt fühlen. »Versuche die Götter nicht.« Sie legte ihm eine Hand auf den Arm. »Noch müssen wir die anderen hinüberbringen.«

In einer Geste der Demut senkte er den Kopf. »Verzeiht, Kapitänin.«

Sie lächelte ihn an, als er wieder aufsah. »Das war gut. Mach weiter so.«

Als er mit dem nächsten Pferd über die Brücke ritt,

flüsterte Sitaki: »Sobald Margoro uns bezahlt hat, sollten wir uns aus dem Staub machen.«

Schließlich hatten sie die Pferde ohne Zwischenfälle an Bord. Nun war es Margoro selber, der eine weitere Nacht auf Gemona verbringen wollte. Als sich einige Seefahrer empörten, begann er zu toben und schwor, er würde verhindern, dass man sie des Nachts in den Hafen einlaufen ließ. Natürlich wollte er die Ankunft der fremden Renntiere zu einem Schauspiel machen.

Dieser Streit gefiel Nanja sehr, denn der Wortführer war wieder einmal Farwo. Damit schwand die Gefahr, dass sich der Bootsmann von Margoro einspannen ließ.

Sie tat Margoro den Gefallen zu bleiben, da sie keinen Vorteil darin sah, in der Nacht in Kruschar anzukommen. Nach dem Abendessen ließ er sich bereitwillig auf die Fleute schicken. Dort hatte er den Luxus der Kapitänskajüte – und war allein an Bord.

Ron war irgendwann während der Einschiffung der Pferde in einen unruhigen Schlaf gefallen. Sie ließ ihn in Sitakis Kajüte bringen, die mit der ihren durch eine Zwischentür verbunden war. Sondria hatte Nanja versichert, dass auf dem Schiff die unmittelbare Gefahr für Ron vorüber sei. Aber er fieberte immer noch und so wachte sie wieder an seiner Seite, während Sondria und Harun in ihrer eigenen Kajüte schliefen. Doch in dieser Nacht gab es nichts, was ihn bedrohte.

Im Morgengrauen kam Margoro auf die Brigantine. Sie nahmen die Fleute in Schlepp und liefen aus.

Als Nanja danach in Sitakis Kajüte ging, saß Ron aufrecht in der schmalen Koje und lachte mit Sondria, die seine Wunden versorgte. Die Vertrautheit zwischen den beiden störte sie plötzlich. War nicht sie diejenige, der er sein Leben verdankte?

Ron wandte den Kopf zu ihr und bezog sie in sein Lachen mit ein. Aber Sondria wies sie ab, als sie fragte, ob sie Hilfe brauchte. Da verließ sie die Kajüte wieder.

Schon am Leuchtturm weit vor der Hafeneinfahrt ließ Margoro eine Taube zu seinem Hofmeister schicken, um ihr das Entgelt für die Pferde zu übergeben, sobald sie im Hafen einliefen. Yawani brachte ihm auch neue Kleidung mit. Und er hatte nicht versäumt, die Ankunft der fremden Tiere anzukündigen.

Es war ein kalter, windiger Tag. Trotzdem versammelten sich immer mehr Menschen am Kai, während Margoro sich in Sitakis Kajüte umzog. Musikanten tauchten auf und dann sogar zwei Straßenhändler mit ihren festlich geschmückten Fuhrwerken und verkauften Fisch und Getränke.

»Sie wollen die Pferde sehen«, sagte Margoro, als er dann – in hohen Schuhen, mit der Ratskette auf der Brust und einem ausladenden federgeschmückten Hut – an Deck kam. »Nun gehören sie mir!«

Nanja ließ Rabenschwarz aus dem Unterstand holen. Margoro stellte sich neben dem Pferd ans Schanzkleid, legte einen Arm auf den Widerrist und winkte huldvoll. Die Menschen am Kai klatschten und jubelten ihm zu. Der Drache eines Straßenhändlers blies Rauchwölkchen aus seinen Nüstern. Daraufhin zog Margoro einen Beutel aus seinem Gewand und warf eine Handvoll schwarzer Perlen hinunter in die Menge.

Rabenschwarz tänzelte und warf den Kopf; angesichts der Menschen und Drachen und des Lärms am Kai wurde er immer nervöser.

Margoro entfernte sich einen Schritt von ihm. »Lass ihn reiten«, forderte er.

Nanja nickte mit einem breiten Lächeln. Er sollte das Schauspiel bekommen, dass er den Menschen am Kai bieten wollte. »Ich lasse den Sattel holen, dann kannst du aufsteigen.«

Er nahm den Vorschlag wohl ernst, denn sein Gesicht, das eben noch vor Zufriedenheit gestrahlt hatte, verfinsterte sich. »Nicht ich – der Mann, der ihn an Bord gebracht hat.«

Da Rabenschwarz selbst Ron abgeworfen hatte, würde es wohl kaum gut gehen. Aber dass es für Khetan gefährlich werden könnte, beeindruckte Margoro gewiss nicht. »Es ist zu viel Trubel hier, Ratsherr. Du riskierst, dass er sich verletzt. Lass den Tieren Zeit, sich an unsere Drachen zu gewöhnen. Es wäre doch schade, wenn du den Schwarzen nicht mehr gebrauchen könntest: Er ist der beste von allen.«

Das zog. Magoro ließ sogar den Kai von der Stadtwache räumen und dann erst die Pferde an Land bringen.

»Heute müssen wir hierbleiben: sonst gibt es eine Meuterei.« Nervös paffend beobachtete Sitaki die Verteilung der Anteile unter der Besatzung. »Aber sobald wir die Fleute verkauft haben, sollten wir verschwinden.«

Aber nun, da Margoro fort war, wurde es Zeit für das nächste Geschäft. »Wir bleiben zumindest bis zur Rückkehr von Sondrias Begleiter.« Nanja erzählte Sitaki endlich in aller Ausführlichkeit von Wribald und dem verabredeten Waffenhandel.

Sitaki schlug vor, nicht auf Wribalds Rückkehr zu warten, denn die Übergabe konnte eh nicht in Kruschar, unter den Augen der Mönchskrieger des Heiligen, stattfin-

den. Stattdessen sollten sie Sondria als Botin zu den Rebellen schicken.

Sondria erinnerte sie jedoch daran, dass ihr auch von
den Rebellen Gefahr drohte. Deshalb wollte sie Kruschar
bis zu Wribalds Rückkehr nicht verlassen. Damit war das
Thema erledigt und sie blieben.

9

Die Herbergen der Stadt füllten sich von Tag zu Tag mehr und in den Gasthäusern und Spelunken wurde es schwerer, Platz zu finden. Immer öfter kam die Besatzung daher nicht nur zum Schlafen, sondern auch tagsüber zum Essen an Bord zurück. So hätte Nanja ihre Leute schnell beisammen, um zu einem Treffen mit den Rebellen auszulaufen, wenn Wribald zurückkehrte.

Wribald ließ sich jedoch nicht blicken. Stattdessen tauchte fünf Tage vor dem Rennen Margoro wieder auf. Nanja verfluchte ihre Entscheidung, in Kruschar zu bleiben statt darauf zu setzen, dass sie die Rebellen auf anderem Wege fand. Sie hätte Sitakis Instinkt vertrauen sollen. Nun konnte sie zusehen, wie sie den Ratsherrn loswurde.

Margoro machte sich gar nicht erst die Mühe, Höflichkeiten auszutauschen. »Ich will ihn haben!« Er hielt ihr ein Kästchen mit wertvollen schwarzen Perlen und einen Beutel Goldmünzen, dem Geld von Thannes Lane, entgegen. »Der Preis spielt keine Rolle. Ich brauche ihn, um das Rennen zu gewinnen.«

»Er kann noch nicht reiten, geschweige denn ein Rennen gewinnen.«

»Er kann mich zumindest beraten«, wiederholte er ihr eigenes Argument von Gemona.

»Gut möglich.« Sie zuckte scheinbar gleichgültig die Achseln. »Frag ihn.«

»Was?« Margoro lachte schallend. »Was soll ich ihn fragen? Ich kaufe ihn dir ab und dann tut er, was ich ihm befehle.«

»Ron ist ein freier Mann.« Jetzt war er es jedenfalls, gleich, was er bei den Sabienne gewesen war. Sie hatte sich noch immer gescheut, Ron danach zu fragen: Es war sein Geheimnis und es lag an ihm zu entscheiden, was er preisgab.

Magoro schnaufte und funkelte sie böse an. »Er ist ein entlaufener Sklave und das weißt du so gut wie ich.«

Sie zog ihren Dolch. Argumente waren bei dem Ratsherrn fehl am Platz. »Verschwinde.«

Sein Blick sagte ihr, dass sie nun einen Feind mehr hatte.

Sie schickte Lert Vorräte kaufen und ließ am Nachmittag jeden auffindbaren Mann an Bord holen, um mit den Vorbereitungen fürs Auslaufen zu beginnen. Die übrigen Besatzungsmitglieder kamen zurück, sobald sie mit den Hafenmädchen fertig waren. Mit der Morgenflut würden sie Segel setzen.

Ein Alarmpfiff der Bordwache weckte Nanja mitten in der Nacht. Auf Deck klangen schwere Schritte; dann schrie jemand schmerzerfüllt. Sie schlüpfte in ihre Kleider, griff nach dem Dolch und öffnete die Kajütentür einen Spalt, sodass sie das Deck überblicken konnte.

Sie kam zu spät. Stadtwächter hatten die Bordwache überwältigt und die beiden Männer an den Fockmast gefesselt. Einige, die der Lärm ebenfalls geweckt hatte, waren vor ihr an Deck gekommen. Sie hatten sich aufs Vordeck zurückgezogen und wehrten sich verzweifelt gegen die Übermacht. Aber es wäre zwecklos, die noch

Schlafenden in den Kampf zu schicken, denn am Kai stand ein weiterer Trupp Soldaten.

Das war Margoros Werk.

Leise schloss sie die Tür wieder und öffnete die Zwischentür zu Sitakis Kajüte, in der Ron immer noch untergebracht war. Einmal mehr verfluchte sie den Tag, an dem ihr Vater die Fenster hatte verglasen lassen. In dieser Kajüte ließen sie sich nicht einmal öffnen.

Sie weckte Ron, schlug eine große Scheibe ein und lauschte einen Moment, ob jemand auf sie aufmerksam geworden war. Aber im Kampflärm an Deck war das Geräusch des splitternden Glases untergegangen. »Spring!«

Ron setzte sich auf. »Ich kann nicht schwimmen.«

Nanja fluchte alle Flüche ihres Lebens. »Du musst! Es gibt nur diesen Weg.« Wenn er Margoro in die Hände fiele ... Sie mochte nicht weiterdenken.

»Sie wollen mich, nicht wahr?« Er schob sich vom Bett und tat einen Schritt mit dem gesunden Bein, aber der nächste misslang; das andere trug ihn nicht. Mit einem leisen Ächzen klammerte er sich an den Bettpfosten. »Hilf mir nach draußen, bevor sie alle umbringen.« Mit angehaltenem Atem machte er den nächsten Schritt.

»Nein!« Sie reckte ihr Kinn.

Ron lächelte dünn. »Margoro will doch nur, dass ich reite.«

»Er wird dich töten, wenn du ihn blamierst.« Aber sie wusste keinen Ausweg.

Es blieb ihr auch keine Zeit mehr, einen zu finden. Stiefel polterten über das Deck und dann traten Stadtwächter die Kajütentür ein. Sie zog ihren Dolch und stieß ihn dem ersten, der eintrat, in die Brust. Aber noch ehe sie ihn herausgezogen hatte, wurde sie von den anderen überwältigt.

Sie wehrte sich nicht, als man sie fesselte. Ron, da er den Soldaten nicht schnell genug laufen konnte, wurde brutal hinausgeschleift. Noch ehe sie an der Stelling ankamen, brach seine Beinwunde wieder auf und er hinterließ eine deutliche Blutspur. Hatte Margoro den Soldaten nicht gesagt, dass sie ihn nicht misshandeln durften?

Der zweite Trupp der Stadtwache war inzwischen ebenfalls an Bord. Diese Soldaten standen am Niedergang und überwältigten jeden, der versuchte, an Deck zu gelangen. Etliche Seefahrer waren verletzt, aber alle hatten den Kampf überlebt. Das hieß wohl, dass Margoro vor offenem Mord zurückscheute.

Die Soldaten schleppten Nanja zusammen mit Ron vom Schiff.

»Margoro will deine Unterschrift unter den Kaufvertrag, Kapitänin.« Rons Stimme war heiser von unterdrückten Schmerzen, aber sein Tonfall ließ nicht erahnen, was er dachte.

»Ich habe ihm nichts zu verkaufen!« Darauf zu beharren, dass er als freier Mann angeheuert hatte, war die einzige, klägliche Hilfe, die sie jetzt noch für ihn hatte. Aber das war nicht genug.

Doch man brachte sie nicht zu Margoro, sondern in einen Tempel vor den Toren der Stadt. Die Stadtwache übergab sie ein paar gemein aussehenden Männern in Mönchskutten, Priester des Aharon.

Sie sperrten sie in ein fensterloses Kellerverlies, in dem knöchelhoch das Wasser stand. Die Mönche zogen ihnen die Stiefel von den Füßen und dann wurden sie nebeneinander an die Wand gefesselt. Die eichenen Zwingen, die ihre Arme hielten, waren so hoch angebracht, dass Nanja den Boden gerade noch mit den Fußspitzen berührte, aber bis über die Ballen im eiskalten Wasser stand. Das würde sie nicht lange durchhalten.

Von irgendwo kam das Geräusch tropfenden Wassers. Nanja zählte die Tropfen, um in der Dunkelheit das Gefühl für die Zeit nicht zu verlieren. Sie fror. Als sie nach Ron rief, antwortete er nicht.

Der Modergeruch verschlug ihr mehr und mehr den Atem. Es fiel ihr immer schwerer, sich auf den Zehenspitzen zu halten und nach einer Weile begannen ihre Schultergelenke zu schmerzen. Ein Wadenkrampf ließ sie schließlich so schwer in die Fesseln sacken, dass es ihr fast die Arme auskugelte. Sie hörte auf, die Wassertropfen zu zählen.

Laute Schritte und Lachen schreckten sie aus ihrem Dämmerzustand. Die Tür wurde aufgerissen und das grelle Licht mehrerer Fackeln blendete sie für einen Moment. Sie kniff die Augen zusammen und sah zu Ron; er erwiderte ihren Blick.

»Da habt ihr die Oberhexe zu eurer Gesellschaft«, rief eine spöttische Stimme.

Soldaten in der schwarzen Lederrüstung der Mönchs-Krieger des Aharon stießen Sondria die Stufen zu ihrem Verlies hinab. Sie stolperte, schlug mit dem Kopf gegen die Türkante und sackte zusammen. Als sie gepackt und an die Wand ihnen gegenüber gefesselt wurde, schien sie bewusstlos zu sein.

Also steckte gar nicht Margoro dahinter. Aber wer hatte sie ausgeliefert? Wribald? Außer Margoro wusste nur er, dass Sondria etwas mit ihnen zu tun hatte. Und er wusste, in welcher Herberge sie zu finden war – Margoro vermutlich nicht. War Wribald aus diesem Grund nicht zurückgekehrt?

Je länger sie darüber nachdachte, desto überzeugter war sie, dass die Rebellen sich auf diese Weise der Waffen bemächtigen wollten, ohne zu bezahlen. Welche Ironie: Die Krieger Aharons selbst statteten ihre Gegner mit den besten Waffen aus, die auf der Dracheninsel zu finden waren.

Eine Weile später kamen zwei Soldaten mit einem Kohlebecken. Sie stellten es in der Mitte des Verlieses neben einen steinernen Sockel von der Größe eines Tischs und zündeten es an. Gestützt auf den Arm eines dritten watschelte ein beleibter Mönch mit feistem Gesicht die Stufen in ihr Verlies hinunter.

Der Mönch schob die Hände in die weiten Ärmel seiner dunklen Kutte und musterte sie der Reihe nach. Jedes Mal nickte er, als sei er zufrieden mit dem, was er sah. »Man beschuldigt euch des Gebrauchs von Magie bei der Heilung eines Kranken. Gesteht ihr euer Verbrechen?«

Nanjas Bauchdecke spannte sich bei dem Gedanken, was sie erwartete. In ohnmächtigem Zorn biss sie die Zähne zusammen. Niemand von ihnen antwortete.

Der Mönch winkte einem der Soldaten. Der bückte sich vor Ron, schnitt sein Hosenbein auf und riss den Verband herunter. Offensichtlich wussten sie genau, welche Verletzungen er hatte. War Wribald doch nicht der Verräter?

Der Mönch trat auf Ron zu. »Du siehst aus, als könntest du gemeint sein.« Er kicherte, als ergötze er sich an seinen eigenen Worten. »Hast du zugelassen, dass man dich mit verbotenen magischen Ritualen heilt?«

Nanja keuchte entsetzt. Wollten sie Ron dafür hinrichten, dass er überlebt hatte?

»Und wer von euch ist die Hexe? Nun redet schon! Ihr macht euch den Tod leichter.« Er wollte sehen, wie Hochseebewohner zu sterben wussten? Aber noch waren sie nicht verloren.

Der Mönch schnippte mit den Fingern. Einer der Soldaten nahm mit einer hölzernen Zange einen weißglühenden Gegenstand aus dem Feuer – schmelzendes Glas. Als er sich ihnen näherte, schoss Nanja ihm einen wütenden Blick entgegen. Aber er machte einen Schritt zur Seite und ging auf Ron zu.

»Sackratte!« Ihr Fluch klang wenig beeindruckend; ihre Stimme versagte vor Erschöpfung.

Ron stöhnte; dann kam ein lang anhaltender Schrei. Eine Pfütze flüssiges Glas schimmerte vor ihm auf dem Boden. Er hing in den Fesseln und röchelte.

Ein anderer Soldat schüttete ihm einen Eimer Wasser ins Gesicht. Er schnappte nach Luft und würgte. Der Mönch lachte. Auf sein Zeichen schlug der Soldat einen Knüppel quer über Rons Brust. Er gab einen gurgelnden Laut von sich.

Wenn sie ihm die Rippen brachen, würde er nicht reiten können. Margoro hätte ihre Kerkermeister angewiesen, Ron nicht zu schaden. Also steckten tatsächlich die Rebellen dahinter.

Und es war ihre Schuld, weil sie es so eilig gehabt hatte, die Waffen zu verhökern. »Nein!« Nanja wand sich in den Holzzwingen; der Zorn über ihre Hilflosigkeit erstickte sie fast. »Hört auf!«

Der Mönch drehte sich ihr zu um. »Nein?« Er grinste höhnisch und wedelte mit der Hand.

Die Soldaten lösten die Fesseln von Nanjas Handgelenken und stießen sie auf den steinernen Sockel. Sie ketteten ihr die Arme über dem Kopf an und rissen ihr Hemd auf. Als sie ihre Knie packten und die Beine auseinander zwangen, wusste sie, was sie vorhatten.

Mit einem Wutschrei warf sich Ron gegen seine Fesseln; auch er musste es begriffen haben.

Der Mönch beugte sich über sie. Sein fauliger Atem ließ sie würgen und sie drehte das Gesicht zur Seite. Er packte sie an den Haaren und schlug ihr mit der flachen Hand ins Gesicht. Dann versuchte er, ihr einen Kuss aufzuzwängen. Sie biss zu. Er wich mit einem Schmerzlaut zurück und schlug ihr erneut ins Gesicht. Mit beiden Händen zerriss er ihren Rock. Aus seiner Lippe tropfte Blut auf ihre Stirn, als er sich auf sie warf. Sie presste die Augen zusammen, während er brutal in sie eindrang.

Er hielt inne und pfiff durch eine Zahnlücke. »Schau an, eine Jungfrau. Wer hätte das gedacht?« Er stieß wieder zu. Sie bohrte die Zähne in ihre Oberlippe, um nicht zu schreien. Immer lauter keuchte er in ihr Ohr.

Dann war es vorbei.

Ein Schluchzer unterbrach die plötzliche Stille. Sie drehte den Kopf zur Seite und öffnete die Augen. Im Fackellicht glitzerten Tränen auf Rons Gesicht.

»Ich will dich schreien hören«, fauchte der Mönch.

Ein Soldat schlug ihr die Faust so hart ins Gesicht, dass ihr Kopf gegen den Stein knallte. Beim nächsten Schlag platzte ihre Lippe; anschließend traf einer ihr rechtes Auge. Dann richtete er einen Hieb gegen ihre rechte Niere. Sie bäumte sich auf und konnte einen Schmerzensschrei nicht länger unterdrücken. Der Soldat fiel über sie her.

Als er mit ihr fertig war, riss ein zweiter der Soldaten ihr Hemd ganz herunter. Er rammte sein Knie zwischen ihre Beine und hieb ihr in den Magen; sie hatte das Gefühl, etwas zerriss in ihr. Als er auf ihr lag, griff er ihr in die Haare und versuchte sie zu küssen.

Eine röhrende Stimme drang ins Verlies. Margoro.

Nanja keuchte vor Schmerzen und drehte den Kopf zur Seite, um dem Mund des Soldaten auf ihrem Gesicht zu entgehen.

Margoro kam in ihr Gesichtsfeld. Der Stadtwächter neben ihm hielt die Fackel höher. Und Margoro sah zu.

Als der Soldat von Nanja abließ, ging Margoro mit sorgenvoll zerfurchtem Gesicht von einem zum anderen, den Fackelträger neben sich. Sein Blick blieb auf Nanjas nackter Brust liegen und seine Augen glitzerten lüstern.

»Was hat man mit euch gemacht?« Als ob er nicht gerade zugeschaut hätte; Nanja knirschte mit den Zähnen. »Ich höre, man beschuldigt euch der Hexerei. Schlimm, schlimm.«

Er trat wieder zu Ron und leuchtete ihm ins Gesicht. Ron blinzelte gegen das Licht und reckte den Kopf.

»Du siehst nicht gut aus, mein Junge. Du musst hier raus!« Margoros Stimme klang falsch und hinterhältig. Er wandte sich an den Mönch. »Ich werde die Sache aufklären, auch wenn ich nicht alles gesehen habe, was auf Gemona geschehen ist. Lasst uns vorerst allein. Vielleicht reden sie mit mir.«

Der Mönch verneigte sich tief und ging mit den Soldaten nach draußen. Margoro kontrollierte, dass sie die Tür sorgfältig verschlossen hatten.

»Schlimm, schlimm«, sagte er noch einmal. »Es täte mir wirklich leid, euch auf diese Weise enden zu sehen.«

Nanja stemmte sich gegen ihre Fesseln. »Was willst du?« Der plötzliche Schmerz in ihren Gelenken ließ sie zurücksinken.

Margoro lächelte maliziös. »Ich war doch dabei, nicht wahr? Und mein Wort hat Gewicht in dieser Stadt.« Er kam zu ihr und wischte mit dem Daumen das Blut von ihrer Lippe. Seine Berührung ließ sie vor Ekel würgen. »Du weißt genau, was ich will. Überlass mir den Sklaven. Ich bin sogar jetzt noch bereit, für ihn zu bezahlen. Dann bezeuge ich, dass keine Magie im Spiel war.« Er nestelte an ihrem zerrissenen Hemd. »Eine Hexe hätte ihn gewiss richtig geheilt und nicht so gestümpert. Das wird jedem einleuchten.«

»Auf meinem Schiff hat es noch nie einen Sklaven gegeben.« Aber wenn sie wieder ablehnte, würden sie auf schreckliche Weise umkommen. Dann hätte sie Ron besser auf Gemona sterben lassen.

Margoro fuhr mit den Fingerspitzen über ihre Brustwarzen. Brennender Zorn nahm ihr den Atem. »Du zögerst noch immer, Kapitänin? Überleg es dir gut. Auch ich gehe ein Risiko ein, wenn ich für euch spreche. Schließlich wissen alle, die dabei waren, dass Sondria tatsächlich Magie angewandt hat. Ich gebe dir zwei Minuten.« Er ging hinaus.

»Er will doch nur, dass ich dieses Rennen für ihn gewinne«, krächzte Ron.

»Margoro wird dich niemals gehen lassen.« Aber sie mussten Zeit gewinnen. Und erst einmal aus diesem Verlies heraus.

Ron schob das Kinn vor und sah sie fest an. »Ich bin schon einmal geflohen.«

Als die Tür wieder geöffnet wurde, holte sie tief Luft und legte Kälte in ihre Stimme. »Wenn du also darauf bestehst, für dieses Rennen in seinen Dienst zu treten, dann geh mit ihm. Aber nach dem Rennen will ich dich wieder an Bord sehen oder du musst dir ein anderes Schiff suchen.«

Margoro lachte schallend. »Ist diese Komödie für mich?« Begleitet nur von einem Stadtwächter betrat er das Verlies.

»Ron wird für dich reiten. Nun sorg du dafür, dass wir hier herauskommen.«

»Ich brauche nur ihn.«

Nanja ballte die Fäuste. Hätte sie ihm nur auf Gemona den Dolch in die Eingeweide gerammt!

Er grinste unverschämt. Dann zog er den größten Fetzen ihres Rocks über ihre Beine und bedeckte sie zur Hälfte. »Aber freilich, es wäre wenig glaubhaft. Entweder seid ihr alle drei unschuldig oder keiner.«

Ron antwortete ihm. »Man kann ein Rennen auch verlieren.«

»Du wirst alles daran setzen zu gewinnen.« Sie waren Margoro ausgeliefert.

»Ich vermag mich nicht einmal auf den Beinen zu halten.« Rons Stimme klang jetzt aber sehr klar und sicher. Wie machte er das?

Die beiden Männer sahen sich lauernd an. Schließlich lachte Margoro dröhnend. »Du wirst für ein unterhaltsames Fest sorgen. Das gefällt mir.«

»Als Lohn gibst du mir ein Zehntel der Siegprämie.« Ron sprach in einem Tonfall, als stünde er an einem Marktstand.

»Was? Was willst du mit dem vielen Geld?« Margoro blickte Nanja an, als er weitersprach. »Ich war bereit, deiner Herrin jeden Preis zu zahlen ... Aber da sie nun gar nichts haben will?« Er zuckte die Achseln. »Du kannst zwar nichts damit anfangen, aber so sei es denn.«

Nachdem er gegangen war, verbreiteten die glimmenden Kohlen noch für eine Weile ihr schwaches Licht. Dann verbarg die Dunkelheit sie wieder voreinander.

Dass der Mönch nicht zurückkehrte, hieß wohl, sie kamen tatsächlich davon. Nanja war übel, ihr geschundener Körper schmerzte, aber sie plante ihre Rache. Margoro würde diesen Tag verfluchen.

10

Als sie wieder zu sich kam, sah sie in ein zerfurchtes Gesicht mit buschigen weißen Augenbrauen. Der Mann trug ein eng anliegendes Gewand in Margoros Farben: Yawani, sein Hofmeister. Er beugte sich mit einer Fackel in der Hand über sie; über seinem anderen Arm lag ein schwarzer Umhang.

Jemand löste ihre Handfesseln und sie wandte ihm den Blick zu. Auch er war kein Soldat, sondern ein junger Mann im leinenen Hemd der Landarbeiter. Zwei andere standen bei Ron, ein weiterer öffnete die Zwingen, die Sondria an die Wand ketteten. Als Ron seiner Fesseln ledig war, sank er in die Knie; einer der Landarbeiter fing ihn auf.

Yawani legte den Umhang über ihre zerfetzten Kleider, bevor er die Fußketten löste. Als sie sich mit seiner Hilfe aufrichtete, wurde ihr wieder übel. Geduldig hielt er sie an den Schultern, während sie erbrach. Sie tastete nach der schmerzenden Stelle an ihrem Hinterkopf und ihre Finger wurden feucht von Blut.

»Kannst du laufen?« Er wartete Nanjas Antwort nicht ab, sondern fasste sie unter Achseln und Knien und hob sie vom Steinsockel. Dann stützte er sie, während sie mit weichen Knien einen Schritt nach dem anderen machte. Das eisige Wasser stand inzwischen bis zu ihren Waden und ihre Zähne klapperten unkontrolliert.

Als sie Ron erreichten, widersetzte sie sich dem Druck von Yawanis Armen und blieb stehen. Das Entsetzen stand noch immer in Rons Gesicht geschrieben. Dann biss er die Zähne zusammen und sein Blick verschleierte sich. Sie wagte nicht, etwas zu sagen. Könnte er doch ihre Gedanken sehen! Wenn er nur nicht verzweifelte ...

Für einen Moment tauchte in seinen Augen ein kleines Licht auf, das sie mit Wärme erfüllte. Es schien aus einer Zeit zu kommen, die Ewigkeiten zurücklag.

Die beiden Diener hatten große Mühe, ihm nach draußen zu helfen. In dem engen Gang konnte nur einer neben ihm gehen und die steilen Treppen hinauf konnten sie ihn nicht tragen. Als dieser Kerker gebaut wurde, war nicht vorgesehen, dass ihn je einer verließ.

Draußen empfing sie eine mondlose Nacht – und Margoro mit zwei Kutschen und mehreren Laufdrachen für seine Diener.

Er brachte sie auf sein Anwesen hoch über den Klippen vor der Stadt; kein guter Ort für eine Flucht. Sondrias Bündel aus der Herberge lag bereit und sie versorgte ihrer beider Wunden. Dann ließ Margoro Ron von zwei Dienern fortbringen.

Sondria und Nanja führte er in einen kleinen Raum mit hohen Fenstern, in dessen Mitte ein üppig gedeckter Tisch stand. »Selbstverständlich bist auch du bis zum Fest mein Gast, Kapitänin.«

Aus drei dampfenden Tontöpfen stieg der Geruch von Gebratenem. Kleine panierte Fische, gemischt mit Schalentieren, waren auf eine ovale Platte mit Goldrand gehäuft. Aus einer Schüssel mit warmem, glasiertem Gebäck duftete es nach Zimt. Margoro hatte offensichtlich jede Einzelheit ihrer »Befreiung« genau geplant.

Eine junge Dienerin reichte ihnen Kirschwein in Kelchen aus regenbogenfarbenem Kristall. Margoro hob den seinen. »Auf unseren großen Erfolg.«

Es fragte sich, welchen er damit meinte. »Ich danke dir für die Gastfreundschaft«, sagte Nanja. »Aber ich sehe besser nach meinem Schiff und meinen Leuten.«

»Mitten in der Nacht?« Margoro lächelte. »Was für ein Unsinn, meine Liebe.« Er stellte sein Glas ab. »Du bleibst besser hier, Kapitänin. Kruschar ist gefährlich geworden für dich.« Er würde sie nicht gehen lassen. Sie war seine Geisel, damit Ron sich fügte.

Nach dem Essen ließ Margoro sie und Sondria in Schlafräume im zweiten Stock begleiten; im Korridor postierte er eine Wache. Aber ohne Ron würde sie eh nicht fliehen. Nanja legte sich in ihren Fetzen aufs Bett und schlief sofort ein.

Die Sonne stand hoch, als Nanja erwachte. Eine von Margoros Dienerinnen hantierte geräuschvoll mit Geschirr und stellte eine Tasse neben dem Bett ab. Der Duft von Honig und heißer Milch weckte Nanjas Hunger und sie setzte sich auf.

Als die Dienerin ihren Blick bemerkte, lächelte sie schüchtern, knickste und zog sich wortlos zurück.

Auf einem Stuhl neben dem Fenster lag seidene Unterkleidung und am Schrank hingen zwei prächtige Kleider aus gold- und silberfarben bestickten Stoffen mit üppigen Röcken und dunklem Pelzbesatz an Hals und Ärmeln. Sie würde wie eine adlige Landratte darin aussehen. Angewidert verzog sie den Mund.

Mühsam erhob sie sich, stolperte zum Waschtisch und steckte den schmerzenden Kopf in die Wasserschüssel.

Danach fühlte sie sich etwas besser, aber ihr Spiegelbild schaute sie hohl und düster an. Ihr rechtes Auge war blutunterlaufen und die Wange grünblau. Vorsichtig weichte sie mit einem Waschtuch das geronnene Blut in ihrem Mundwinkel auf und tupfte es ab.

Nanja blickte an sich herunter. Ihr blieb wohl nichts übrig als eines dieser Kleider anzuziehen. Sie warf ihre Fetzen beiseite und probierte zuerst das weniger aufwändig bestickte Gewand aus schwerem Brokat. Obwohl der Stoff der kühleren Jahreszeit angemessen war, war das Kleid bis zum Ansatz ihrer Brustwarzen ausgeschnitten. Sie warf es aufs Bett; Margoros gieriger Blick sollte kein Ziel finden. Das andere bedeckte sie schon besser, aber auch darin mochte sie sich nicht sehen lassen. Nicht einmal die Töchter der Akele gingen tagsüber so auf die Straße.

Sie öffnete den Schrank und durchwühlte ihn: Eine Reihe einfacher Kleider hing darin, zwei pelzbesetzte Umhänge und mehrere ungewöhnlich schmal geschnittene Röcke mit langen Gehschlitzen. Wer trug denn so etwas?

Schließlich wählte sie ein langärmeliges Kleid ohne jeden Besatz, das nur im Rücken tief ausgeschnitten war. Auch darin sah sie mit ihrem zerschundenen Gesicht aus wie eine Karikatur. Aber der meergrüne Kattun harmonierte perfekt mit der Farbe ihrer Augen und akzentuierte die langen braunen Haare, die sich über ihre Schultern ringelten. Mit einem Streifen, den sie von ihrem alten Hemd abriss, band sie die Haare fest zusammen.

Sie trat auf den Flur. Margoro hatte die Wache abgezogen, aber gewiss liefen tagsüber hier so viele Diener herum, dass er über jeden ihrer Schritte Bescheid wusste. Sie öffnete die nächste Tür und dann die übernächste. Beide Räume sahen unbenutzt aus: Die Möbel waren abgedeckt und Staub tanzte in den Sonnenstrahlen. Das anschließende Zimmer roch nach Sondrias Kräutern, aber ihr Bündel war fort und auch sonst gab es keine Spur von ihr. Vielleicht hatte Margoro sie geholt, um nach Ron zu sehen.

Nanja verließ das Zimmer und ging langsam die Treppen hinunter. Inzwischen war sie wach genug, um sich sorgfältig umzusehen; Ortskenntnisse waren immer von Vorteil.

Margoro musste unermesslich reich sein. Alle Fenster waren farbig verglast. Einige zeigten Kampfszenen mit vielen fein gearbeiteten Details. Die einzelnen Scheibchen waren nicht in Holzrahmen, sondern in ein graues Metall eingelassen, das sie zuweilen auf dem Festland gesehen hatte. Das hatte ihn gewiss ein Vermögen gekostet. Die Wände waren mit schweren Stoffen in den Hausfarben Braun und Grün verhängt; vermutlich kamen die ebenfalls vom Festland. Leute wie er verschmähten die Tuchmacher der Dracheninsel.

Im ersten Stock hing den Flur entlang eine Galerie von Porträts und anderen Gemälden, die alle Margoro zeigten; in unterschiedlichem Alter und bei verschiedenen Beschäftigungen. Auf dem größten, direkt über dem Treppenabsatz, trug er die Amtstracht des Rats. Darum ging es ihm vermutlich mit dem geplanten Spektakel: Er wollte wiedergewählt werden. Und dafür war ihm jedes Mittel recht.

Als er sie mit dem Raub der Pferde beauftragt hatte, hatte er es als persönliche Marotte dargestellt; als Neugier, die sagenumwobenen Renntiere vom Festland einmal selber zu Gesicht zu bekommen. Aber es ging um viel mehr und darum hatte er sich sogar der Mönche bedient, um Ron in seine Gewalt zu bekommen.

Kruschar und seine Bewohner waren ihr immer fremd geblieben. Margoro dagegen wusste über sie sogar, dass sie einen Kaperbrief besaß, der es ihr erlaubte, gefahrlos die Häfen auf dem Festland außerhalb von Thannes Lane anzulaufen.

Nanja überlief ein kalter Schauer. Es war ein Fehler gewesen, nicht auf Sitaki zu hören. In Zukunft würde sie sich die Menschen von der Dracheninsel genauer ansehen, bevor sie mit ihnen Geschäfte machte. Im Grunde galt das auch für die Rebellen. Obgleich sie Wribald zu Unrecht verdächtigt hatte, sollte sie gleichermaßen vor ihnen auf der Hut sein – zumindest Sondria hatte auch mit denen ein Problem.

Als sie die Eingangshalle betrat, kam Margoro aus einem der angrenzenden Räume. »Guten Morgen, Kapitänin. Suchst du dein Frühstück? Ich lasse in der Küche Bescheid sagen.« Ungeniert ging er um sie herum und betrachtete sie. »Auch darin siehst du gut aus, Kapitänin.«

Den Tod über ihn! Ihr Dolch war leider in der Brust jenes Soldaten stecken geblieben; aber sie könnte ihn vielleicht erwürgen ...

»Du hättest ruhig eines der Festkleider anziehen können. Wenn sie schmutzig sind, bekommst du neue.« Sie zuckte zusammen, als er die Hand auf ihre Schulter legte. Sofort ließ er los. »Ich begleite dich in den Frühstücksraum.«

Aber sie blieb stehen. »Zuerst will ich wissen, wie es Ron geht. Ich habe Sondria gesucht.«

»Die Heilerin ist fort. Wir brauchen sie doch nicht mehr.«

Nach den Misshandlungen im Kerker? »Ron konnte gestern nicht einmal laufen.« Nanja gab sich keine Mühe, ihr Misstrauen zu verbergen.

»Er braucht nicht zu laufen. Er muss nur reiten.«

Sie konnte sich nicht vorstellen, wie Ron in seinem Zustand den mächtigen Schwarzen unter Kontrolle behielt. Besser, Margoro wusste gleich, dass er verlieren würde. »Das kann er auch nicht; man treibt die Pferde mit der Kraft der Beine.« Sie hatte zwar keine Ahnung, ob das so stimmte, aber die Reiter auf dem Festland bearbeiteten ihre Pferde mit den Fersen. Es sollte für Margoro einleuchtend genug klingen.

Er zuckte die Achseln.

»Warum hat sich Sondria nicht verabschiedet?«

Wieder zuckte er die Achseln. »Du hast geschlafen und sie hatte es eilig, in ihre Herberge zurückzukommen. Da habe ich sie an deiner Stelle bezahlt.«

Dass Sondria froh war zu verschwinden, glaubte sie gern. Aber dass Margoro die junge Frau einfach gehen ließ? Vielleicht war es ihm sogar recht, wenn die Seefahrer Nanja bei ihm wussten.

»Jedenfalls, der Sklave braucht sie nicht mehr. Und dich auch nicht.«

Diese Antwort war eindeutig. Es war klüger, jetzt nicht zu viel Interesse zu zeigen. »Dann kann ich ja in Ruhe frühstücken.«

»Aber ja doch.« Margoro hielt ihr den Arm hin, um sie zu geleiten, aber sie trat einen Schritt zurück. Er sollte sie nicht anfassen.

»Und anschließend wird mein Kleidermacher für das prächtigste Kleid Maß nehmen, das diese Stadt je gesehen hat.« Wieder einmal plusterte er sich auf; es fehlte

nur noch, dass er sich auf die stolzgeschwellte Brust
schlug. »Denn selbstverständlich wirst du mit mir zusammen auf der Ehrentribüne den Sieg feiern. Wessen Sieg
auch immer. Schließlich verdanke ich dir ein einmaliges
Schauspiel.« Er streckte die Hand aus und strich mit zwei
Fingern behutsam über ihre zerschundene Wange. Dieses
Mal reagierte er nicht darauf, dass sie vor ihm zurückwich. »Ein sichtbares Zeichen deiner Tapferkeit! Aber
das hättest du dir ersparen können.«

Der Gedanke an Ron hielt sie davon ab, ihm sofort zu
zeigen, wie tapfer sie war. Sie würde eine bessere Gelegenheit finden.

Unter dem Vorwand, nach den Pferden zu schauen,
versuchte sie später noch einmal, Ron zu sehen. Aber
Margoro wusste zu verhindern, dass sie ihn zu Gesicht
bekam. Er wich nicht einmal von ihrer Seite, als ein Kleidermacher kam, um ihr das Festkleid anzumessen.

In der Nacht stand wieder eine Wache vor der Tür
und dieses Mal auch eine unter ihrem Fenster. Margoro
hatte sich wohl daran erinnert, dass alle Seeleute klettern konnten.

Am folgenden Morgen empfing Margoro sie wieder in der
Eingangshalle, um sie zum Frühstück zu begleiten. Da er
wohl kaum auf sie gewartet hatte, hieß das, dass er tatsächlich jeden ihrer Schritte überwachen ließ. Wenn sie
Ron nicht befreien konnte, solange er sie auf dem Anwesen festhielt, dann eben während des Fests in Kruschar.

Er erzählte ihr, dass drei Schiffe aus Thannes Lane im
Hafen lagen. »Stell dir vor, sie sind extra zum Rennen gekommen.«

Wer mochte ihm das weisgemacht haben? Seit sie seine Gemäldegalerie gesehen hatte, wusste sie, dass Margoro eitel war. Solche Überheblichkeit passte jedoch nicht zu einem erfolgreichen Händler. Aber vielleicht konnte sie sich zunutze machen, dass er Wert darauf legte, für großartig gehalten zu werden.

Er öffnete ihr die Tür zu dem Salon im Erdgeschoss, in dem gefrühstückt wurde. »Wenn ein Pferd gewinnt, haben sie ein neues Handelsgut.«Als ob er sich nicht deshalb an sie gewandt hatte, weil Klauen der einzige Weg war, ein Pferd zu bekommen. Dachte er etwa, er könnte die Sabienne überzeugen? »Darum muss eines gewinnen. Und ich werde der erste sein, in dessen Auftrag Pferde für die Dracheninsel gekauft werden. Oder ich betätige mich für die Sabienne als Vermittler, falls sie auf ihre eigenen Schiffe bestehen. Ja genau, Vermittler! Dann trage ich nicht das Risiko der Überfahrt.«

Kommentarlos ertrug sie seinen Redeschwall, während sie aß. Bis zum Wettkampf waren die Sabienne für Ron keine Gefahr; er war jetzt nirgendwo sicherer als in Margoros Händen.

Plötzlich wurde Margoros Blick lauernd. »Im Grunde kann es mir egal sein, wie die Pferde hierher kommen.« Er rückte mit seinem Stuhl näher. Sein aufdringliches Parfüm überdeckte den Duft des gebratenen Specks auf ihrem Teller.

Sie zog die Mundwinkel zu einem ironischen Grinsen hoch. »Ist das ein Angebot?«

»Warum nicht?«

»Da gibt es nur ein kleines Problem.« Nanja runzelte die Stirn. »Habe ich denn noch ein Schiff?«

»Wenn du deine Brigantine meinst: Die liegt an der Kette; dafür habe ich gesorgt.«

»Du hast also das Schiff genauso beschlagnahmt wie mich!« Und die Waffen wahrscheinlich auch, falls die Stadtwächter bei der Suche nach Ron in den Laderaum hinuntergestiegen waren.

Abwehrend streckte er beide Arme weit von sich. »Was denkst du von mir! Ich habe nur dafür gesorgt, dass die ‚Agena‘ nicht ohne dich in See sticht. Ist es nicht so, dass die Kapitäne der Schwimmenden Inseln abgewählt werden können?«

»Habe ich denn noch eine Besatzung oder liegt die auch irgendwo in Ketten?«

»So manch einer wird sich in diesen Tagen an eine schöne Frau gefesselt haben.« Er tätschelte ihre Hand und sein Blick senkte sich auf ihre Brust. Sie zog ihre Hand weg und verschränkte die Arme. »Aber spurlos verschwunden ist keiner. Ich weiß über alles Bescheid, was in dieser Stadt geschieht.«

Das Schiff ungehindert aus dem Hafen zu bringen, war dennoch nicht schwer; sie hatte dergleichen oft genug in den Häfen des Festlands getan. Die Besatzung würde zum Rennen kommen und dann bedurfte es nur eines Zeichens von ihr.

Aber zuerst mussten sie Ron befreien. Sie würde Kruschar keinesfalls ohne ihn verlassen.

Am Abend vor dem Rennen lud Margoro Nanja ein, mit ihm die Arena zu besichtigen. Auf der Rennbahn hatte das Erdbeben zwar kaum Schäden verursacht, aber Margoro wollte persönlich kontrollieren, ob alles repariert worden war. Sie nahm die Einladung gerne an. Das war die Gelegenheit, mehr von der Rennbahn kennenzulernen als Festbesucher sonst zu sehen bekamen.

Sie fuhren in der geschlossenen Kutsche, in der er sie zu Sondrias Herberge begleitet hatte. Ab dem Stadttor wären sie allerdings zu Fuß schneller vorangekommen. Margoros Drachenlenker bevorzugte zwar die weniger bevölkerten Seitengassen, aber jedes Mal, wenn sie einen Platz überqueren mussten, steckten sie minutenlang fest.

Dicht an dicht stauten sich Menschen, Drachen und Fahrzeuge in den Straßen. Auf allen größeren Plätzen spielten Musikanten oder traten Gaukler und Schauspieler auf. Von den Essensständen wehten Qualm und der Geruch von gegrilltem Fisch zu ihnen in die Kutsche; zuweilen stank es erbärmlich nach Verbranntem.

In der Menge tauchten viele Gesichter auf, die Nanja von den Schwimmenden Inseln oder aus Belascha kannte; hin und wieder auch einer von ihrer Besatzung. Margoro log also nicht immer.

Einmal kam einer der Seefahrer nahe an die Kutsche heran und versuchte hereinzuschauen. Er hatte wohl Margoros Wappen erkannt. Nanja griff nach einem der Vorhänge, um ihn beiseitezuschlagen, aber Margoro hielt ihre Hand fest.

Die Erbauer der Rennbahn von Kruschar hatten an erster Stelle die Unterhaltung der Zuschauer im Auge gehabt: Das Gelände war ein großes Oval, sodass die Tiere für alle gut sichtbar ihre Runden liefen. Bei den Sabienne in Thannes Lane dagegen ging es gewöhnlich querfeldein und die Zuschauer sahen wenig von dem, was unterwegs geschah. Was ein ständiger Anlass zu Streit über Rennbetrug war.

Die Tribünen waren durch die zehn Eingänge voneinander abgetrennt; so gelangte niemand ohne weiteres von einem Block zum anderen. Das mochte für eine Flucht von hier hilfreich sein.

Die Hälfte der Tribünen war schon mit Girlanden und Fahnen geschmückt, zwei andere wurden gerade dekoriert. Über dreien wehten die Banner der freien Städte Belascha, Kaimon und Olmaram; sie waren offensichtlich für Besucher von dort reserviert. Rund um die hölzerne Plattform in der Mitte der Arena mähten drei Gärtner mit langen Sensen das hochstehende Gras. Von Schäden durch das Erdbeben war nichts mehr zu sehen, nicht einmal Spuren der Reparaturen.

Margoro zeigte ihr den Platz in der ersten Reihe der Ehrentribüne, der ihm als Ratsherrn gebührte. In ihren eigenen Kleidern käme sie mit einem Satz über das Geländer davor. Aber in dem Plunder, den sie zum Rennen tragen sollte? Sie brauchte eine Möglichkeit, sich mit einer Handbewegung der Röcke zu entledigen.

Und sie musste wissen, wo sie Ron finden würde. Auf ihre Frage nach den Ställen wies Margoro in Richtung eines großen Tors, das der Ehrentribüne gegenüberlag. Er war aber nicht zu bewegen, sie dorthin zu begleiten.

Als sie die Arena wieder verließen, verschwand jemand in der Deckung der dicht stehenden Büsche auf der anderen Seite des Platzes. Kein Ort, wo jemand seinen Weg suchen würde; hier war gewiss ein Kundschafter Sitakis am Werk.

Nanja verwickelte Margoro in ein Gespräch über die Angriffe der Rebellen im Süden der Insel, um ihn davon abzulenken, dass sie das gesamte Gelände rundherum in Augenschein nehmen wollte. Glaubenslose Banditen nannte er sie, weil sie gegen die Herrschaft des obersten Aharons-Priesters – der sich »Heiliger« nennen ließ – in

Dhaomond kämpften. Er ereiferte sich immer mehr und dadurch merkte er tatsächlich erst nach der Hälfte des Weges, dass sie im Begriff standen, die Rennbahn zu umrunden. Aber an diesem Abend konnte nichts seine gute Laune beeinträchtigen. Er mokierte sich darüber, dass er jedes Mal neue Schuhe bräuchte, wenn er mit ihr zusammen unterwegs war. Tatsächlich waren sie ein wenig staubig geworden.

Nanja prägte sich jeden Pfad und jede Gasse ein, betrachtete jedes Gesträuch, ob es als Versteck oder als Hinterhalt dienen könnte. Nach drei Vierteln des Weges kamen sie an einer käfigartigen Anlage vorbei, die in die Rückseite der Arena gebaut war. Margoro erklärte, dort würden die Verbrecher vor Vollstreckung des Urteils untergebracht.

Die Arena wurde für Hinrichtungen benutzt? Dann wären auch sie in diesem Käfig gelandet, wenn ... Nanja drehte sich der Magen um.

11

Am nächsten Morgen wurde das Anwesen von Dienstbo-
ten bevölkert, die nicht die Farben Margoros trugen. Das
Küchengebäude war mit einem großen Zelt erweitert
worden, in dem ein Dutzend Helferinnen Geflügel rupfte,
Fische ausnahm und in großen Schüsseln Teig anrührte.
In einem Saal im ersten Stock wurden lange Tische auf-
gestellt und mit Geschirr aus braunem und grünem Glas
eingedeckt. Im Frühstückszimmer stellten Dienerinnen
Essen und Getränke auf die beiden Anrichten; zwei von
ihnen blieben dann dort stehen, um zu servieren.

Dieses Mal musste Nanja nicht mit Margoro allein
frühstücken. Er hatte die sechs Männer dazu eingeladen,
die seine Drachen reiten würden. Sie waren gekleidet wie
Gecken: Kupfer, rosa, blau, grün, lila und orange - jeder
trug Hemd und Beinkleid in der Farbe seines Drachens.
Sodann war jeweils ein Ärmel grün, der andere braun,
um sie als Margoros Reiter zu kennzeichnen. Die alberne
Bekleidung tat ihrem selbstbewussten Auftreten natürlich keinen Abbruch und sie wetteiferten ungeniert um
die Gunst der beiden hübschen Dienerinnen, die das
Frühstück servierten.

Es war ein üppiges Mahl mit Fisch, Geflügel und Eier-
speisen. Brot, aber kein Gemüse und kein Obst. Dazu gab
es verschiedene Sorten Tee, Wein und Schilfgrasbrand.
Die Drachenreiter verzichteten klugerweise auf Alkohol.

Margoro dagegen sprach dem Schilfgrasbrand zu, bis er so müde war, dass er sich zurückzog. Es war trotzdem kein guter Zeitpunkt für die Flucht; sie würden das Anwesen nicht ungesehen verlassen können.

Nach dem Frühstück kamen ein Haarkünstler und der Kleidermacher mit zwei Näherinnen, die Nanja beim Ankleiden helfen sollten. Er hatte drei schwere Unterröcke nähen lassen, die dem Festgewand Weite gaben. Mit all dem Stoff käme sie nie über das Tribünengeländer. Als er bei seiner Handwerkerehre darauf bestand, sie müsse das Kleid so tragen, wie er es entworfen hatte, begann sie zu toben, um ihn einzuschüchtern. Aber sein Stolz verlieh ihm Beharrlichkeit; schließlich musste sie handgreiflich werden und warf ihn hinaus. Sie zog keinen der Unterröcke an.

Der Haarkünstler, ein dürres Männchen, schrumpfte während dieser Szene immer mehr. Nachdem sie mit dem Kleidermacher fertig war, fragte er mit bebender Stimme nach ihren Wünschen. Sie schlug ihm vor, ihre Haare zu üppigen Locken hochzustecken. Die vielen Haarnadeln, die er dafür benötigte, konnte sie als Waffen benutzen. Als sie dann erklärte, sie vertraue ihm und brauche daher seine Arbeit nicht im Spiegel zu verfolgen, blühte der eingeschüchterte Haarkünstler förmlich auf und machte sich enthusiastisch ans Werk.

Nanja hatte Wichtigeres im Sinn: Statt vor den Frisierspiegel setzte sie sich ans Fenster, von wo sie den vorderen Bereich des Anwesens bis zum Tor überblicken konnte.

Nach den Renndrachen wurden die Pferde abtransportiert. Margoro ließ dafür Fuhrwagen benutzen, auf denen jeweils zwei der Tiere Platz fanden. Die Drachen, die sie zogen, waren üppig mit edelsteinbesetzten Bändern und Decken geschmückt. Es sah nachgerade albern aus an diesen riesigen Tieren; es fehlten nur noch Federn. Landmenschen!

Gleich darauf wurde Ron aus einem der Nebengebäude zu einer Kutsche gebracht. Er trug neue Kleidung in braun und grün, als gehöre er zu Margoros Haushalt. Sie beobachtete jede seiner Bewegungen, um abzuschätzen, wie gut es ihm inzwischen ging und was sie ihm bei der Flucht zumuten konnte. Auf den ersten Blick schien es, als stützten ihn die Diener, um sein Bein zu schonen. Aber sie bewachten ihn wohl eher und man hatte ihm die Hände auf den Rücken gefesselt. Margoro scheute sich nicht, ihn offen als Gefangenen zu behandeln. Sie würden es ihm schon zeigen!

Als Ron unter ihrem Fenster vorbeiging, hob er den Kopf, als habe er gesehen, dass ihre Gedanken bei ihm waren. Nanja hob eine Hand und er lächelte ihr zu. Wollte er ihr damit sagen, dass sie sich keine Sorgen machen musste? Vielleicht gelang es ihr, ihn vor dem Rennen noch einmal zu sehen.

Aber Margoro machte aus dem Mittagessen ein ausuferndes Festmahl, als habe er das Rennen schon gewonnen. Neben ein paar reichen Kaufleuten nahm der gesamte Rat der Stadt daran teil: die Vorsitzenden aller Zünfte Kruschars und die Führerinnen der örtlichen Gilden. Dazu hatte er Adlige aus den anderen freien Städten des Nordens geladen und so, wie sie ihn begrüßten, waren sie höchst bereitwillig gekommen. Und sie sprachen über Politik, nicht über das Rennen. Anscheinend gab es Bestrebungen, irgendeine Art von Bündnis zwischen den Städten zu schließen. Der Nutzen blieb Nanja rätselhaft, da es keine militärische Frage zu sein schien. Es konnte auch keine Intrige des Adels gegen das Bürgertum sein, denn dann würden sie nicht in Gegenwart des Rats darüber sprechen.

Das Essen zog sich bis weit in den Nachmittag hin und als sie endlich aufbrachen, konnte Margoro nur noch mit Mühe geradeaus laufen. Nach einem vergeblichen Versuch forderte er Yawanis Hilfe, um die Kutsche zu besteigen. Auch viele der übrigen Gäste wirkten beruhigend handlungsunfähig. Doch auch das konnte sie nicht zu ihrem Vorteil nutzen, denn nun war Ron schon fort.

Erst kurz vor Beginn des Spektakels betraten sie die Arena und nahmen ihre Plätze auf der Ehrentribüne ein. Margoro stellte Nanja als diejenige vor, die die Renntiere auf die Dracheninsel gebracht hatte. Er pries tatsächlich die unübersehbaren Verletzungen in ihrem Gesicht als Zeichen ihres Mutes bei der Entführung der Pferde. Als ob nicht jedem klar sein musste, dass die während der langen Überfahrt verheilt wären.

Die Zuschauer klatschten mehr höflich als begeistert. Soweit sie ihn überhaupt zur Kenntnis nahmen. Sie waren laut und respektlos und standen in kleinen Gruppen zusammen, die vor allem mit sich selbst beschäftigt schienen: Vermutlich stritten sie über ihre Wettchancen. Anders als bei der Ankunft in Kruschar gelang es Margoro dieses Mal nicht, das Publikum zu fesseln. Aber er hatte genug Gespür, den Beginn des Rennens nicht mit einer langen Ansprache zu verzögern.

Die Drachen wurden aus den Ställen geführt. Margoro stellte seinen Reichtum zur Schau, indem er sechs Renndrachen in sechs verschiedenen Farben aufbot. Einmal mehr bewies er damit, dass sie ihn unterschätzt hatte.

Alle Konkurrenten zusammen schickten nur zehn ins Rennen. Im Gegensatz zu Margoros Reitern trugen die anderen schlicht die Wappenfarben des jeweiligen Besitzers.

Die Reiter saßen auf und die Drachen zogen langsam einer nach dem anderen durch das Oval. Hin und wieder hielt ein Reiter kurz an und wechselte ein paar Worte mit den Zuschauern, die im Übrigen klatschten oder johlten, je nachdem, auf wen sie gesetzt hatten.

So weit Nanjas Blick reichte, konnte sie niemanden von ihrer Besatzung entdecken. Stattdessen gewahrte sie auf der gegenüberliegenden Tribüne die düstere Tracht der Sabienne. Inmitten der in festlichen Farben gekleideten Menge der Inselbewohner wirkten sie mit ihren braunen und grauen Gewändern wie Vogelscheuchen. Nur eine Frau – die einzige Frau unter ihnen – in leuchtendem Rot mit einem Hut wie ein Wagenrad stach hervor.

Margoro hatte Nanja mit seiner Vorstellung in Gefahr gebracht. Nun durfte sie sich eine Weile nicht mehr in den Häfen von Thannes Lane blicken lassen.

Unvermittelt lachte sie auf, als sie sich vorstellte, Lord Jordan von Haus Thalis, der Besitzer der Pferde, könnte persönlich unter den Sabienne sein. Freilich würde er nichts beweisen können und das hiesige Gericht stellte sich gewiss auf Margoros Seite. Falls Lord Jordan dennoch die Pferde noch vor dem Rennen für sich beanspruchte, würde er einen prächtigen Tumult auslösen. Aber könnte sie den nutzen, um Ron zu befreien?

Margoro legte die Hand auf ihren Arm und ignorierte wieder einmal, dass sie zurückwich. »Kapitänin, ich bin froh, dass du mir nicht mehr grollst. Du wirst sehen, wir werden gute Partner.« In seinen Augen glitzerte unverhüllte Lust. »Und vielleicht noch mehr.«

Nanjas Magen rebellierte bei der Erinnerung an die Gewalt, die ihr der Mönch und die Soldaten im Kerker angetan hatten. Ihr Mund füllte sich mit dem eklig-sauren Geschmack von halb verdautem Mittagessen. Mühsam würgte sie es wieder herunter; sie würde kein öffentliches Schauspiel bieten. Für all das war allein dieser adlige Landmensch verantwortlich. Er würde ihr dafür büßen.

Sie musterte die Massen der Zuschauer weiter. Auf keiner der Tribünen stand jemand von ihrer Besatzung. Doch Sitaki würde schon wissen, was er tat.

Nach zwei Runden hielten die Drachen vor der Ehrentribüne. Ein Sprecher des Rats begrüßte jeden einzelnen der Reiter mit launigen Worten; für jeden hatte er ein paar Sätze, die auch sie selber zum Lachen brachten. Bemerkenswert, dass Margoro dies nicht als sein Privileg betrachtete. Vielleicht waren ihm die Drachenreiter nicht wichtig genug.

Mit einer langen Litanei im Singsang des südlichen Dhaomond segnete dann ein Priester Aharons die Drachen. Nur die Drachen! Damit bestätigte er wieder einmal, dass denen, die sich dem Dienst an Göttern verschrieben, Menschen nichts galten. Wie verlogen diese Priester waren.

Nanja wandte sich betont deutlich von der Zeremonie ab. Dabei entdeckte sie auf der Nachbartribüne Wribald inmitten einer Gruppe von Männern in Holzfällerkleidung, farbenfroh wie die Blätter eines Herbstwalds. Ihre Blicke kreuzten sich, seine Brauen zuckten nach oben und dann neigte er lächelnd den Kopf. Er hatte sie trotz ihres Gewandes und der pompösen Frisur erkannt. Falls die anderen seine Gefährten waren, dann bedeutete das eine ansehnliche Verstärkung. Denen würde es eine Freude sein, das adlige Pack in Angst und Schrecken zu versetzen.

In jeder Reihe stellten sich drei Drachen zum Start auf. Die in der ersten Reihe bliesen abwechselnd kleine Flammen in die Luft, die in der letzten wirbelten mit ihren Schwänzen den Sand der Rennbahn auf. Es war ein wohlkalkuliertes Schauspiel.

Aber von den Pferden noch immer keine Spur. Margoro bemerkte ihren suchenden Blick und erklärte ihr, dass natürlich die Tradition gewahrt werden müsse: Sie brauchten einen Drachen, der während des kommenden Jahres über die Stadt wachte. Zudem wurden auf diese Weise jene drei ermittelt, die anschließend gegen die Pferde antraten.

Darum also war er so sicher, auf jeden Fall einen Teil des Erfolgs auf seine Fahnen schreiben zu können. Sie hatte keinen Zweifel, dass einer seiner Drachen Hüter der Stadt würde.

Zwei Rennen also – das Spektakel dauerte viel länger als in anderen Jahren. Was, wenn Sitaki geplant hatte, die Abendflut zum Auslaufen zu nutzen? Und was hatte Wribald vor? Sah er seine Aufgabe darin erschöpft, nur sie zu befreien, statt auf das zweite Rennen zu warten?

Im Dunkeln zu tappen zerrte mehr und mehr an ihren Nerven und an ihrer Geduld. Und Margoro wurde immer nüchterner, je länger sich alles hinzog. Am Ende hatte Farwo recht und auf diesen Pferden lag tatsächlich ein Fluch.

Das Rennen begann mit einem Blutbad. Einer von Margoros Drachen, der aus der dritten Reihe gestartet war, rannte zwei über den Haufen, die ihm nicht schnell genug Platz gemacht hatten. Deren Reiter wurden beim Sturz unter ihren Drachen begraben und schwerverletzt von der Bahn getragen. Einer dieser Drachen brach sich bei dem Zusammenstoß eine Schulter; er wurde in die Mitte der Arena geschleift und der Pfeil eines *Arciere* setzte dem Leben des unschuldigen Tiers ein Ende. Von der Tribüne seiner Anhänger ertönte vielstimmiges Wutgeschrei. Einige sprangen hinunter in die Arena und liefen zu ihrem getöteten Liebling. Andere stellten sich unerschrocken Margoros schuldigem Reiter in den Weg und zerrten ihn von seinem Drachen. Als sie auf ihn einschlugen, rief Margoro nach den Wachen und ließ das Rennen abbrechen.

Ein solcher Tumult wäre ideal zur Flucht. Aber wo war Ron? Nanja bangte, dass Sitaki zu früh eingreifen würde. Doch zu ihrer Erleichterung ließ sich immer noch keiner von ihrer Besatzung blicken. Wribald starrte zu ihr herüber und hob fragend die Brauen, als sie seinen Blick kreuzte. Er gedachte tatsächlich zu helfen; Sitaki hatte sich mit ihm abgesprochen.

Die Seefahrer wurden in der Arena gar nicht gebraucht, weil Wribalds Leute hier waren. Eine gute Lösung; wohl niemand kannte die Rebellen von Angesicht zu Angesicht.

Nanja schüttelte den Kopf: nicht ohne Ron. Hatte Sitaki ihm das nicht gesagt? Sie mussten warten.

Nachdem die Bahn geräumt war, gingen die Drachen erneut an den Start. Außer den beiden gestürzten Tieren fehlte jetzt auch Margoros grüner Drache, denn der Reiter hatte so viel Prügel bezogen, dass er nicht mehr einsatzfähig war. Margoro tobte, das sei sein bester Mann gewesen.

Nach dem erneuten Start lief das Rennen ohne Unterbrechung über die volle Länge von zwanzig Runden. Gleich zu Beginn überschlug sich allerdings ein Drache ohne ersichtlichen Grund; Stadtwächter schleiften ihn von der Bahn. Dann gab es wieder einen Zusammenstoß zwischen einem Drachen Margoros und einem der Konkurrenten; beide mussten das Rennen abbrechen. Margoro hielt seine Reiter anscheinend zu besonderer Rücksichtslosigkeit an. Auch wenn es ihn selber einen Mann oder gar einen Drachen kostete, so hatten die übrigen anschließend leichteres Spiel. Hoffentlich waren ihm die Pferde zu kostbar, um die Drachen mit der gleichen Bedenkenlosigkeit gegen sie zu hetzen. Pferde hätten gegen einen Angriff dieser Kolosse keine Chance.

Neun Drachen kamen schließlich ins Ziel. Vier gehörten Margoro und neben seinem rosa Drachen, der das Rennen gewonnen hatte, ging auch der blaue in das Rennen mit den Pferden. Der dritte, der gegen die Pferde antrat, gehörte einem reichen Glasbläser. Margoro schien zufrieden mit dem Ergebnis. Mit nur einem Gegner konnte er sich vermutlich des Ausgangs sicher sein; seine Reiter schreckten nicht vor unfairen Praktiken zurück.

Nach der Siegeszeremonie und der Übergabe der Prämien an die Drachenreiter schwärmten die fliegenden Händler aus. Sie boten gegrillte Gemüse, gefüllte Teigstücke und alkoholfreie Getränke feil. Aus nachvollziehbaren Gründen war der Verkauf von Schnaps in der Arena untersagt. Aber auf der Ehrentribüne hievten die Händler unter großen Anstrengungen Eichenfässer mit Wein die Stufen hoch. Dort blieben sie dann zum Nachschenken stehen.

Auf der großen Plattform in der Mitte der Arena gab das Tanztheater der Stadt währenddessen seine Vorstellung. Es war ein farbenprächtiges Schauspiel über das Exil der Frauen vom Festland kurz vor dem Großen Krieg vor fünfzig Generationen. Damals hatte die Königin des Hauses Beluscher ihren Mann verlassen, weil sie Sklaverei und die Unterdrückung der Frauen nicht länger hinnehmen wollte. Die Frauen, die auf die Dracheninsel auswanderten, brachten der einheimischen Bevölkerung ihr Wissen und ihre Fähigkeiten. Und veränderten die Gesellschaft tiefgreifend. Nanja ließ sich faszinieren und vergaß für die Dauer der Aufführung alles andere.

Dann führten Margoros Hirten sechs der Pferde auf die Wiese neben der Bühne: Rabenschwarz, Wildfang, eine gefleckte und drei braune Cavallas. Sie pflockten sie an langen Leinen an und die Pferde begannen sofort zu grasen. Margoro hatte sie also doch nicht auf die Weide zu den Drachen gelassen, sondern in einem Stall untergebracht. Recht betrachtet wäre es auch ihr zu riskant gewesen.

Wer wetten wollte, durfte die Pferde genauer betrachten, während die fliegenden Händler von ihren Waren feilboten, was noch übrig war. In kleinen Gruppen wurden die Festbesucher auf die Wiese gelassen. Drachenhirten und Stadtwächter sorgten dafür, dass sie genügend Abstand hielten. An einem langen Tisch auf der Plattform saß Margoros Hofmeister mit zwei weiteren Dienern und nahm die Einsätze entgegen. Offensichtlich hatte Margoro durchgesetzt, dass dieser Teil des Wettgeschäfts in seine Hände übergeben wurde – und damit der Gewinn.

Auch drei der Sabienne gingen auf die Wiese. Und wieder fürchtete Nanja, dass es zur Unzeit einen Tumult gab. Rabenschwarz erkannten die drei gewiss; er galt als eines der besten Pferde von Thannes Lane. Aber die Sabienne umkreisten die Tiere nur und unterhielten sich miteinander, ehe sie wieder auf ihre Plätze zurückkehrten. Dann ging auch Wribald hinunter und betrachtete die Pferde. Wollte er tatsächlich wetten? Sie hatte ihn nicht für einen Spieler gehalten.

Nach welchen Maßstäben mochten die Leute über ihre Einsätze entscheiden? Wohl kaum einer der Landmenschen kannte Pferde, geschweige denn, dass sie sie je hätten laufen sehen. Reisenden von der Dracheninsel war es verboten, die Hafenstädte auf dem Festland zu verlassen.

Die drei Drachen waren nach den zwanzig Runden vielleicht erschöpft, aber für die Pferde fehlte es an fähigen Reitern. Was auch immer Ron den anderen in diesen drei Tagen beigebracht haben mochte, es war sicher nicht genug.

Und Ron selber? Er war noch lange nicht geheilt.

Die Pferde wurden zu den Ställen zurückgeführt und kamen schließlich mit ihren Reitern wieder. Sie liefen eine Runde, aber nicht nur im Schritt wie zuvor die Drachen: Nun, nachdem die Wetten abgeschlossen waren, schien Margoro bereit, dem Publikum zu zeigen, was es erwarten konnte. Allerdings machte Ron ihm einen Strich durch die Rechnung, denn als erster Reiter gab er das Tempo vor und ließ die Pferde nur im Kanter, nicht im vollen Galopp laufen. Natürlich schonte er sie für das Rennen.

Entsprechend wenig gefordert machten zwei der Reiter eine recht gute Figur; sie würden sich vermutlich ganz wacker schlagen. Die anderen dagegen hingen ohne

Spannkraft schwer in den Sätteln. Überdies wirkten sie so starr, als könnten sie vor Angst kaum atmen - so würden sie die Pferde nicht beherrschen.

Ron ritt natürlich Rabenschwarz; das Tier schien zu gehorchen, ohne dass er einen Muskel bewegte. Zudem ließ er im Gegensatz zu den anderen die Zügel lang, was den Eindruck verstärkte, dass Rabenschwarz erriet, was er tun sollte.

Als Ron vor ihnen hielt, sah er nicht Margoro an, sondern Nanja. Für einen Moment war sein Blick voller Wärme und Sorge; fürchtete er für sie? Wenn er doch nur ihre Gedanken sehen könnte.

Er war bleich, sein Gesicht noch immer von Erschöpfung gezeichnet. Und offensichtlich war er lange Zeit straff gefesselt gewesen; die Riemen hatten deutliche Spuren an seinen Handgelenken hinterlassen. Hielt er die Zügel so locker, um die Handgelenke weniger zu belasten? Er nickte ihr einen Gruß zu, dann ließ er Rabenschwarz rückwärts treten. Sie musste ihm ein Zeichen geben; irgendetwas, das ihm sagte, sie würde für ihn einstehen.

»Warte!« Nanja stand auf und bedachte Margoro mit einem kurzen Lächeln. »Du hast gewiss nichts dagegen, Ratsherr?« Sie zog ihre Kette mit dem Solstein über den Kopf und winkte Ron, näher zu kommen.

Er trieb Rabenschwarz dicht an die Tribüne. Das Pferd streckte den Kopf über das Geländer und schnoberte suchend ihren Rock entlang. Wie auf der »Agena«; Nanja streichelte schmunzelnd seine Nase. »Für dich habe ich nichts.«

Dann lehnte sie sich vor und hob die Kette. »Sie möge dir Glück bringen.«

Ron neigte den Kopf zu ihr herunter. Sein Gesicht war nur einen Fingerbreit von dem ihren entfernt und sie atmete seinen Geruch ein. Margoros Blick klebte an ihren Bewegungen. Sie streifte Ron die Kette über. Ihre Hände blieben dabei einen Moment auf seinen Schultern liegen und mit ihren Zeigefingern strich sie über seinen Nacken.

Als er sich wieder aufrichtete, hatten sich die Lachfältchen in seinem Gesicht vertieft; er verstand sie, ohne dass sie etwas sagen musste. Hatte sie ihm Mut machen können?

Dann traf ihr Blick wieder die fragenden Augen Wribalds und diesmal nickte sie ihm zu. Sie war bereit.

Margoro berührte sie an der Schulter. »Kennst du jemanden dort drüben?« Misstrauisch runzelte er die Stirn, aber sie war froh, dass er von Ron abgelenkt war.

»Ein Gast aus der Herberge, in die du mich geschickt hattest.«

Noch bevor sie den Satz beendet hatte, blickte Margoro schon wieder auf die Rennbahn, wenig interessiert an ihrer Antwort. Ron ritt den anderen Pferden hinterher zur Startlinie, wo die Drachen schon warteten. »Was meinst du? Wird er gewinnen?«

»Wenn nicht, bist du selbst schuld.«

Margoro packte sie am Oberarm; er lief rot an vor Wut. Nanja warf einen verächtlichen Blick auf seine Hand. Da ließ er los und verschränkte die Arme.

Ihr Arm schmerzte von seinem Griff; trotzdem hob sie scheinbar gleichmütig die Achseln. »Wie lange hattest du ihn so gefesselt? Es braucht sensible Finger, um die Zügel zu führen. Besonders, wenn ein Pferd so nervös ist wie der Schwarze.«

Sein Gesicht wurde dunkelrot, aber er sagte immer noch nichts, zerrte nur heftiger und heftiger an beiden Ärmeln gleichzeitig, bis tatsächlich die Nähte knirschten.

Nanja setzte sich. In der ersten Startreihe stand Ron, flankiert von dem grünen Drachen, der dem Führer der Glasbläser-Zunft von Kruschar gehörte, und dem rosa Drachen Margoros. Zwischen Wildfang und der gefleckten Cavalla in der zweiten Reihe stand der blaue Drache Margoros. Dahinter, in der dritten Reihe, folgten die drei braunen Cavallas.

Die Drachen rechts und links von Rabenschwarz peitschten mit ihren Schwänzen den Sand auf und hüllten die Pferde in eine Staubwolke. Mehr noch als Rabenschwarz schluckten die beiden Pferde in der zweiten Reihe den Staub, während Margoros blauer Drache seine Nase hoch in den Himmel reckte und unbehelligt blieb.

Es wirkte, als seien die Drachen nervös, vielleicht wegen der seltsamen Tiere neben ihnen. Aber es war wohl Absicht, um den Pferden das Atmen zu erschweren. Es war unvorstellbar, dass die Drachenreiter ihre Tiere so wenig im Griff hatten und sie nicht beruhigen konnten. Außerdem waren Drachen in der Regel viel zu wohlerzogen, um die Gedanken ihrer Reiter zu missachten.

Neben diesen Kolossen wirkten die Pferde tatsächlich wie Spielzeug; sie reichten ihnen gerade bis zu den Bäuchen. Wer von den Inselbewohnern mochte sie als ernsthafte Gegner für die Drachen betrachten? Wribald und seine Kumpane vermutlich; Sondria hatte den Pferden auf Gemona zugesehen und ihm gewiss von ihnen erzählt. Unwillkürlich blickte sie zu ihnen hinüber. Die »Holzfäller« waren alle aufgestanden und wirkten angespannt wie junge Drachen vor ihrem ersten Flugversuch.

Margoro erhob sich und gab dem Sprecher des Rats ein Zeichen. Das Rennen begann.

Ron wurde sogleich von den beiden Drachenreitern neben sich bedrängt. Es sah aus, als wollten sie ihn zerquetschen. Rabenschwarz legte die Ohren an und stieg; Ron beugte sich weit über den Hals des Pferdes, um oben zu bleiben.

Nanja bohrte sich die Fingernägel in die Handballen.

Rabenschwarz wieherte und keilte aus. Er traf den rosa Drachen mit dem Hinterhuf an der rechten Flanke und der Drache stoppte so abrupt, dass sein Reiter stürzte. Er rollte sich von der Bahn, bevor er unter die nachfolgenden Tiere geriet. Damit war das Rennen für ihn zu Ende.

Margoro schnaufte; es klang verblüffend erleichtert. Und für einmal malträtierte er seine Ärmel nicht. Er beugte sich zu Nanja und flüsterte: »Das hat er fein hinbekommen.«

»Was?« Margoros Reaktion verwirrte sie.

Er legte eine Hand auf ihre Schulter und rückte noch näher. »Unser neuer Stadtdrache kann nicht verlieren, wenn er gar nicht am Rennen teilnimmt.« Sein Grinsen hatte wieder einmal etwas Hinterhältiges. Nanja drehte sich der Magen um. »Jetzt muss er gewinnen.«

Viele Zuschauer klatschten Beifall dafür, dass Ron einen der Drachen außer Gefecht gesetzt hatte. Dabei hatte er es gewiss nicht geplant. Aber wie Margoro hielten sie es für ein gelungenes Manöver, denn dergleichen waren sie gewohnt. Ron hatte ihnen jedenfalls eine beeindruckende Szene geboten.

Der grüne Drache des Glasbläsers profitierte von der Verwirrung und setzte sich ab. Die Zuschauer in der Kurve nach der Startlinie sprangen auf; einige klatschten und feuerten den Drachenreiter an.

Ron nutzte den Raum, der sich neben ihm geöffnet hatte, lenkte sein Pferd auf die Innenbahn und Rabenschwarz galoppierte dem übrigen Feld davon, dem grünen Drachen hinterher.

Als Ron nach einer viertel Bahnlänge den Drachen des Glasbläsers einholte, versperrte der Reiter ihm den Weg, indem er seinen Drachen Zickzack laufen ließ. Ron ließ Rabenschwarz zurückfallen und blieb zwei Pferdelängen hinter ihm.

Eine schlaue Taktik; Ron setzte sich keiner unnötigen Gefahr aus. Vermutlich hatte er das Rennen der Drachen verfolgen können und wusste, zu welchen Mitteln die Drachenreiter griffen.

Der blaue Drache Margoros lief anfangs seine Runden in kurzem Abstand zu den beiden Tieren an der Spitze. Wahrscheinlich war der Reiter darauf bedacht, die Kräfte seines Tieres einzuteilen und möglichst viele Reserven für den Endspurt aufzusparen.

Für die anderen Pferde schien das Rennen von Beginn an aussichtslos. Es wurde schnell offensichtlich, dass Margoro den beiden unsicheren Reitern die besseren Pferde gegeben hatte. Es steckte Logik hinter dieser Entscheidung und tatsächlich liefen in den ersten Runden alle fünf gleich gut. Aber sie liefen eben hinterher, hoffnungslos abgeschlagen. Margoro hätte die besten Reiter auf die besten Pferde setzen müssen, um Ron zu unterstützen.

Schließlich hatten Ron und der grüne Drache des Glasbläsers so viel Vorsprung, dass sie die Nachzügler erreichten. Sie mussten ihr Tempo verringern, bis sie eine

Möglichkeit fanden, an den Pferden vorbeizugelangen, die eine Mauer vor ihnen gebildet hatten.

Aber erst einmal nutzten die fünf Pferdereiter die Gelegenheit. Sie schienen sich irgendwie verständigt zu haben, denn vier blieben über die Breite der Bahn auf einer Höhe zusammen und versperrten dem Drachen und Ron den Weg, während der fünfte auf Wildfang vorausgaloppierte. Dieser Bursche, der vor dem Start wie ein Mehlsack im Sattel gehangen hatte, lag jetzt flach auf ihrem Hals und hatte anscheinend genug Zutrauen gefasst, dass er sich ganz ihrem Instinkt überließ. Die weiße Cavalla war nach Rabenschwarz das schnellste und kräftigste Pferd von allen und ihre Freude am Laufen war unübersehbar.

Das Manöver der Pferdereiter glückte noch besser als Nanja erwartet hatte. Der blaue Drache schloss bald darauf zu dem grünen und zu Rabenschwarz auf. Als er neben ihnen lief, wich Ron auf die äußere Bahn aus und zügelte Rabenschwarz so weit, dass er dann kurz hinter den beiden Drachen ritt.

Er ging wirklich kein Risiko ein; sein wichtigstes Ziel schien fürs Erste, das Rennen überhaupt durchzustehen. Anscheinend war er nicht sicher, wie weit seine Kräfte reichten.

Ungehindert galoppierte Wildfang den anderen Pferden davon. Sie brauchte drei Runden, um von hinten zum Spitzenfeld aufzuschließen, das die anderen Pferdereiter noch immer blockierten. Die ersten zehn Runden waren nun gelaufen. Viele Zuschauer jubelten, als Wildfang mit Rabenschwarz auf gleicher Höhe lief. Wie auch immer sie gewettet haben mochten, sie ließen sich jetzt alle vom Siegeswillen des jungen Reiters begeistern.

Der Reiter des blauen Drachen blickte hinter sich, um
die Ursache des Beifalls zu ergründen und verlor die Nerven. Mit der Faust schlug er seinem Tier auf die Schulter;
die schlimmste Kränkung, die ein Reiter seinem Drachen
antun konnte. Der Drache brüllte zornig und spuckte eine Feuerlohe. Sie stieg in den Himmel, aber die Hitze
sengte trotzdem den vor ihm galoppierenden Reiter. Der
trat seinem Pferd erschreckt in die Flanken und es ging
mit ihm durch. Mit einem Jubelschrei reagierte der Drachenreiter auf die Öffnung in der Pferdemauer.

Aber auch der zweite Drachenreiter erkannte die Chance und preschte auf die Lücke zu. Er war flinker, denn
der andere rang noch mit dem Ärger seines Drachen.
Beide setzten darauf, dass ihres das stärkere Tier wäre
und wichen nicht. Sie prallten zusammen; der blaue Drache stürzte und riss im Fallen eines der Pferde mit sich.
Der andere Drache galoppierte davon. Wildfang folgte
ihm dichtauf durch die Lücke zwischen den Pferden.

Margoro sprang mit einem Wutschrei auf und schmet-
terte seinen Weinkelch gegen das Tribünengeländer.
Nanja feixte.

Ron zügelte Rabenschwarz knapp vor dem Gewirr aus
Tier- und Menschenleibern. Er wechselte im Schritt auf
die freie Innenbahn und galoppierte dann wieder an, den
übrigen zwei Pferden hinterher. Eine halbe Runde weiter
überholte er sie mühelos.

Jetzt hatte er nur noch Wildfang und den grünen Drachen vor sich. Der Drachenreiter ritt - wohl zu seinem eigenen Vergnügen - eine Runde auf gleicher Höhe mit der
Cavalla. Die Menge schrie vor Begeisterung, viele feuerten den Pferdereiter an, aber Wildfang konnte wohl
nicht schneller laufen. Margoro zerrte wieder an den Är-

meln seines Festgewands, solange, bis einer knirschend zerriss. Er warf den Fetzen mit einer heftigen Geste beiseite.

Ron keuchte, als er an ihnen vorbeiritt; dann hob er gar eine Hand und wischte sich den Schweiß aus dem Gesicht.

Nanja beugte sich über das Geländer. »Noch sieben«, rief sie, als Ron an ihnen vorbeiritt. Und in der nächsten Runde: »Sechs – du schaffst es!« Hoffentlich.

Der Drachenreiter blickte sich um und sah Ron näherkommen. Das Spiel mit Wildfang war zu Ende und er jagte davon. Gleich darauf überholte Ron die weiße Cavalla. Dann machte er sich an die Verfolgung des letzten Drachens, der inzwischen eine halbe Bahnlänge voraus war.

Der Stadtwächter an der Ziellinie hob die nächste Tafel. Nur noch vier Runden; quälend langsam holte er auf. Müsste Rabenschwarz nicht viel schneller sein? Ron schien ihn noch immer zu zügeln, weiter darauf bedacht, Kraft zu sparen.

Es wurde leiser in der Arena. Viele Zuschauer wirkten gebannt; manche hielt es nicht mehr auf ihren Sitzen. Von der Nachbartribüne kamen gereizte Stimmen. Wribald drängte sich nach unten ans Geländer und zwei seiner Gefährten folgten ihm. Angesichts der Aufregung rundherum wirkte es ganz unverfänglich. Zwar gab es Protest, aber letztlich nahmen die anderen Zuschauer die Störung hin, um nichts vom Fortgang des Rennens zu verpassen.

Zwei Runden vor Schluss holte Ron den Drachen endlich ein. Der versuchte wie zuvor, ihm den Weg durch Zickzack-Laufen zu versperren.

Aus der Menge erschallten Protestrufe und Pfiffe.

»Ich lasse ihn disqualifizieren«, fauchte Margoro. Er zog sein Schwert und stand auf. Nun, da es ein fremder Reiter war, galt Margoro unfaires Vorgehen als verwerflich. Also hatte er nicht nur auf seine eigenen Drachen gesetzt, sondern auch auf Ron.

Margoro fuchtelte immer noch mit dem Schwert, als Ron an ihnen vorbeiritt. Mittlerweile schien sein Zorn auch ihm zu gelten.

Nanja sah zu den Rebellen hinüber. Wenn nun Ron nicht gewann … Was auch immer Wribald mit Sitaki geplant hatte, Margoro durfte Ron nicht wieder in die Hand bekommen.

Sie umklammerte das Geländer. Ein Holzsplitter presste sich in ihre Handfläche. Schweiß lief ihr den Rücken hinunter und ihr Mund war trocken geworden.

Als Ron sich erneut ihrer Tribüne näherte, lenkte er Rabenschwarz auf die Außenbahn. Seine Augen blitzten, als er sie anschaute. Dann zügelte er das Pferd aus vollem Galopp und ließ es mit einem schrillen Wiehern steigen. Selbst der grüne Drache, nicht nur sein Reiter, sah nach hinten; dadurch verlor er seinen Rhythmus und kam aus dem Tritt. Im nächsten Moment preschte Ron an ihm vorbei.

Noch eine Runde. Die Zuschauer sprangen auf und brüllten. Alle, alle feuerten sie jetzt Ron an.

Aber der Drachenreiter war dicht hinter ihm. Da endlich ließ Ron Rabenschwarz die Zügel lang und er zeigte, was er konnte.

Nanja lehnte sich erleichtert in die Polster ihres Sitzes. Margoro steckte sein Schwert in den Gürtel zurück.

Ron erreichte das Ziel mit einer viertel Runde Vorsprung vor dem Drachen. Als er Rabenschwarz dann auslaufen ließ, verharrten die Zuschauer in andächtiger Stille und man hörte in der Rennbahn nichts als das Knirschen des Sattelleders und den gedämpften Hufschlag des Stallone.

Er ließ Rabenschwarz eine ganze Runde im Schritt gehen. Nanja wischte sich mit den Handrücken den Schweiß aus dem Gesicht. Bevor Ron vor der Ehrentribüne ankam, ging ihr Atem wieder gleichmäßig und ihr Herzschlag hatte sich beruhigt.

Keuchend und schweißnass parierte er vor ihnen das tänzelnde Pferd. Seine Hände zitterten und er schwankte einen Moment; scheinbar hielt er sich nur noch mit Mühe aufrecht.

»Sehr schön«, knurrte Margoro. »Du hast es spannend genug gemacht, die Leute bis zum Schluss zu unterhalten. Du bist wirklich zu gebrauchen.«

Nanja fluchte halblaut. Er würde ihn nicht freigeben.

Rons Lider senkten sich, als würde er gleich das Bewusstsein verlieren. Nanja verfolgte sorgenvoll seine Bewegungen: In der letzten Runde des Rennens hatte er bei Weitem nicht so erschöpft gewirkt wie jetzt.

Er nahm die Zügel in eine Hand und mit einer Grimasse, die wohl ein Lächeln sein sollte, zog er sich die Kette über den Kopf. »Meinen Dank, Kapitänin. Ich brauche sie nicht mehr.«

Er trieb Rabenschwarz dicht ans Geländer und streckte die Hand aus, um ihr die Kette zurückzugeben. Nanja stand auf, damit er sie ihr überstreifen konnte, und er beugte sich zu ihr herab.

Plötzlich ließ er die Kette fallen, packte sie mit beiden Händen und warf sie vor sich aufs Pferd. Automatisch griff sie nach einem Halt. Ihre Finger landeten auf seinem Bein und er ächzte. Ron lehnte sich über sie und galoppierte zum Ausgang neben der Tribüne.

Für einem Moment war es so still in der Arena, als hielten alle den Atem an. Dann brach auf den Tribünen Tumult aus; Waffen klirrten. Wribald und seine Gefährten sprangen hinter ihnen über das Geländer und versperrten den Weg, sodass ihnen für den Augenblick niemand folgen konnte.

Draußen, ein paar Straßen weiter, half Ron ihr, sich aufzusetzen. Als er ihr über das Gesicht strich, lehnte sie sich in seine Hand.

Sein Blick füllte sich mit Zärtlichkeit. »Wir sind frei, Kapitänin.« Und einen Moment später: »Nicht weinen, Nanja.« Er drückte sie an sich.

Sie zwinkerte, überrascht von den Tränen in ihren Augenwinkeln.

Während sie langsam durchatmete, nahm Ron die Zügel wieder auf. »Aufs Schiff?«

»Aufs Schiff.« Sitaki würde damit rechnen. Margoro allerdings genauso; doch ein zweites Mal konnte er sie nicht überraschen. Gewiss hatte Sitaki dafür gesorgt, dass sie sofort ausliefen, da die Besatzung nicht in der Arena gebraucht worden war.

Wer ihnen begegnete, blieb mit offenem Mund stehen. Noch konnte niemand wissen, was geschehen war. Die Stadtwache, die auf der Rennbahn Dienst tat, brauchte Drachen, um ihnen zu folgen. Aber die schnellsten waren gerade außer Gefecht. Dieser Gedanke löste den letzten Rest von Nanjas Anspannung in einem Kichern auf.

12

Ron jagte Rabenschwarz in atemberaubender Geschwindigkeit durch die Straßen. Das also war der wirkliche Grund, warum er das Pferd auf der Rennbahn geschont hatte. Als sie sich dem Hafenviertel näherten, ließ Nanja ihn in einer schmalen Gasse anhalten und stieg ab. Vermutlich wurde die Brigantine bewacht; sie mussten an Bord gelangen, ohne dass die Stadtwächter alarmiert wurden.

»Mich erkennt man von weitem als Bediensteten Margoros. Du musst alleine gehen.«

»Du hast nicht einmal eine Waffe.« Sie mochte ihn nicht alleine lassen. »Und ich kann mich in dieser Kleidung nicht im Hafen sehen lassen, ohne belästigt zu werden. So gehe ich nicht einmal als Tochter der Akele durch.«

Vorsichtig – soweit das mit dem Pferd überhaupt möglich war – bewegten sie sich weiter durch die Gassen. An jeder Kreuzung hielt Nanja erst einmal nach Stadtwächtern und Mönchskriegern Ausschau, bevor sie weitergingen. Je näher sie den Kais kamen, desto belebter wurden die Straßen und das fremde Geräusch von klappernden Hufen auf dem Straßenpflaster lenkte unweigerlich die Aufmerksamkeit auf sie. Von den Küstenschiffern waren nicht alle zum Rennen gegangen und wer sie sah, würde sich an sie erinnern und die Verfolger auf ihre Spur lenken. Bald war klar, dass sie besser bis zur Dunkelheit warteten, bevor sie versuchten, an Bord zu gelangen. Bis dahin mussten sie fort von der Straße.

Sie brauchten einen Unterschlupf; einen, der auch für Rabenschwarz taugte. Aber als sie davon sprach, ihn in Kruschar zurückzulassen, protestierte Ron. Und im Grunde missfiel auch ihr selber der Gedanke, das wunderschöne Tier einem ungewissen Schicksal zu überlassen.

»Du hast eigentlich recht«, gab sie nach einigem Zögern zu. »Er ist Teil unseres Schicksals geworden.« Sie blieb stehen und kraulte Rabenschwarz hinterm Ohr. »Auch wenn du dumm bist, du hast uns vielleicht das Leben gerettet.«

»Ich kann nicht mehr.« Ron ächzte und sank auf den Hals des Pferdes. Er hatte so lange durchgehalten, nun hatte er seine letzten Kräfte aufgebraucht.

»Reiß dich zusammen! Wir haben es gleich geschafft.« Wenn es nur wahr wäre … Ihre Männer kannten sich in den Spelunken des Hafens aus und wussten, wem sie vertrauen konnten. Aber sie – sie konnte kaum an eine beliebige Tür klopfen und um Hilfe bitten.

Nanja stützte Ron, so gut sie konnte, und führte das Pferd am Kopfzeug langsam bis zur nächsten Kreuzung. Eine Gasse wie die anderen auch. In einem zur Straße offenen Hof drei Kessel mit den Glutresten einer Glasbläserei. Ein Schild aus rotem Glas, auf dem ein Quacksalber seine Dienste anbot: Wieder einer, der versuchte, in eine Domäne der Frauen einzubrechen. Wem mochte er ihr Wissen abgeluchst haben?

Hinter einigen Fenstern brannten schon Lichter. Zwei Fahnen raschelten im Wind und wiesen den Weg zu Herbergen. Sie entschieden, die Herbergen näher in Augenschein zu nehmen.

Als eine der Fahnen sich ganz entfaltete, zeigte sie ein Palindrom, zudem in einer Schrift, deren schwungvolle Linien jener der Elfen ähnelten. Das gab den Ausschlag. Einige Elfen lebten unerkannt auf der Dracheninsel und hatten ein halb verstecktes System der Verständigung. Nur die Hochseebewohner, die wie die Elfen auf den Schwimmenden Inseln zu Hause waren, verstanden es.

Neben der Herberge führte ein windschiefes Holztor in einen Hof; vielleicht gab es einen Hintereingang. Sie öffnete das Tor einen Spalt und spähte hinein. Allerlei Gerümpel stand dort herum, das als Deckung taugen mochte. Sie führte Rabenschwarz in den Hof. Die Mauer war hoch und verbarg sie vor Blicken von der Straße.

»Ich bin gleich zurück.« Sie huschte um das Haus herum und fand zwei Türen. Als sie die erste vorsichtig öffnete, kam ihr der Geruch von gekochtem Kraut entgegen. Eine Küche war ein guter Ort, ihr Glück zu versuchen; Köche waren von Natur aus gutmütige Menschen. Sie trug keine Perlen bei sich, um jemanden zu bezahlen. Aber vielleicht nahm es das Volk hier als selbstverständlich, den Adligen zu Diensten zu sein.

Sie ging zurück und band das Pferd an einen Pfosten unweit dieser Tür. Dann half sie Ron aus dem Sattel. Als er sich auf sie stützte, schwankte sie unter seinem Gewicht. Sie taumelten die zwei Stufen hoch bis an die Tür und fielen dagegen.

Der Koch fuhr herum, als sie über die Schwelle stolperten.

Einen Moment starrte er sie an. Dann grüßte er sie mit einem Neigen des Kopfes. Aber er senkte nicht den Blick, wie man es gegenüber einer Adligen erwarten würde, sondern musterte sie weiter. Die hellwachen Augen in dem verwitterten Gesicht machten ihn ihr auf Anhieb sympathisch.

»Wie kann ich euch helfen?« War das die Reaktion darauf, dass die Farben, die Ron trug, sie als Angehörige von Margoros Haus kennzeichneten?

»Mein Diener ist plötzlich zusammengebrochen.«

Der Koch zog eine Augenbraue hoch; freilich, das war keine Antwort. Nanja musterte ihn nun ihrerseits: War er der Elf, auf den das Palindrom verwies? »Hilf ihm.«

Der Koch nahm ihr Ron ab, fasste ihn unter den Achseln und schob ihn auf einen Hocker an der Wand. Eine andere Sitzgelegenheit gab es hier nicht; nur hohe Regale, die Feuerstelle und einen großen Tisch in der Mitte des Raumes. Er brachte Ron einen Becher Wasser. »Wieso kommt ihr hierher?«

Eine gute Frage. »Ich mochte uns nicht den Blicken im Gastraum aussetzen.« Sie tat, als zögere sie einen Moment und setzte leise hinzu: »Nicht jeder kann begreifen, dass man seine Bediensteten nicht wie Vieh behandelt.«

Sein bohrender Blick ließ sie die Fäuste ballen, aber sie erwiderte ihn mit gleichmütiger Miene. Dann sah er zur Seite – zu Ron. Ein feines Lächeln vertiefte den Kranz von Fältchen um seine dunklen Augen. »Du belügst mich, mein Kind. Ihr seid nicht, was ihr scheint.« Er grinste ungeniert. Der Koch war ein Elf – er hatte soeben in ihre Gedanken gesehen. Sie atmete auf.

»Hier seid ihr gut aufgehoben. Niemals würden wir einen der Unseren verraten.« So war ihre Ahnung richtig gewesen: Ron stammte von Elfen ab und er wusste es nicht. Doch der Koch hatte ihn erkannt.

Ron reagierte nicht darauf. Er schien nicht zu begreifen, was die Worte des Alten bedeuteten. Aber es war an dem Koch, nicht an ihr, zu entscheiden, ob Ron jetzt wissen sollte, wer er war.

»Ich habe die Fahne gesehen, aber ich war nicht sicher, ob immer noch gilt, was sie verspricht. Ich bin Nanja, die Kapitänin.«

»Die Kapitänin, die Loperos Tochter gerettet hat. Und die Pferde auf die Dracheninsel gebracht hat. Ich bin Locardo.« Er legte Ron beide Hände auf die Schläfen und gleich darauf schienen Erschöpfung und Schmerzen von ihm abzufallen. Der gepeinigte Ausdruck verschwand aus seinem Gesicht.

Ron sah ihn erstaunt an.

»Magie, Ron.« Nanja lächelte. »Vor endlosen Zeiten haben Menschen und Elfen hier auf der Dracheninsel in Freundschaft gelebt. Aber die Elfen sind noch nicht alle verschwunden.«

»In Kruschar leben Elfen? Mitten unter den Menschen?«

»Die Landmenschen erkennen sie nicht mehr.« Sie lachte Ron fröhlich an. Zum ersten Mal seit dem Erdbeben brauchte sie sich über nichts Sorgen zu machen. »Im Gegensatz zu uns Hochseebewohnern.«

Ron runzelte die Stirn. »Das ist mir schon auf See aufgefallen: Du hast gewusst, dass das Mädchen ein Elfenkind war.«

Und Lastella hatte Ron erkannt. Sie schmunzelte bei dem Gedanken daran, wie Lastella sich an ihn gehängt hatte. Doch über Elfen wollte sie jetzt nicht weiter sprechen.

Sie wandte sich an Locardo. »Wir müssen fort aus Kruschar. Aber wir sind von meinen Leuten abgeschnitten und ich weiß nicht, ob wir ungesehen aufs Schiff gelangen.«

»Unauffällige Kleidung wäre auch gut.« Ron zerrte an seinem Hemd und zog es dann aus. »Und draußen vor der Tür steht eines der Pferde; das beste von allen. Es wäre schade, wenn ihm ein Leid geschähe.«

Nanja fluchte lauthals, als sie Rons verschorften Rücken sah. Diese Striemen stammten nicht von der Folter im Kerker des Heiligen. »Warum hat Margoro dich schlagen lassen?«

Ron hob die Schultern. »Um mich daran zu erinnern, dass ich sein Sklave bin.« Sein verächtlicher Blick zeigte, wie wenig er sich davon beeindrucken ließ.

Locardo antwortete sofort darauf: »Nein, mein Junge. Kein Elf ist ein Sklave.«

Nanja hielt den Atem an; nun musste er es verstanden haben. Was würde das für Ron heißen? Für den Augenblick zählte mehr als alles andere, dass es Schutz bedeutete. Locardo hätte Nanja auch für das geholfen, was sie selber war. Aber Ron würde er selbst mit seinem Leben schützen.

Ron schüttelte den Kopf. »Ich bin kein Elf.« Aber in seiner Stimme klang ein leiser Zweifel. »Das wüsste ich doch«, fügte er schließlich hinzu.

»Kannst du meinen Steuermann, Sitaki, erreichen?«

»Wir bringen ihn dir.«

Locardo verließ die Küche und kam gleich darauf mit einer jungen Frau zurück. »Meine Tochter Lagiglia.«

Lagiglia musterte sie und Ron von oben bis unten. »Ich werde euch passende Kleider besorgen.«

Ron war anzusehen, dass er aus dem Staunen nicht mehr herauskam.

»Wie lange hast du bei den Sabienne gelebt?«, fragte Nanja ihn.

»Bis ich bei dir angeheuert habe.«

Er war als Gefangener aufgewachsen. Das erklärte seine Zurückhaltung, seine Unsicherheit selbst gegenüber ihren Schiffsjungen. Umso bewundernswerter waren sein Mut und sein Stolz. Als sein Gesicht unter ihrem anerkennenden Blick aufleuchtete, brannte ihr Herz für ihn.

Aber Rons Geschichte musste warten, bis sie in Sicherheit waren. Und dann ... Dass er elfischer Abkunft war, änderte viel mehr, als er sich vermutlich vorstellen konnte. Die Landmenschen, die mit ihr segelten, misstrauten den Elfen: Seit die während des Großen Kriegs von einem Tag auf den anderen die Dracheninsel verlassen hatten, galten sie manchen als treulos, anderen als feige. In den Erzählungen der Elfen hieß es dagegen, es sei der einzige Weg gewesen, den unseligen Krieg zu beenden.

Locardo öffnete eine Flasche und schenkte zwei Gläser mit einer goldfarbenen Flüssigkeit voll. Weder Maniokschnaps noch Schilfgrasbrand. »Trinkt. Ich schaue inzwischen nach diesem Tier.«

Ron nahm ein Glas und gab Nanja das andere. Ein fremdartiger Geruch nach Wald und Pilzen stieg ihr in die Nase und sie nippte vorsichtig. Die Flüssigkeit brannte in ihrer Kehle, sodass es ihr den Atem nahm; aber sie schmeckte süß und sie trank aus.

»Noch stärker als euer Schilfgrasbrand.« Ron leckte sich mit einem Lächeln über die Lippen. »Aber gut.«

Lagiglia kam zurück und führte sie in einen Schlafraum im ersten Stock. Auf dem breiten Bett lag einfache Kleidung aus Hanf in hellen Farben.

»Wenn dein Steuermann da ist, wecke ich euch«, sagte sie und ließ sie allein.

Ron zerrte sich umgehend Margoros Beinkleider vom Leib und zog sich ohne Scheu um.

Als er nackt vor ihr stand, senkte sie ihren Blick auf den Verband an seinem Oberschenkel. Mit Erleichterung stellte sie fest, dass er sauber war; die Wunde war nicht wieder aufgebrochen.

Sie nestelte einen Moment sinnlos an den Verschlüssen im Rücken ihres Kleids und überlegte, Lagiglia zurückzurufen. Aber Ron würde sie für kindisch halten; sie bat ihn, ihr aus dem Festgewand zu helfen. Seine kühlen Finger glitten über ihrem Rücken von einem Haken zum anderen. Die langsamen Bewegungen fühlten sich nach absichtlichem Streicheln an; ihre Haut brannte unter der Berührung.

Als er sich zum Schlafen auf den blanken Holzboden legen wollte, streckte sie die Hand nach ihm aus. »Das Bett ist breit genug für uns beide.«

Er wurde blass, aber dann legte er sich neben sie. Als er sich ausstreckte und sein Bein sie streifte, entschuldigte er sich hastig und rückte zur Seite.

Wie auf Gemona sah sie ihm eine Weile beim Schlafen zu. Aber nicht mehr voller Sorge, sondern neugierig. Sie hatte von Anfang an gewusst, dass er anders war als die anderen Männer auf ihrem Schiff. Wenn sich Elf und Mensch miteinander verbanden – was entstand daraus? Auf den Schwimmenden Inseln lebten sie in Freundschaft miteinander, aber es gab keine Paare.

Nanja erwachte in Rons Arm. Sein Atem streichelte ihre Halsbeuge; sein Körper in ihrem Rücken wärmte sie. Einen Moment lang lag sie ganz still.

Von der Gasse kam das Rollen von Rädern und das kratzende Geräusch von Drachentatzen auf dem Pflaster. Es war noch Nacht, aber durch den Fensterladen fiel rötliches Licht: der Widerschein des Feuers aus einer der Glasbläsereien. Nach einem Brand, der das gesamte Glasbläser-Viertel vernichtet hatte, waren sie über ganz Kruschar verteilt worden. Es kam ihr nicht sehr weise vor: Damit hatten sie die Feuergefahr auf die gesamte Stadt ausgedehnt.

Behutsam, um ihn nicht zu wecken, löste sie sich aus Rons Arm, stand auf und zog sich an. Nach einem letzten Blick auf den Schlafenden schlüpfte sie leise zur Tür hinaus und ging ebenso leise die dunkle Treppe hinunter. Aus der Küche drangen Stimmen und das Geklapper von Geschirr.

Die Küche wurde von einem Dutzend Öllampen zweifelhafter Qualität erhellt, die einen leichten Fischgeruch verströmten: Tranöl. Lert würde sich empören, in solchem »Gestank« könne man nicht kochen.

Locardo kniete vorm Herd und schichtete Holz hinein. Jemand hatte Stühle aus der Schankstube geholt. Am Tisch, mit dem Rücken zu ihr, saß Sitaki.

»Guten Morgen!«

Sitaki sprang auf. »Kapitänin!« Er schnaufte, offensichtlich erleichtert, nahm die Pfeife aus dem Mund und zog sie in seine Arme. »Kind, was bin ich froh.« Dann ließ er sie los und legte die Hand zum korrekten Salut auf die Brust. »Kapitänin, die Mannschaft ist vollzählig an Bord und wartet auf deine Befehle. Wie geht es Ron?«

»Locardo, warum hast du nicht gesagt, dass Sitaki gekommen ist?«

»Ich habe es ihm verboten«, antwortete Sitaki an Locardos Stelle. »Du solltest dich ausschlafen.«

»Du machst dir zu viele Sorgen um mich.« Sie runzelte die Stirn. »Es wäre besser gewesen, so schnell wie möglich aufzubrechen. Einen offenen Kampf können wir hier nicht gewinnen.«

»Die Suche nach euch ist erst lange nach Mitternacht eingestellt worden. Die Elfen werden uns rechtzeitig vor den Streifen warnen, die schon wieder unterwegs sind.«

An diesem Morgen mochte sie nicht streiten. Überdies schien Sitaki alles im Griff zu haben.

Einen Moment sah sie dem Koch zu, der inzwischen das Feuer angezündet hatte und nun den Reistopf für das Frühstück mit Wasser füllte und auf den Herd stellte. »Du glaubst, dass Ron einer der Euren ist. Warum weiß er nichts davon? Und warum besitzt er keine elfischen Fähigkeiten?«

Locardo stellte Schüsseln und Becher auf den Tisch und holte Brot. Dann setzte er sich zu Sitaki. »Ron hat durchaus elfische Gaben; nur erkennt er sie nicht als solche. Es ist viele Generationen her, dass es eine Elfin in seiner Familie gab und seit den Magie-Kriegen hat niemand das Wissen weitergegeben. Das Magieverbot von Thannes Lane hat seine Vorfahren davon abgehalten. Es war zu gefährlich.«

Das war einleuchtend; mehr brauchte sie nicht zu wissen. Sie nickte und riss sich ein Stück vom Brot ab.

Sitaki hörte staunend zu. »Woher weißt du das alles?«

»Wir erkennen einander.« Locardo zuckte die Achseln. »Aber Ron ist bei den Sabienne aufgewachsen und niemand hat ihm je etwas erklärt.« Er stand auf, um den Topf an den Rand des Herds zu schieben, damit der Reis nicht anbrannte. Mehr würde er gewiss nicht dazu sagen.

Damit Sitaki sich nicht von Locardos Verschlossenheit gekränkt fühlte, wechselte Nanja schnell das Thema.

»Was hattest du geplant? Ich konnte keinen der Unseren auf der Rennbahn entdecken.«

»Dafür war Wribald zuständig. Er kam aufs Schiff, gleich, nachdem ihr gefangen genommen worden wart. Er glaubte Sondria bei uns, weil sie nicht in der Herberge war. Als er dann von dem Überfall auf die ‚Agena‘ erfuhr, waren wir uns schnell einig, dass er mit seinen Gefährten Gelegenheit bekommt, die Waffen auszuprobieren.« Sitakis Augen funkelten vor Vergnügen. »So gesehen ist es schade, dass ich gestern nicht auf der Rennbahn war. – Wir waren sicher, dass Margoro hinter eurer Festnahme steckte. Allerdings, nachdem er euch aus dem Kerker geholt hatte und Sondria dann wieder auftauchte ... Wribald hat getobt, als er hörte, dass Sondria im Kerker der Mönche gelandet war.« Er kniff die Augen zusammen. »Margoro wollte uns auf diese Weise warnen, etwas gegen ihn zu unternehmen. Überdies hat er uns fleißig bewachen lassen.«

»Dennoch ist Wribald seinen Spionen entgangen.« Nanja nahm von Locardo ihre Schüssel Reis entgegen, lehnte sich an die Wand und begann zu essen. »Margoros Klugheit scheint nicht direkt der Fülle seiner Macht zu entsprechen.«

»Jedenfalls ist Wribald sehr angetan von der ganzen Entwicklung. Für einmal scheint er seinen Bruder beeindruckt zu haben. Er hat uns viel mehr bezahlt, als die Waffen wert sind. Die Rebellen sind auch auf die Pferde scharf und wollen heute Nacht Margoros Anwesen überfallen. Mit unseren Waffen hält Wribald es für einen Spaziergang. Letzte Nacht hat er sich die Mönche vorgenommen, die Hollor bei dem Tumult auf der Rennbahn geschnappt haben. «

»Sehr schön.« Von wem die Mönche Prügel bekamen, war ihr egal, wenn sie nur für ihre Untaten bestraft wurden. »Ron möchte Margoro den Stallone nicht zurückgeben. Bei Wribald wäre er vermutlich besser untergebracht.«

»Wribald ist ein seltsamer Mensch.« Sitaki nahm die Pfeife aus dem Mund und begann ebenfalls zu essen. »Aber Sondria sagt, er sei in Ordnung.«

»Sehr schön.« Sie wiederholte sich, aber es war viel zu früh für poetische Formulierungen. »Wenn Sondria für ihn spricht, kann er die Pferde haben.«

Sitaki lachte. »Uns gehören sie doch eh nicht mehr. Und Margoro hat einen Denkzettel verdient, auch wenn er nun doch nicht der Urheber des Überfalls war.«

»Doch, das war er. Er hat sich der Priester Aharons bedient, um sicherzugehen, dass wir keine Wahl haben.«

»Dann soll er verrecken.« Sitaki hieb mit der Faust auf den Tisch, sodass die Becher sprangen. »In vier Tagen treffen wir uns in der Bucht von Adhar mit den Rebellen, um ihnen das restliche Arsenal zu übergeben. Warum auch immer dieser Hollor in Wahrheit auf Krieg aus ist, er hat nach alldem unsere Unterstützung gegen den Mönchsorden verdient. Wir haben jetzt den gleichen Feind.«

Es war gut, dass Sitaki so dachte. So brauchte sie ihm niemals ein Wort darüber sagen, was im Kerker geschehen war. Wenn die Rebellen ihnen nur auch halfen, sich an Margoro zu rächen.

Während Sitaki seine Pfeife stopfte, lachte er unvermittelt laut auf. »Ungeschoren kommt Margoro sowieso nicht davon. Im Hafen liegen drei Schiffe der Sabienne. Und eines davon gehört dem hochgeborenen Züchter von Margoros Pferdchen.« Das wusste sie freilich längst.

»Weiß Wribald das?«

Sitaki sah sie verdutzt an. »Keine Ahnung; von mir nicht. Vielleicht hat Sondria ihm erzählt, woher die Pferde stammen.« Plötzlich paffte er heftig. »Alle Windsbraut! Dann kommt Wribald zu spät, wenn er die Pferde erst heute Abend holen will.«

Nanja stellte ihre leere Schüssel ab. »Entweder hat sich Margoro sowieso verbarrikadiert oder die Sabienne haben die Pferde zurück. Wir müssten Wribald warnen!«

Sitaki machte ein hilfloses Gesicht. »Wie denn?«

Es gäbe einen Weg: über die Gedanken der Elfen. Aber sie hatte keine Ahnung, wie die Rebellen zu den im Verborgenen lebenden Elfen standen. Schließlich zuckte sie die Achseln. »Er wird es schon schaffen.«

»Margoro muss die Sabienne nicht fürchten. Sie brauchen uns mehr als wir sie.« Locardo wusste natürlich am besten, wie die Dinge in Kruschar gehandhabt wurden. »Mit einem Überfall auf Margoros Anwesen würden sie sich für alle Zeit unmöglich machen und damit den Handel beschädigen. Sie werden stattdessen vor dem Rat der Stadt eine Klage einreichen.«

Nanja lachte lauthals. »So geht das hier zu?«

»Margoro ist Händler und die Sabienne sind es auch. Sie werden sich einigen.«

»Landmenschen!« Sitaki schnaubte verächtlich.

Die Sabienne, das war ein Feind, der sie zu See verfolgen konnte. Es war noch nicht vorbei. Gedankenverloren trank Nanja ihre heiße Milch. »Ich wecke Ron, damit wir hier fortkommen.«

Aber kaum, dass sie zur Küche hinaus war, drehte sie sich noch einmal um und lehnte sich an den Türpfosten. »Sitaki, was weißt du von ihm?«

Er sah sie überrascht an. »Was schon wieder? Mittlerweile weiß ich sogar weniger als du.«

»Du hast gesagt, du hättest ihn auf einem Markt getroffen. Was war das – ein Pferdemarkt?«

»Pferde gab es da auch, ja.« Sitaki schien nicht zu begreifen, worum es ihr ging.

Bevor sie es erklären konnte, kam ihr der Koch zuvor. »Du machst dir Gedanken, weil Ron bei den Sabienne gefangen war, nicht wahr? Dass ihn einer von denen ... kennt?«

»Wenn schon.« Sitaki machte eine wegwerfende Handbewegung. »Es bekommt ihn doch keiner zu Gesicht.«

»Sie haben ihn schon gesehen«, widersprach sie. »Sie waren beim Rennen – und ich fand es äußerst seltsam, dass sie nicht eingeschritten sind und die Pferde zurückgefordert haben. Außerdem muss ihnen klar sein, wo er reiten gelernt hat.«

Sitaki zog noch einmal heftig an der Pfeife, dann stand er auf. »Ich sehe zu, dass ich das Pferd an Bord bekomme, bevor die Sonne aufgeht.«

13

Ron schlief noch immer. Aber als Nanja seine Stirn berührte, wachte er sofort auf. Bevor sie die Hand zurückziehen konnte, griff er danach.

Er wirkte erholt und seine Augen blitzten vergnügt. »Ich habe besser geschlafen als selbst in Sitakis Koje auf unserem Schiff.«

Nanja lachte – sie auch. Wusste er, dass er sie in seinen Armen gehalten hatte? »Mir scheint, du fieberst nicht mehr.«

»Hm.« Er ließ ihre Hand los und richtete sich auf.

Nanja setzte sich neben ihm aufs Bett. »Sitaki ist da. Er bringt Rabenschwarz aufs Schiff und dann machen wir uns davon.«

»Ein Schiff ist kein Platz für ihn. Was fängst du mit ihm an?«

»Wir bringen ihn den Rebellen von Dhaomond. In ein paar Tagen treffen wir uns mit ihnen.« Sie erzählte ihm von dem Pakt mit Wribald und dann, was sie in der Zwischenzeit erfahren hatte.

Als sie von den Sabienne sprach, verfinsterte sich sein Blick. Sie hielt inne, aber er sagte nichts dazu. Wohl hatte sie kein Recht, seine Geheimnisse zu erfahren, aber sie musste doch wissen, womit sie zu rechnen hatten. Wie sonst sollte sie ihn schützen? »Sind sie nur hinter den Pferden her oder auch hinter dir?« Sie griff nach seiner Hand.

»Lord Jordan will seine Pferde zurück. Rabenschwarz war das Pferd seiner Mutter. Es ist das schnellste, das seine Familie jemals besessen hat.«

»Dann droht dir also keine Gefahr, jedenfalls nicht von diesen Sabienne.« Aber dass er ihre Annahme nicht bestätigte, hieß wohl, dass es so einfach nicht war. Sie seufzte.

»Ich bin nicht wichtig.« Er zuckte die Achseln. »Freilich, wenn sie mich kriegen ... Es war für jeden von ihnen offensichtlich, woher ich komme.« Und dass er kein freier Mann gewesen war, wussten die Sabienne sowieso.

»Wir werden auf dich aufpassen.«

Er quittierte ihr Versprechen mit einem amüsierten Lächeln. Natürlich, er hatte ihren Schutz gar nicht nötig. Er wusste sich sehr gut selbst zu helfen. Wie am Tag zuvor. Wie bei seiner Flucht auf ihr Schiff.

»Bevor wir aufbrechen, lass uns nach deinem Bein sehen.«

Ron legte die Hand auf ihre Wange. »Du bist auch verletzt. Wer schaut nach deinen Wunden?« In seiner Stimme schwang ein tiefer Kummer; er meinte nicht ihr zerschundenes Gesicht.

Nanjas Herz schlug schneller, als sich ihre Blicke trafen. Dann presste sie die Lippen zusammen und stand auf. Er konnte doch nichts für sie tun. »Beeilen wir uns!«

Losilva, der Sohn des Kochs, schirrte einen geschlossenen Wagen an. Es war nicht weit bis zu den Kais, aber sie brauchten lange, um zum Schiff zu gelangen, denn die Suche nach ihnen war tatsächlich schon wieder aufgenommen worden. Oder die Stadtwache hatte sie erst gar nicht eingestellt. Losilva schickte ungeniert seine Gedanken aus und nahm daher die Patrouillen jedes Mal schon von Weitem wahr, sodass sie nach vielen Umwegen ungesehen den Hafen erreichten.

Aber am Kai lagen zwei tote Soldaten. Sitaki hatte sie offensichtlich ausschalten müssen, um mit dem Stallone an Bord zu kommen. Noch ein Hafen, in dem sie sich für eine Weile nicht mehr blicken lassen konnten.

Losilva hielt vor den Toten und stieg vom Bock. Er drehte einen zur Seite, um nach dem Abzeichen auf dem Ärmel zu schauen. »Das sind nicht Margoros Männer oder die Stadtwache. Die gehören zu den Hilfstruppen der Mönchskrieger.« Nicht die Stadtwache – das war ein kleiner Lichtblick in dem ganzen Desaster. Auf diesen Pferden schien tatsächlich ein Fluch zu liegen.

Nanja stützte die Arme auf den Rahmen des Kutschenfensters. »Dann hat Wribald sie nicht allesamt erledigt.«

»Das war auch nicht zu erwarten.« Der Elf sah sich um. »Ich komme mit euch. Vaters Drache findet alleine nach Hause.«

»Ich danke dir.« Ein Elf, der die Elemente beherrschte, hatte ihr vor Kurzem sehr gefehlt.

»Ihr habt nun einen mächtigen Gegner mehr.« Noch einen? Meinte er den Mönchsorden? Der war doch bloß Margoros Handlanger gewesen. »Eure Waffen richten wenig aus gegen die Magie der Priester Aharons.«

Nanja stieg aus. Der Zugdrache senkte ihr auffordernd seinen Kopf entgegen und sie kraulte ihn gehorsam hinter einem Ohr. »Der Heilige hat Magie verboten. Darum wollte er uns ja an den Kragen.«

Losilva half Ron aus der Kutsche und bestand darauf, ihn bis zum Schiff zu stützen. »Er hat sie verboten, um diese Macht nicht zu teilen. Er selber benutzt sie natürlich.« So etwas Ähnliches hatte Wribald auch gesagt; da konnte ein Elf an ihrer Seite entscheidend sein. Aber musste er unbedingt in ihre Gedanken sehen?

»Verzeiht, Kapitänin.« Losilva lachte. »Du hast recht. Es ist unhöflich, ungefragt in die Gedanken anderer einzudringen.«

Nanja stimmte in sein Lachen ein. »Aber manchmal sehr nützlich. So wie an diesem Morgen.«

»Ich werde in Zukunft dennoch warten, bis du es erlaubst.«

Eine der Zweimastbriggs der Sabienne ankerte direkt am Kai, von Fischerbooten blockiert, die gerade den Fang der Nacht hereinbrachten. Die Flagge von Haus Thalis am Bugspriet kennzeichnete sie als Fürst Jordans Schiff. Von diesem Schiff drohte ihnen keine Gefahr; es würde erst am späten Vormittag auslaufen können, wenn der Fischmarkt schloss. Zudem würden die Sabienne nicht ohne Weiteres im Hafen einen Kampf riskieren, um sie aufzuhalten.

Die anderen beiden Schiffe der Sabienne ankerten dagegen nahe der Leuchtfeuer, zwischen den Küstenseglern der einheimischen Handelskapitäne. Wenn deren Bordwachen aufmerksam waren, würden sie ihnen sehr schnell folgen.

In der Hafeneinfahrt stauten sich zwar die heimkehrenden Fischerboote, aber für die wendige Brigantine stellten sie kein Hindernis dar. An diesem regnerischen Morgen kam der Wind von Land und Nanja ließ auch die Rahsegel am Fockmast alle setzen, bevor sie den Anker lichteten. Als sie dann das Ruder in den Händen hielt, atmete sie erleichtert auf. Bald hatte das Meer sie wieder.

Losilva kam zu ihr aufs Achterdeck, als sie sich dem ersten Leuchtfeuer näherten. »Die Sabienne kennen dein Schiff, nicht wahr?«

Achselzuckend blinzelte sie gegen den Regen, den der Wind ihr in die Augen trieb. »Sie sind lange genug hier, dass es ihnen jemand gezeigt hat.« Sie konzentrierte sich darauf, zwischen zwei großen Fischerbooten hindurchzufahren. Auf einem von ihnen, einer Ketsch, hielten die Fischer mit den Ordnen ihrer Netze inne und winkten zu ihnen herauf.

»Ich kenne sie«, sagte Losilva und grüßte zurück.

Die Ketsch hielt unvermittelt auf den backbords ankernden Segler der Sabienne zu und versperrte ihm den Weg, statt weiter zum Fischmarkt zu fahren. Nanja grinste; das also verstand Losilva unter »kennen«.

Von der Brigg steuerbord starrte ein Mann zu ihnen herüber. Gleich darauf ertönten Kommandos und die Segel wurden gesetzt. Er hatte die »Agena« erkannt.

Bevor es den Sabienne gelang, ihnen den Weg abzuschneiden, wären sie draußen. Aber so lange sie mit achternem Wind fuhren, konnten die großen Rahsegler die Brigantine leicht einholen; da brachte ihre größere Wendigkeit keinen Vorteil.

Sie passierten den Leuchtturm auf dem Felsen hinter der Hafenausfahrt. Der Sabienne hatte inzwischen die Anker gelichtet und die Mitte des Hafenbeckens erreicht, wurde nun aber von Fischerbooten behindert. Allerdings nicht mehr lange. Allenfalls noch ein Dutzend Boote lagen zwischen der Brigg und der offenen See.

Nanja nahm Kurs auf die Baratinen. Zwischen den unübersichtlichen Inseln und den dort ständig wechselnden Winden konnten sie Verfolgern leichter entkommen als auf dem offenen Meer.

Nach einer Stunde tauchte hinter der Brigg am Horizont ein zweites Segel auf. Nicht gut: Falls sie sahen, welche Durchfahrt sie zwischen den Inseln nahm, würden sie versuchen, ihr den Weg abzuschneiden. Sie traute den Festländern zu, ausreichend korrekte Seekarten des Gebiets zu besitzen.

Das Meer wurde unruhig. Bald pfiff der Wind noch stärker und die Brigantine jagte unter vollen Segeln über die sich auftürmenden Wellen. Zum Regen kamen die Sturzseen und binnen Minuten hatte niemand mehr einen trockenen Faden am Leib.

Sitaki schob Nanja vom Ruder fort. »Zieh dir etwas Anderes an.« Manchmal hasste sie ihn geradezu für seine Fürsorge.

Ron stand am Unterstand neben Rabenschwarz, obwohl er dort bei diesem Seegang mit seinem verletzten Bein wahrhaft fehl am Platze war. Am liebsten hätte sie ihn unter Deck geschickt. Aber sie achtete seine Sorge um das verängstigte Tier und schwieg, als sie zu ihrer Kajüte ging.

»Wir sind zu schnell«, sagte er hinter ihr und sie drehte sich um. Ron hatte inzwischen seinen Arm um Rabenschwarz' Hals. Es wirkte, als stützten sie sich gegenseitig gegen die Wogen, die wieder und wieder über das Schiff hereinbrachen. »Bei der Geschwindigkeit riskieren wir, zwischen den Inseln auf ein Riff zu laufen.«

»Mag sein.« Sie wies zum Horizont. Die beiden Schiffe der Sabienne waren deutlich näher gekommen. »Aber was werden sie mit dir machen, wenn du ihnen in die Hände fällst?«

»Du hast mich schon einmal gerettet.« Seine Stimme klang gepresst; er senkte den Blick. »Und einen hohen

Preis dafür bezahlt.« Warf er sich das etwa vor? Nanja ballte die Fäuste; es war doch nicht seine Schuld. »Dieses Mal könnte es das Leben vieler guter Männer kosten und dich dein Schiff.«

»Ein Schiff lässt sich ersetzen. Mit den Perlen Margoros und dem Prisengeld für die Fleute kann ich drei Schiffe bauen lassen.«

Da lachte er auf. »Dann bist du ja reich!« Ganz unerwartet lag echte Fröhlichkeit in seinem Lachen.

Sie trat näher und grinste fröhlich zurück. »Ich bräuchte allerdings eine Gelegenheit, meinen Reichtum auszugeben.«

So dicht vor ihm, dass sie ihn fast berührte, drang seine Wärme durch ihre nasse Kleidung und erinnerte sie an das Erwachen in seinen Armen. Auf einmal gab es eine neue Verbindung zwischen ihnen. Seine geweiteten Augen sagten ihr, dass er es ebenfalls spürte.

»Kannst du Gedanken sehen, Ron?«

»Wie eure Elfen?« Er schüttelte den Kopf. Dann lächelte er wieder und tätschelte Rabenschwarz. »Aber seit ich davon weiß, denke ich darüber nach, weil ich zuweilen das Gefühl habe, ich wüsste, was jemand denkt. Vielleicht habe ich doch etwas davon. Vielleicht erklärt es auch, warum ich mich mit den Pferden so leicht verständigen kann.«

Sie verfolgte die sanfte Bewegung seiner Hand den Hals des Pferdes entlang. Wie seine Finger auf ihrem Rücken ... Es war doch gut, dass er keine Gedanken sehen konnte. Nicht ihre Gedanken.

Nanja wechselte in trockene Kleidung und zog sich einen gewachsten Umhang über, den sie unter zwei durchnässten Katzen hervorziehen musste. Nett von ihnen, dass sie sich darauf und nicht in ihrem Bett niedergelassen hatten. Sie setzte sie auf die gepolsterte Fensterbank. Dann wurde es Zeit, Sitaki durch die Durchfahrt zwischen Gemona und Ketros zu lotsen. Sie schickte Khetan zum Bug und ging zurück aufs Achterdeck.

Losilva stand neben Sitaki und hatte seinen Blick auf die Schiffe der Sabienne gerichtet. »Kann ich etwas für dich tun, Kapitänin?«

Also hielt er sein Versprechen, nicht mehr ohne Erlaubnis in ihre Gedanken zu schauen. Angesichts dessen, was sie soeben für Ron empfunden hatte, war sie erleichtert. »Wind haben wir jetzt mehr als genug.«

Gleich darauf wechselte der Wind die Richtung und flaute zu einer starken Brise ab. Sie verloren an Fahrt. So viel dazu, dass sie zu schnell waren. Ron sah überrascht zu ihnen hoch.

Ohne den achternen Wind fielen die Sabienne mehr und mehr zurück. Sitaki dagegen manövrierte die »Agena« dank der Schratsegel zügig voran. »Das Wichtigste wäre, sich davonzumachen, bevor sie erraten, wohin wir wollen«, stieß er nach einer Weile hervor.

Je näher sie den Inseln kamen, desto schlechter wurde die Sicht. Der Regen hörte auf und Nebel waberte ihnen entgegen, als würde Sommersonne das Meer verdampfen. Bald reichte die Sicht nur noch wenige Schiffslängen weit. Ketros und Gemona verschwanden im Dunst. Sitaki seufzte; nun war er besorgt, sie könnten auf ein Riff laufen. Aber die Sabienne sahen nicht mehr, wohin sie segelten, ganz, wie er es sich gewünscht hatte.

»Gut gemacht!«, sagte Nanja zu dem Elf. Langsam passierten sie Ketros steuerbord.

Losilva grinste. »Wieso denkst du, dass ich etwas damit zu tun habe? Wenn der Tag sehr heiß wird, kommt zu dieser Stunde oft Nebel auf.«

Nur dass sie hier noch nie Nebel gesehen hatte. Als sie ihn irritiert ansah, kicherte er belustigt. Das war ein Scherz gewesen; eine ganz neue Seite, die sie da an ihm kennenlernte.

Während Sitaki noch über den Nebel grummelte, übernahm sie wieder das Ruder. Ron ging ungefragt zu Khetan an den Bug und half ihm, sie durch die Untiefen zu lotsen. Als sie die Lagune an der Ostseite von Ketros erreichten, schloss sich die Nebelwand hinter ihnen.

»Das wird sie für eine Weile aufhalten«, bemerkte Losilva.

Sitaki kaute auf seiner Pfeife herum und brummte vor sich hin. Dann sagte er: »Trotzdem überlege ich, ob wir uns tatsächlich in einer der Buchten verstecken sollen.«

»Wo haltet ihr ihnen besser Stand? Hier oder auf offener See?«

Sitaki schüttelte den Kopf. »Das ist nicht die richtige Frage. Sie sind zu zweit: Das macht es allemal schwierig, weil sie uns in die Zange nehmen können.« Sie hatten schon öfter zwei Schiffe gleichzeitig besiegt. Aber an diesem Morgen schien Sitaki nur die Schwierigkeiten zu sehen.

»Statt uns mit diesen Sabienne zu schlagen, segeln wir also besser zum Treffpunkt mit den Rebellen. Falls Wribald der Überfall auf Margoros Anwesen glückt, wird er nach Dhaomond zurückkehren, bevor die Pässe einschneien. Sonst riskiert er die Pferde zu verlieren.« Da unterschätzte Losilva allerdings, wie sehr den Rebellen an den eisernen Waffen lag. Er hatte nicht die Gier in Wribalds Augen gesehen. Sie würden warten.

14

Als Nanja am nächsten Morgen nach dem Frühstück ihre Kajüte verließ, stand Ron wieder bei Rabenschwarz.

»Kapitänin, du hattest mir Urlaub gewährt.« Er streichelte das Pferd und blickte stur in dessen Augen, als sie neben ihm stehen blieb. »Gilt das noch?« Er wollte fort!

Nanja musterte ihn von der Seite, aber sein Gesicht verriet nicht, was er dachte. Die Verbindung zwischen ihnen gab es nicht mehr. »Das Rennen ist vorbei.« Sie wollte ihn nicht gehen lassen; nicht jetzt, da sie bald auf die Schwimmenden Inseln zurückkehrten. Er sollte Tiruman kennenlernen. Sie wollte doch sehen, ob er mit Drachen genauso leichthändig umging wie mit seinen Pferden. Vielleicht fand er dort eine neue Heimat.

»Aber die Pferde gibt es immer noch.« Er klopfte Rabenschwarz auf den Hals. »Ich will Wribald lehren, wie man mit ihnen umgeht.«

Das war vernünftig und für den guten Willen, den Wribald gezeigt hatte, hatte er sich diese Hilfe verdient. Da konnte sie wohl kaum Nein sagen. »Und dafür sollen ein paar Tage reichen?«

»Nein. Ich werde mehr Zeit brauchen.« Ron ließ endlich das Pferd los und sah sie an. Was er ihr mit seinem Blick sagen wollte, vermochte sie jedoch nicht zu deuten. »Aber ich komme zurück, Kapitänin – wenn du es willst. Ich verdanke dir mein Leben.«

»Du bist mir in keiner Weise verpflichtet. Du bist ein freier Mann, Ron, und kannst gehen, wohin dir beliebt.« So schroff, wie es klang, hatte sie es aber nicht gemeint. Doch sie konnte es wohl nicht zurücknehmen, ohne sich lächerlich zu machen.

Er senkte den Kopf und wandte sich wieder Rabenschwarz zu. »Dann bleibe ich bei den Rebellen.«

Meinte er damit »für immer«? So durfte er ihre Antwort nicht verstehen. »Keine Heuer und keinen Anteil an der Beute, die wir inzwischen machen. Abgemacht?«

Ron nickte und in seinen Augenwinkeln tauchte ein Lächeln auf. Er würde zurückkommen.

Zwischen hohen Felsen führte ein schmales Inlet in eine Bucht unweit des Rebellenlagers. Als sie sich näherten, tauchte auf der höchsten Klippe ein Mann auf. Offensichtlich hatte er nach ihnen Ausschau gehalten, denn er schwenkte ein leuchtend blaues Tuch und verschwand dann wieder in der Deckung.

Es war Ebbe und sie mussten weit draußen vor Anker gehen, kaum, dass sie das Inlet passiert hatten. Wribald erwartete sie mit seinem Bruder Hollor und vier weiteren Männern am Strand. Der Rebellenführer trug eines der Rapiere, die Sitaki ihnen schon in Kruschar überlassen hatte. Die elegante Waffe stand in schreiendem Gegensatz zu seinem ungepflegten Aussehen und der vernachlässigten Kleidung. Allerdings hatte jemand seine Stiefel aus Ziegenleder auf Hochglanz poliert.

Wieder standen sie vor der Frage, wie unter diesen Umständen ein Pferd an Land gelangte. Diesmal hatte Wribald die Lösung. In der Nähe gab es ein kleines Fischerdorf: Adhar. Sie hätten es ihnen nicht als Treffpunkt für die Übergabe der Waffen vorgeschlagen, weil das gewiss die falschen Leute erfahren hätten. Ein einzelner Mann dagegen würde kein Aufsehen erregen, selbst wenn die Dorfbewohner das Pferd sahen. Sie hatten die Tiere schon kennengelernt, als die Rebellen mit ihrer Beute dort durchgezogen waren.

Sitaki nahm die Pfeife aus dem Mund. »Dann hat der Überfall auf Margoros Anwesen geklappt!«

»Nicht ganz. Margoro haben wir nicht angetroffen. Aber er braucht jetzt eine neue Bleibe.« Wribald strahlte ein Selbstvertrauen aus, dass er in Kruschar noch nicht gehabt hatte.

Nanja hörte mit wachsendem Unbehagen zu. »Margoro ist nicht der Mann, der sich etwas wegnehmen lässt.«

»Wir auch nicht. Und wir werden bald weiter weg sein als Margoros Macht reicht.« Hollor stand der Triumph ins Gesicht geschrieben. »Verkleidet hatten wir uns auch. Margoro kann also nicht wissen, wer bei ihm zu Gast war. Er wird glauben, dass sich die Sabienne ihr Eigentum zurückgeholt haben.«

Da hatte ihnen Locardo die Gepflogenheiten Kruschars aber anders erklärt. Zudem musste Margoro wissen, dass zwei Schiffe der Sabienne ausgelaufen waren, um sie zu verfolgen. Nanja sagte es ihnen, doch die Rebellen beharrten auf ihrer Überzeugung.

»Ein Schiff ist im Hafen geblieben. Ich habe es gesehen!«, erklärte Wribald.

Aber Lord Jordan war ein Adliger und die Matrosen auf der »Perle von Thalis« bloß simple Decksleute. Wenn die Rebellen immer so illusionär waren, würden sie nicht weit kommen mit ihrem Aufstand.

»Margoro wird es herausfinden und dann wird er mit einer Streitmacht gegen euch anrücken. Er hat sich schon einmal der Priester Aharons bedient«, gab sie zu bedenken.

»Die sind alle hinüber!« Hollor machte die Bewegung des Kopf-abschneidens. »Wir machen keine Gefangenen und wir lassen keine Zeugen zurück.« Aber sie wussten alle, dass das nicht stimmte.

Da gab Nanja es auf. Aber es missfiel ihr noch mehr als zuvor, dass Ron sich den Rebellen anschließen wollte. Wenn Margoro ihn wieder in die Finger bekäme ...

Aus den Augenwinkeln beobachtete sie Ron, aber nichts verriet ihr, was er von all dem hielt. »Wenn ich euch von Adhar aus den Stallone bringe«, sagte er zu Wribald. »Wie finde ich euch?«

»Sondria ist im Dorf geblieben.« Wribalds Blick zu Hollor hieß, dass sie seinetwegen dort geblieben war. »Sie wird dir den geheimen Zugang zu unserem Lager zeigen.«

Sondria. Nanjas Unbehagen kehrte zurück. Aber Ron schien deren Erwähnung unbewegt hinzunehmen. Obwohl – sie hatte sowieso keine Ahnung, was er denken mochte. Vielleicht sollte sie Losilva danach fragen.

Nachdem sie die Waffen an Land gebracht hatten, lud Hollor sie zu einem Mahl ein. In den Tagen, in denen die Rebellen auf die Rückkehr derer gewartet hatten, die während des Herbstfestes in Kruschar neue Anhänger rekrutiert hatten, hatten sie eine große Menge Wild erlegt. Angesichts der begehrlichen Blicke der Seefahrer sagte Nanja zu.

Die Rebellen lagerten an einem Bach in einem nahe gelegenen Waldstück und hatten ihre Zelte und Hütten zwischen den Bäumen aufgebaut. Sie erreichten diesen Wald über eine zweite Anhöhe hinter den Klippen. Von dort oben war das Lager fast unsichtbar zwischen den mächtigen Bäumen. Sie hörten und rochen es jedoch. Und es war nicht befestigt.

Hollor behauptete, von der Landseite könne sich niemand unbemerkt nähern und müsse überdies eine enge, gut bewachte Schlucht durchqueren. Und die Seeseite sei sicher, weil sich die Priester nicht aufs Meer wagten; darum mache er sich keine Gedanken.

Doch von den Sabienne mit ihren Schiffen würde ihnen Gefahr drohen, sobald die erfuhren, dass die Rebellen die Pferde hatten. Margoro würde gewiss nicht versäumen, sich reinzuwaschen, falls er die Gelegenheit dazu bekam. Aber mit Hollor zu diskutieren, war zwecklos. Der Mann war viel zu selbstbezogen.

Schon von weitem empfingen sie Gesang und dröhnendes Gelächter. Ein alter Mann säbelte mit einem ungewöhnlich kurzen Bogen auf einem schlecht gestimmten Saiteninstrument die Töne eines alten Schlachtenliedes herunter. Süßlicher Rauch stand über dem Lager und biss in die Augen. Sie verwendeten nicht nur grünes Holz, sondern verbrannten auch die Essensreste.

Die Pferde hatten sie am Rande des Lagers an Bäume gebunden. Einen Pferch zu bauen war ihnen wohl zu mühsam gewesen. Ron ging mit Wribald zu ihnen hinüber, während sich Sitaki und die übrigen Männer an den Feuern niederließen. Als einige Frauen aus den Zelten auftauchten, klebten die begehrlichen Blicke der Seefahrer an ihnen fest.

Hollor lachte über die Gier in ihren Augen. »Wie ihr seht, fehlt es uns an nichts. Und wir haben von allem

Überfluss genug, um zu teilen.« Er langte nach dem Arm eines jungen Mädchens, das Farwo gerade ein Stück Fleisch reichte. »Gefällt er dir?«

Farwo griff mit einer Hand nach dem Fleisch, mit der anderen nach dem Mädchen, das die Antwort schuldig geblieben war. »Bist du stumm?«

Es stieß seine Hand fort und lief lachend davon. Farwo blickte hinterher; sicher würde er dem Mädchen bald folgen. Er war hier vermutlich besser aufgehoben als auf ihrem Schiff.

Hollor grinste. »Sie wird dir gehorchen. Das ist sie gewohnt.« Wribald mochte ja ein anständiger Kerl sein, aber Hollor war genau so, wie Nanja es befürchtet hatte. Dieser Mann hatte tatsächlich keine Ehre mehr – wenn er sie denn je besessen hatte.

Ron saß ein Stück abseits mit Wribald zusammen und nach einer Weile gesellte sich Khetan zu ihnen; sie unterhielten sich angeregt miteinander. Keiner von den dreien hatte eine Schnapsflasche vor sich stehen und sie schienen sich auch wenig für die Vergnügungen der anderen Männer zu interessieren. Hoffentlich zogen Khetan die Pferde nicht so sehr an, dass auch er bei den Rebellen blieb.

Nanja ließ der Bordwache Essen bringen, und als später die Mondsichel den Weg beleuchtete, ging sie mit Sitaki zum Schiff zurück.

Erst im Morgengrauen kamen Ron und Khetan zusammen mit jenen an Bord, die schon mit ihrem Vater gesegelt waren. Farwo und ein paar andere, die sie auf dem Festland angeheuert hatte, wollten sich den Rebellen anschließen.

»Ich fürchte, es ist meine Schuld«, sagte Ron. »Sie haben mitbekommen, dass ich bleibe.«

Nanja zuckte die Achseln. »Um den Bootsmann tut es mir in Wirklichkeit nicht leid. Er ist ein Aufrührer und irgendwann hätte ich ihn über die Planke schicken müssen. Und die anderen – sie sind alle zu ersetzen.«

Er nickte. »Genau wie ich.«

Sie hob die Augenbrauen. Was sollte das? Erwartete er etwa, dass sie widersprach? »Sagtest du nicht, dass du zurückkommst?«

Er setzte zu einer Antwort an und räusperte sich, brachte dann aber kein Wort heraus – Männer ...

Eine Stunde später kam Adhar in Sicht. Zwei Piers und am Kai mehrere langgestreckte Lagerhäuser: Der Hafen war für das kleine Fischerdorf überraschend groß und zudem für hochseegängige Schiffe ausgebaut. Das Dorf war nicht einmal ein Piratennest; wem also diente der Hafen?

Kein Mensch war auf dem Kai zu sehen und vor dem Fischmarkt ankerten bloß drei Boote. Waren die anderen mit ihrem Fang noch nicht zurück? Auch das wäre zu dieser Stunde ungewöhnlich für ein einfaches Fischerdorf. Während sie in den Hafen einliefen, befahl Nanja die Besatzung auf Gefechtsposition, auch wenn es im Grunde lächerlich war. Hier konnte es keinen überraschenden Angriff geben.

Losilva kam zu ihr aufs Achterdeck. »Möchtest du mehr über die Leute hier erfahren, Kapitänin?«

Nanja nickte. Wieder zeigte sich, wie gut es war, dass sie seine Hilfe angenommen hatte.

»Am Ende des Ortes lebt eine Elfin. Nur ihr Mann weiß, wer sie in Wahrheit ist.«

Ihr Mann? Auf der Dracheninsel heirateten Menschen und Elfen wieder?

Losilva setzte sich auf eine Taurolle und schloss die Augen. Amüsiert fragte sie sich, ob seine Gedanken nur zu der Elfin gingen oder er wieder so unhöflich war, in alle Köpfe zu schauen.

Als sie die Leinen festmachten, kam Losilva zu Nanja ans Schanzkleid. »Es liegt Magie über diesem Ort. Und sie ist böse. Der Heilige hat hier in der Nähe einen Tempel.«

Und dann hatte Wribald sie ausgerechnet hierher gelotst? Erneut erwachte ihr Misstrauen gegenüber den Rebellen. Selbst Sondria musste hier in Gefahr sein. Wie leicht konnte einer der Wächter des Heiligen ihre magischen Fähigkeiten entdecken. Das Ganze gefiel ihr immer weniger. »Und wozu dieser ausgebaute Hafen?«

»Für den Handel mit dem Festland. Im Hinterland, einen Tag entfernt, gibt es eine große Glasmanufaktur.«

»Die Dorfbewohner arbeiten dort statt zu fischen?«

Losilva stützte die Ellenbogen aufs Schanzkleid. »Die Dorfbewohner versorgen sie mit ihrem Fang.« Sein Blick ging zu den niedrigen Häusern am Ende des Dorfplatzes. Sie hatten allesamt verglaste Fenster; die Sonne spiegelte sich in den Scheiben. Dieser Ort war wohlhabend. »Die Glasbläser stammen aus Kruschar und dem Süden. Für die einfachen Arbeiten sind Angehörige der wilden Dschungelstämme in die Manufaktur verschleppt worden.«

Ein Schauder überlief sie. Freie Menschen der Dracheninsel zur Arbeit gezwungen – die Sklaverei breitete sich immer mehr aus. Es war wohl richtig, Hollor zu unterstützen. Selbst wenn seine Methoden verwerflich waren und seine Motive wahrscheinlich ebenfalls. »Wessen Manufaktur ist das?«

»Das habe ich nicht gefragt.« Losilva zuckte die Achseln. »Irgendein adliger Händler eben.«

»... der einträgliche Beziehungen zum Festland hat.« Margoro vielleicht. Aber sein Ansehen in Thannes Lane war nicht einmal gut genug, das Verbot des Pferdekaufs zu umgehen.

Sie legten an der ersten Pier hinter der Hafeneinfahrt an. Dann schickte sie Sitaki und Khetan auf die Suche nach Sondria; sie musste Ron auf der »Agena« abholen. Im Dorf würde ihn jeder sofort erkennen, der beim Rennen gewesen war. Dieses Adhar war ein Wespennest; sie sollten so schnell wie möglich wieder verschwinden.

Nanjas Instinkt warnte sie immer deutlicher; nur begriff sie nicht, wovor. Und Losilva ging auf Deck unruhig auf und ab. Als sie ihn ansprach, bestätigte er ihre eigene Besorgnis.

»Etwas hüllt diesen Ort ein wie eine Wolke, in der sich Bedrohliches verbirgt.«

»Kannst du denn nicht sehen, was es ist?« Hilflos kaute sie auf ihrer Unterlippe. Warum blickte er nicht in die Gedanken aller Dorfbewohner, bis er herausfand, wer hier am Werk war!

Losilva schüttelte den Kopf. »Hier gibt es eine Wand, hinter die ich nicht zu gelangen vermag.«

Wieder überlief Nanja eine Gänsehaut. Wenn sie nur sicher wären, dass dies keine Gefahr für Ron bedeutete.

Ron schnürte gerade sein Bündel zusammen, als sie unter Deck ging. Sie blieb am Niedergang stehen und schaute ihm zu, bis er auf ihre Anwesenheit reagierte.

»Nanja?« Zum zweiten Mal nannte er sie beim Namen. Sie war nicht mehr seine Kapitänin.

Sie musste ihn warnen – aber wovor? »Es wird Schwierigkeiten geben.«

»Das steht zu erwarten«, antwortete er unbekümmert. »Die Rebellen haben die Waffen nicht zum Paradieren gekauft.«

»Nicht diese Art von Schwierigkeiten. Es ist klar, dass du bei den Rebellen kein friedliches Leben haben wirst, egal, wie bald du sie wieder verlässt ...« Als ob sie als Kaperfahrerin ihm ein friedliches Leben bieten könnte, wenn er weiter mit ihr segelte.

»Ich lasse mich in nichts hineinziehen, was ich nicht verantworten kann.« Er zögerte einen Moment. »Ich weiß, dass sie keinen sauberen Krieg führen.«

»Und trotzdem willst du zu ihnen?« Es verblüffte sie, dass er in der kurzen Zeit eine so klare Einschätzung von den Rebellen gewonnen hatte.

Er nahm sein Bündel auf und warf es sich über die Schulter. »Du bist diejenige, die mit ihnen Geschäfte macht, hast du das vergessen? Mir geht es um die Pferde.«

In plötzlichem Zorn über den Vorwurf in seinen Worten ballte sie die Fäuste. Ron blickte auf ihre Hände und grinste. Sie atmete langsam aus und kam sich lächerlich vor.

Er ging an ihr vorbei die Stufen hinauf. Auf halber Höhe blieb er noch einmal stehen. »Also was für Schwierigkeiten?«

Himmel, sie hatte den eigentlichen Grund für ihr Gespräch aus den Augen verloren. »Mit diesem Ort stimmt irgendetwas nicht. Losilva spricht von einer bösen Aura, die über dem Dorf liegt.«

Er zuckte die Achseln. »Dann werde ich mich beeilen, von hier fortzukommen. Und du solltest schleunigst den Anker lichten.«

Seine Sorglosigkeit ließ sie wieder die Fäuste ballen. »Du gehst von Bord, sobald Sondria hier ist! Nicht eher!« Aber sie hatte ihm nichts mehr zu befehlen; sie sollte es ihm erklären. »Es könnte dich jemand erkennen, der dich beim Rennen gesehen hat.«

Das leuchtete ihm tatsächlich ein. Als ob dies der Grund für ihre Sorge wäre – wer würde sich darum scheren? Es waren Losilvas Beobachtungen, die sie um Ron fürchten ließen.

Es war fast Mittag, als Sitaki mit Sondria und ihrem Hund zurückkam. Nanja hätte gerne gewusst, warum die Heilerin Margoros Anwesen wirklich verlassen hatte, doch sie fand keinen Weg, beiläufig danach zu fragen. Sondria wirkte verändert und das machte sie befangen. Die Stunden im Kerker der Mönche hatten sie freilich alle geprägt. Aber die junge Frau hatte eine andere Aura als zuvor, gerade, als wäre von dem Bösen etwas an ihr haften geblieben.

Oder war es die Wirkung, die dieser Ort hier ausübte? Selbst Harun wirkte – eingeschüchtert? Er wich nicht von Sondrias Seite. Nanja wünschte sich, Ron hätte eine andere Möglichkeit, zu den Rebellen zu gelangen, als mit Sondria zu gehen.

Der Weg der beiden führte anfangs an der Küste entlang und Nanja segelte so lange in Sichtweite, bis Ron hinter den Klippen verschwand und Sondria den Rückweg nach Adhar begann.

Losilva stand währenddessen am Schanzkleid und suchte die Umgegend weiter nach einem Hinweis ab, woher die Gefahr drohte, die sie beide spürten. Aber er fand nur die harmlosen Gedanken der Dorfbewohner.

»Hinaus auf das offene Meer!« Nanja warf einen letzten Blick in die Richtung, in der das Rebellenlager lag. Würde sie Ron je wiedersehen? »Nach Hause!«

Tiruman – wie groß mochte er inzwischen sein? Sie hatte ihren Drachen schon viel zu lange allein gelassen. Gewiss würde er schmollen und sich weigern, mit ihr zu fliegen.

»Ich habe den Kontakt zu ihm verloren«, sagte Losilva gegen Abend. Als Nanja ihn fragend ansah, ergänzte er: »Das ist es doch, was dich interessiert?« Sein verständnisvoller Blick trieb ihr das Blut in die Wangen. »Wir sind jetzt zu weit fort. Ron hat keine so starke Ausstrahlung wie ein vollblütiger Elf.«

Für den Rest der Fahrt sprach Losilva nicht wieder von der Bedrohung, die er in Adhar gespürt hatte. Aber er blieb nachdenklich und hatte es auch nicht eilig, nach Kruschar zurückzukehren.

15

Als sie auf den Schwimmenden Inseln ankamen, erfuhren sie von einer großen Schlacht, die die Rebellenarmee gewonnen hatte und ihr neuen Zulauf brachte. Hollor würde also Waffen brauchen – und vielleicht auch noch mehr Pferde. Nanja und Sitaki beschlossen, Karosin, ihren Gewährsmann in Belascha, aufzusuchen. Sie ließen die »Agena« überholen und segelten zwei Wochen später zur Dracheninsel zurück.

Nanjas Mutter hatte die Gilde der Astronominnen in Belascha geführt und Nanja die Sternbilder gelehrt, um sie zu ihrer Nachfolgerin auszubilden. Nichts hatte der klugen Astronomin vorhergesagt, dass die Sterne eines Tages ihrer Tochter die Wege über die Meere weisen würden. Nanja war noch nicht einmal sieben gewesen, als die Mutter starb – zu jung, um das Amt zu übernehmen, das ihr Erbe war. So war Salina, Mutters ehrgeizigste Schülerin, zur Gildenführerin gewählt worden. Bald danach hatte Nanja zum ersten Mal ihren Fuß auf ein Schiff gesetzt. Ihr Vater hatte sie nach dem Begräbnis mit sich auf die »Agena« genommen und sie die Seefahrt gelehrt.

Während Sitaki am Abend in den Spelunken nach Karosin suchte, ging Nanja wie bei jedem Besuch der Stadt zum Himmelsturm. Er stand auf einem Hügel südlich von Belascha. Der war hoch genug und weit genug von der Küste entfernt, dass die Nebel, die aus dem Meer stiegen, die Sicht auf die Sterne nicht beeinträchtigten. Der Legende nach war der Himmelsturm das älteste Bauwerk an der Nordküste der Dracheninsel. Es hieß, er sei ursprünglich ein Wachturm gewesen; doch nicht einmal die Astronominnen wussten, welcher Gefahr diese Wache gegolten haben sollte.

In einem parkähnlichen Gelände rund um den Himmelsturm lagen die Werkstätten und Arbeitsräume der Astronominnen. Manche von ihnen pflegten auf dem Gelände zu wohnen, solange sie unverheiratet waren. Salina auch: Sie war eine zierliche Person von Anfang vierzig und noch immer ohne festen Liebhaber. Wenn sie denn je einen gehabt hatte. Ihre Haltung zu Männern ließ vermuten, dass sie stets einen weiten Bogen um sie gemacht hatte. Oder einmal eben nicht.

Salina saß in der Schleiferei an einem Arbeitstisch. Auf dem Tisch lagen mehrere Spiegel und sie hatte eine große konvexe Linse vor sich eingespannt, die sie mit einem feinen Pergament schliff. Sie begrüßte Nanja mit einem stolzen Lächeln. »Wir werden ein neues Fernrohr bauen, das uns so weit blicken lässt wie nie zuvor.«

»Wozu?« Nanja setzte sich neben sie und nahm einen der Spiegel in die Hand. Die Rückseite war nicht wie üblich mit schwarzer Farbe bestrichen, sondern hatte eine metallische Schicht. Solche Spiegel hatte sie auf dem Festland gesehen.

»Trotzdem jedes Jahr so viele Sterne vom Himmel fallen, bleiben die Sternbilder intakt. Wir wollen herausfinden, warum. Und was es hinter ihnen gibt.«

»Ein interessanter Gedanke.« Wenn Nanja die Feuerspuren am nächtlichen Himmel über dem Meer sah, fragte sie sich zuweilen, was diese Sterne in Brand setzte.

Salina legte die Linse auf den Tisch. »Ich komme mit dir in die Kuppel.« Gegen jede Gewohnheit ließ sie alles stehen und liegen statt sie von einer anderen Astronomin begleiten zu lassen?

Während des Aufstiegs sprach Salina von allerlei Belanglosigkeiten wie den Fähigkeiten einer neuen Köchin und der Hochzeit eines Zunftmeisters. Das passte auch nicht zu ihr: Sie versuchte damit zu verbergen, dass sie beunruhigt war. Es gab also etwas, worüber sie selber mit ihr reden wollte.

»Was sagen die Sterne?« Nanja suchte vergeblich nach einem Scherz, um die Anspannung zu lockern. »Dass die Welt sich verändert?«

Salina lächelte mühsam. »Ach Kind, es wäre an der Zeit. Die Priester Aharons sind zu mächtig geworden und der Adel ist zu satt und reich, um etwas dagegen zu unternehmen.«

»Schlimmer noch. Sie scheuen sich nicht mehr, sich mit den Priestern zu verbünden.«

Nanja blieb an einem der Fenster stehen und blickte hinaus zum westlichen Ende der Stadt. Dort stand ein Tempel des Aharon, jetzt verborgen von der Dunkelheit. Sie erzählte Salina, wie skrupellos Margoro sich der Mönchskrieger bedient hatte, um seine Ziele zu erreichen.

»Das ist das zweite: Die Männer versuchen, mit Hilfe der Priester die ganze Macht an sich zu reißen. Sie wollen nicht mehr teilen. Und jede Frau, die zusammen mit ihrem Herzen etwas von unserem Wissen preisgibt, bringt uns mehr in Gefahr.«

Nanja nickte. »Wenn sie euch nicht immer noch bräuchten, wären die Frauen in den freien Städten des

Nordens genauso verloren wie die Frauen von Dhaomond.« Sie ging Salina voraus in den Dachraum.

Salina drehte eine Winsch und schob das Kuppeldach zur Seite. Die Nacht war mondlos und die spärlichen Lichter Belaschas nun tief unter ihnen. Nichts überstrahlte das Funkeln der Sterne. Von diesem Turm aus war der Anblick des Himmels kaum weniger erhebend als auf See. »Die Rebellen könnten unsere Rettung sein. Sagen die Sterne.«

Wirklich? Nanja wartete skeptisch auf Salinas Erklärung. Die Rebellen mochten die freien Städte des Nordens vor den Aharons-Priestern bewahren. Aber so, wie sie ihre Frauen behandelten, hatten die Gilden nichts von ihnen zu erhoffen.

»Falls es ihnen gelingt, einen neuen Großkönig zu krönen, ist die Gefahr gebannt, dass es Krieg zwischen Dhaomond und uns gibt.«

»Das ist es also, was dir Sorgen macht: Die Priesterarmee bereitet einen Krieg um die Minen im Zentralgebirge vor.«

Salina schien mit der Antwort zu zögern. Sie schwenkte das Fernrohr, das den halben Dachraum einnahm, in die Richtung von Nanjas Stern.

»Sollen wir Hochseebewohner denn an der Seite der Rebellen kämpfen? Ich mache zwar Geschäfte mit ihnen und unterstütze sie damit. Allerdings ist viel Gesindel unter ihnen, dem ich lieber aus dem Weg ginge.« Einem Mann wie Hollor würde sie gewiss niemals mit ihrem Leben vertrauen.

»Das weiß ich doch.« Salina seufzte. »Um dich mache ich mir Sorgen, mein Kind. Seit vielen Wochen liegt ein Schatten über deinem Stern.«

»Das habe ich gemerkt.« Nanjas Magen verkrampfte sich, als sie an das Verlies in Kruschar dachte. Ihr abfällig gemeintes Lachen geriet zu schrill. »Aber das ist ausgestanden. Und wenn ich aller Gefahr aus dem Weg gehen wollte, müsste ich mich an Land niederlassen und nur noch Gedichte schreiben.«

Salina wandte sich vom Fernrohr ihr zu. »Das bringst du nicht fertig.« Sie klang bekümmert. »Und es ist auch noch nicht zu Ende.«

Seit Losilva die dunkle Aura in Adhar wahrgenommen hatte, nagte der Gedanke an Nanja, dass sie etwas falsch eingeschätzt hatte. Doch welchen Anlass gab es, sich Sorgen zu machen? Wenn selbst Losilva nichts mehr sagte ... Sie blickte durch das offene Dach zum Himmel und suchte mit bloßem Auge nach dem Zentauren-Gürtel, in dem sich ihr Stern verbarg. »Kannst du sehen, was es ist?«

»Du weißt, dass ich das nicht kann. Du weißt auch, dass nicht die Sterne dein Schicksal bestimmen, sondern letztlich du selber in der Hand hast, was geschieht.«

»Wenn es nur so wäre.« Nanja rieb sich mit beiden Händen übers Gesicht; sie war plötzlich müde. »Und manchmal wäre es einfacher, man bräuchte keine Entscheidungen zu treffen.« War es richtig gewesen, Ron gehen zu lassen?

Sie stand auf; diesmal hatte ihr der Besuch des Himmelsturms nicht weitergeholfen. Salina hatte sie bloß selber nervös gemacht.

Wieder hatte sie das Geräusch ihrer zerreißenden Kleider im Ohr und den fauligen Atem des Mönchs in ihrer Nase; ihr Magen verknotete sich. Salina hatte recht: Es war erst ausgestanden, wenn Margoro und die Aharons-Mönche dafür gebüßt hatten.

Statt gleich aufs Schiff zurückzukehren ging sie ins Viertel der Kleidermacher. Sie versuchte, das Unbehagen zu verdrängen, das sie bei Salinas Worten überfallen hatte. Würde sie diese Erinnerung je abschütteln, so wie sie andere Verletzungen vergessen konnte, die sie im Kampf erlitten hatte?

In düsterer Stimmung lief sie durch die Gassen, bis sie das Ende des Viertels erreichte. Die vor den Türen ausgestellten Waren hatte sie sich unterdessen gar nicht angeschaut. Sie drehte um und ging in die nächste Werkstatt. Dem Kleidermacher sagte sie, was sie brauchte, und ließ ihn einpacken, was er wollte.

Karosin war schwer betrunken, als sie an Bord kam. Sitaki schwor, dass er von Anfang an in diesem Zustand gewesen sei. Aber selber war er auch nicht mehr ganz nüchtern.

»Kapitänin«, lallte Karosin mit flatternden Lidern. »Kapitänin, du weißt, dass ich nie ein'n Auftrag und eine Nachricht vergess'.«

Zum ersten Mal an diesem Abend konnte Nanja lächeln. »Das ist wohl wahr; nur sind deine Berichte nicht die besten. Aber das ist es, was ich heute brauche: einen guten Bericht. Den Auftrag, den du von Hollor hast, den kann ich mir denken.«

Karosin schwankte vornüber und nuschelte: »'sächlich? Er is' aber nich' wie sonst.«

»Wir können es uns trotzdem denken.« Sitaki bedachte ihn mit einem glasigen Blick. »Dann will er nicht nur Waffen, sondern auch noch mehr Pferde.«

»Pferde?« Karosin runzelte die Stirn und rieb sich mit zwei Fingern den Nasenrücken. »Ja, die hab' ich bei ihm geseh'n. Aber dass er mehr davon will, hat er nich' gesagt. Das weiß ich genau. Ich vergess' nie ein'n Auftrag.« Er griff nach dem Schilfgrasbrand auf dem Tisch und versuchte, sein Glas nachzufüllen. Weil er daneben schüttete, setzte er die Flasche kurzerhand an den Mund.

»Wunderschöne Geschöpfe das. Ich hab' sie beim Renn'n geseh'n. In Kruschar.« Er schnalzte mit der Zunge. »War das ein Spaß!« Er stellte die Flasche auf den Tisch, ließ sie aber nicht los. »Hollors Pferde sin' die vom Renn'n, ja? Und noch ein paar dazu, die nich' dabei war'n. Aber der Schwarze, der gewonn'n hat ... Warum hat er grad den besten nich' gekriegt?«

Nanja öffnete den Mund, um zu fragen, was er damit meinte. Aber die Worte blieben ihr im Hals stecken: Da war sie wieder, die Vorahnung von drohendem Unheil.

Karosin plapperte unbekümmert weiter. »Hollor is' auch ganz angetan von den Tier'n und Wribald schwärmt pausenlos vom Renn'n. Was ein Spaß! Aber das Beste war Margoros dummes Gesicht, als die Siegerehrung ausfall'n musste, weil der Sieger mit dir das Weite gesucht hat. Kapitänin, da hast du wirklich das Beste verpasst! Jed'nfalls, Hollor will ... Ihr sollt Hollor jemand besorg'n, der ihm zeigt, wie man diese Pferde so reitet wie der in Kruschar.«

Da begriff auch Sitaki. In seinen Augen stand der gleiche Schock, der ihr einen Moment vorher die Sprache verschlagen hatte. Er nahm die Pfeife aus dem Mund. »Was ist mit ihm passiert?«, krächzte er mit rauer Stimme.

»Wer? Was?« Karosin wirkte noch verwirrter als zuvor. »Hollor is' gar nichts passiert. Warum denn? Wribald is' genervt, weil Hollor ewig stichelt un' auf ihm 'rumhackt.«

Nanja warf Sitaki einen warnenden Blick zu. Hoffentlich war er noch klar genug im Kopf, um zu begreifen, dass er den Mund halten sollte. »Wieso gerade ich?«

»Weiß nich'. Vielleicht denkt er, du kannst das. Hast du nich' auch den Reiter für Margoro besorgt? Dann weißt du doch, wo man sie findet.«

»Das war ein Seefahrer, der zufällig mit den Sabienne zu tun gehabt hatte.«

»Die Sabienne, ja.« Karosin setzte die Flasche wieder an und trank sie mit dem nächsten Zug halb leer. Er wischte sich mit dem Ärmel das Kinn ab und rülpste. »Die ha'n sich auch geärgert, dass die Siegerehrung ausgefall'n is'. Überall ha'n sie ihre Pferde gesucht. Und irgendjemand muss ihn' gesteckt ha'n, wo sie sie finn'n.« Er hob die Flasche gegen das Licht und schwenkte sie. Dann blickte er hinein. Nach dem nächsten langen Schluck sprach er weiter. Seine Worte wurden immer verwaschener. »'ribal' sagt, sie hä'n versucht, 'slager anner Küste ssu überfall'n. Aber 's Lager kama nich' überfall'n.«

Nanja sprang auf.

»... is' un'nehmbar«, klang Karosins Stimme hinter ihr, als sie die Kajütentür öffnete.

Sie lehnte sich an den Großmast und schloss die Augen. Was hatte Salina wirklich gesehen?

Eine Gänsehaut kroch ihren Rücken entlang und die Härchen in ihrem Nacken stellten sich auf. »Nein.« Sie ächzte. Sie hätte Ron niemals gehen lassen dürfen.

Sie stand noch immer da und starrte zu den Sternen hoch, als Sitaki Karosin an Deck brachte und vorsichtig über die Stelling an Land bugsierte. Dann kam er zu ihr und hängte ihr seine Jacke über die Schultern. »Du wirst dich erkälten, Kapitänin.«

Sie blickte ihn an. »Das war es«, flüsterte sie.

»Ich habe nichts weiter aus ihm herausbekommen.«

»Wir haben es geahnt. Gespürt.« Sie stieß sich vom Mast ab. »Wo ist Losilva?«

»In der Stadt.«

»Geh ihn suchen!«

»Jetzt gleich?«

»Ja.« Sie zwinkerte und rieb sich die Augen. »Ach nein.« Sitaki blieb jetzt besser hier und machte das Schiff klar zum Auslaufen. »Er wird von alleine zurückkommen.« Losilva würde sehen, dass sie mit ihren Gedanken nach ihm langte.

Sie ging hinunter in ihre Kajüte.

Nachdem Sitaki seine Befehle erteilt hatte, kam er zu ihr und setzte sich neben sie ans Fenster. Schweigend starrten sie auf den Kai und warteten auf die Rückkehr des Elfs. Sitaki zündete nicht einmal seine Pfeife an.

Als schließlich Losilvas leichte Schritte an Deck klangen, hieß Nanja Sitaki mit einem Blick, sie allein zu lassen. Was auch immer der Elf zu sagen hatte, selbst Sitaki brauchte nicht zu wissen, was es ihr bedeutete.

Mit wachsender Beklemmung starrte sie auf die Kajütentür, bis Losilva endlich eintrat. Er war blass und seine Augen schienen dunkler als sonst. Nanja kroch Angst ins Genick.

Sie suchte nach der richtigen Frage. »Du hast mir etwas verschwiegen«, stieß sie stattdessen hervor.

Er zog die Brauen hoch und sagte nichts.

Nanja nahm sich zusammen. Losilva war nicht der richtige Adressat für ihren Zorn. »Ron ist nie im Lager der Rebellen angekommen. Du hattest den Kontakt zu ihm verloren, als wir auf dem offenen Meer waren.« Er wartete offensichtlich immer noch auf eine Frage. »Erkennst du es, wenn du den Kontakt deshalb verlierst, weil jemand ...« Sie brachte es nicht fertig, das Wort auszusprechen.

Losilva lächelte sanft. »Ron war am Leben. Ich kann dir nicht sagen, was aus ihm geworden ist, nachdem wir den Kontakt zu ihm verloren hatten. Aber ich habe dir nichts verschwiegen.«

»Er war in Gefahr«, beharrte sie und Losilva nickte. »Wir hätten ihn nicht gehen lassen dürfen.« War es ihre Schuld, auch das? »Wir wussten doch, dass da etwas war.«

»Ich glaube nicht, dass sich die Dämonen an ihm vergriffen haben. Jene dort herrschen in Adhar, aber nicht darüber hinaus.«

»Es wäre nicht das erste Mal, dass ihn Wesen angreifen, die aus der Finsternis kommen.« In plötzlichem Begreifen schlug sie sich die Hand vor den Mund: Schon das Erdbeben hatte Ron gegolten. Und was war mit der Flaute? Hatte es etwa noch früher begonnen?

Losilva sah plötzlich verstört aus. »Warum hast du mir das nicht gesagt?«

»Hätte es etwas geändert?«

»Oh ja!« Er starrte lange in die Luft und schien nachzudenken, bevor er weitersprach. »Diese Heilerin ... Irgendwie ist sie auch darin verwickelt.«

Nanja lehnte den Kopf gegen das Fenster und schloss die Augen. Salina hatte unrecht; sie hatte nichts in der Hand. Gar nichts konnte sie tun gegen den Willen der Götter.

»Wir suchen ihn.« Losilva setzte sich neben sie und verschränkte seine Finger mit den ihren. »Wenn wir ihn finden, können wir ihn auch schützen.«

»Bis jetzt habt ihr ihn nicht beschützt. Als er ...« Und wieder nahm das Entsetzen ihr den Atem, das sie im Kerker erlebt hatte. Wo waren die Elfen gewesen, als die Mönchskrieger Ron folterten?

Losilva nahm sie in den Arm; jetzt hatte er doch in ihre Gedanken gesehen, ohne sie um Erlaubnis zu fragen. »Auch Magie hat ihre Grenzen«, erinnerte er sie.

Trotzdem fühlte sie sich erleichtert, nun, da sie ihn an ihrer Seite hatte. »Was können wir jetzt tun?«

»Wo auch immer er ist auf der Insel, wir finden ihn.« In seinen Wangen tauchten Grübchen auf. »So wie wir Sitaki in Kruschar zu dir gebracht haben. Leichter noch.«

Aber sie dachte an die Sabienne. »Und wenn er nicht mehr auf der Insel ist?«

Losilvas Miene gefror. »Das wäre allerdings ein Problem. Unsere Schiffe sind nicht überall.«

»Findet ihn!«

Er strich ihr übers Haar. »Das werden wir. Geh schlafen, Nanja.«

Als Peire das Frühstück brachte, wachte Nanja auf. Sie betrachtete den Hartkäse mit Abscheu, gab ihn dem zimtbraunen Kater und verließ die Kajüte.

Der düstere Blick des Elfs sagte ihr, was sie wissen musste: Ron war nicht mehr auf der Dracheninsel. »Wir laufen aus!«

»Wohin?«, fragte Khetan.

»Das wird sich zeigen.« Sie blickte Losilva an. »Kommst du mit?«

»Natürlich. Wir lassen keinen der Unseren im Stich.«

Sitaki klopfte seine Pfeife am Schanzkleid aus und schaute der Asche hinterher, die der Wind mit sich nahm und im Hafenbecken verstreute. »Wohin fahren wir?« Er stopfte die Pfeife neu und begann zu paffen.

Nanja sah Losilva fragend an; aber das konnte er natürlich auch nicht besser wissen als sie. »Zu den Sabienne, denke ich.«

Sitaki wurde blass und biss so heftig auf die Pfeife, dass es knirschte. »Und was tun wir dort?«

Khetan feixte. »Was wohl? Pferde klauen.« Er strahlte vor Vorfreude über das ganze Gesicht. Seit er auf Gemona die Tiere zurück aufs Schiff gebracht hatte, hatte er einen Narren an ihnen gefressen.

Sitaki schlug ihm auf die Schulter. »Vielleicht auch das, mein Junge.«

Khetan ging auf seinen Posten an der Ankerwinsch und sie setzten die Segel. Eine halbe Stunde später verließen sie den Hafen von Belascha. Nanja sah Losilva noch einmal fragend an, aber der schüttelte den Kopf. Nur Rabenschwarz war noch da – zurück auf Margoros Anwesen. Von Ron hatte niemand auf der Dracheninsel einen Gedanken gefunden. Und bislang hatte ihn auch keines der Elfenschiffe entdeckt.

Mittags kam Losilva aufs Achterdeck. »Möchtest du die Sabienne lieber auf See stellen oder an Land?«

Nanja seufzte. »Sie haben so viel Vorsprung; die Frage stellt sich leider gar nicht.«

»Kommt darauf an, für wen der Wind weht.«

»Du müsstest sie wochenlang auf See festhalten«, sagte Sitaki. »Aber wenn es irgend möglich ist ...« Dazu bräuchten sie eine Flaute wie die, in der sie vor dem Herbstfest festgesessen hatten.

Aber sie wussten nicht, wie das Sabienner Schiff bewaffnet war, auf dem er gefangen war.

»Ein kleiner Überfall an Land wäre einfacher«, wandte Nanja ein.

Sitakis Gesicht verdüsterte sich. »Akele sei ihm gnädig, wenn es ihnen gelingt, ihn aufs Festland zurückzubringen.«

Mit Entsetzen begriff Nanja, was Sitaki damit meinte. »Der Besitzer der Pferde war auf dem Schiff, das in Kruschar zurückgeblieben ist«, sagte sie Losilva.

»Dann ist er in weit größerer Gefahr, als ich glaubte.« Losilva sah sie grimmig an. Sie konnte doch nichts dafür!

Gab es überhaupt etwas, wovon Ron nicht bedroht wurde? In Nanja wuchs die Angst. »Anscheinend wisst ihr Elfen auch nicht alles. Und von dem, was du weißt, hast du mehr verschwiegen als ich dachte.« Sie sah Losilva herausfordernd an.

Er blieb gelassen. »Es gibt vieles, das du nicht weißt.«

Sie bohrte sich die Fingernägel in die Handballen und schnaufte; nicht einmal Sitaki dürfte so mit ihr reden. Losilva grinste. Genauso hatte sich Ron über sie amüsiert, als sie ihm am letzten Morgen am liebsten die Augen ausgekratzt hätte.

»Wohin?«, fragte Sitaki noch einmal, nachdem sie die Inselkette der Baritinen passiert hatten. »Weiter nordwärts? Oder kreuzen wir hier, bis die Elfen eine Spur haben?"

»Immer weiter. Wir können nicht warten, bis sie ihn finden.«

Losilva sorgte für stetigen Wind und die Brigantine flog über das Meer wie nie zuvor. Hin und wieder tauchten die farbigen Lateinersegel eines Elfenschiffs am Horizont auf. Doch die Tage vergingen und niemand fand einen Gedanken von Ron.

Als ob es etwas nützte, saß Nanja zuweilen selber im Krähennest, bis ihre Augen brannten und die Sonne sie fast blind machte oder bis ihre Kleidung vom Regen durchtränkt war.

Sitaki und Losilva gewöhnten sich an, ihr abends in der Kapitänskajüte Gesellschaft zu leisten. Sitaki kaute dann auf seiner Pfeife, Losilva starrte düster vor sich hin und Nanja leerte ein Glas Schilfgrasbrand nach dem anderen.

»Wenn sie ihn an Land bringen, ist er verloren«, klagte sie an manchem Abend. – »Wir sind nicht schnell genug!« Und sie fluchte ihre Verzweiflung heraus.

Wenn sie dann betrunken war, legten sie sie auf ihr Bett und ließen sie am Morgen schlafen, bis die Sonne hoch stand und sie von alleine erwachte.

Eines Abends riss Losilva ihr die Flasche aus der Hand, als sie sich gerade das dritte Glas einschenkte. Bevor sie protestieren konnte, sprang er auf. »Ich habe ihn!«

Sie ließ das Glas fallen und fiel ihm um den Hals. »Er lebt!«, flüsterte sie.

Er drückte sie an sich. »Ja, er lebt.«

Nanja griff nach der Wasserkaraffe und schüttete sie sich über den Kopf. Dann wischte sie sich das Gesicht mit den Ärmeln trocken und setzte sich wieder. »So, jetzt kann ich klar denken.«

»Ein gutes Stück östlich von hier. Dein Name war in seinen Gedanken.« Losilva lächelte. »Er brennt darauf, dich wiederzusehen.«

Nanjas Herz schlug schneller. »Dann kann es ihm nicht allzu schlecht gehen.« Sie feixte, um ihre Freude darüber zu verbergen, dass er sie nicht vergessen hatte.

Losilva nickte, aber Sitaki knurrte: »Natürlich hätscheln sie ihn. Sie haben noch etwas vor mit ihm, wenn sie wieder in Thannes Lane sind.«

»Er wird sich nicht aufgeben, solange ein Funken Leben in ihm ist.« Losilva neigte den Kopf und starrte ausdruckslos vor sich hin, während er weiter Gedanken erkundete.

»Wir geben ihn auch nicht auf.« Sitaki stopfte seine Pfeife mit unbeherrschten Bewegungen; die Hälfte des Rauchkrauts fiel ihm in den Schoß. »Wie weit ist es?«

»Zwei Tage vielleicht.«

Zwei Tage noch. Nanja schluckte. Sie hatte geglaubt, sie hätten ihn endlich erreicht. »Aber werden sie nicht vorher die Küste erreichen? Die Sabienne haben zusätzlich oft Ruderer. Es mangelt ihnen nie an Sklaven und Gefangenen.«

»Das Elfenschiff, das weiter im Norden unterwegs ist, kann ihnen den Weg abschneiden. Dann sind wir stärker.«

Ein Schiff anzugreifen, das eine Geisel an Bord hatte, da konnten sie jede Hilfe gebrauchen, die sie kriegen konnten.

Losilva lächelte; er schaute schon wieder in ihre Gedanken. Mittlerweile war es ihr gleich. »Ich werde alles über die beiden Schiffe herausfinden.« Er verließ die Kajüte.

»Die beiden Schiffe?«, rief Sitaki ihm schockiert hinterher. Aber er bekam keine Antwort. »Wo kommt das zweite Schiff auf einmal her?«

Sie wurden auch mit zwei Schiffen fertig. Nanja holte ein neues Glas aus dem Wandschrank und schenkte ein. Sie grinste Sitaki an. »Noch einen Schlaftrunk.«

Dann betrachtete sie die Flasche, öffnete ein Fenster und warf sie mitsamt dem gefüllten Glas hinaus. »Es hilft nicht wirklich«, erklärte sie großspurig und verzog angewidert die Lippen.

Sitaki sah sie unbewegt an und stand auf. »Schlaf gut, Kapitänin.«

16

In der Dämmerung des zweiten Morgens kamen die Schiffe der Sabienne in Sicht. Wegen der Flaute hatten sie die nutzlosen Segel gerefft. Die Brigg des Händlers besaß keine Riemen und darum saßen sie fest. Beide Schiffe waren vollständig rahbesegelt, was Nanja mit ihren Schratsegeln einen Vorteil beim Manövrieren während der Schlacht verschaffte. Denn eine Schlacht würde es geben.

Die »Perle von Thalis«, auf der Ron gefangen war, hatte lediglich einen Tribok im Bug und auf dem Deck eine kleine Wurfmaschine. Aber sie wurde von einem der größten Viermaster begleitet, den Nanja je gesehen hatte. Das Kriegsschiff war viel länger als die Brigantine und mindestens doppelt so hoch. Auf dem obersten Deck hatte es in Bug und Heck jeweils einen Tribok und über dem Ruderdeck zählte sie fünfundzwanzig Öffnungen für Steinkatapulte. Wenn der Kapitän wagemutig war, würde er von dort auch Brandsätze schleudern lassen. Stets hatte sie zugesehen, solchen Kriegsschiffen aus dem Weg zu gehen.

Mit einem flauen Gefühl im Magen ließ sie die »Agena« gefechtsklar machen. Ihre Schützen spannten die Katapulte und Lert machte sich an jene andere Art des Kochens, für die er während eines Kampfes zuständig war: Auf beiden Seiten des Schiffs ließ er zwei enorme Kessel am Schanzkleid aufstellen und mit Tauen sichern.

Darin rührte er seine teuflische Suppe aus Asphalt, Schwefel, Salpeter und Baumharz und noch ein paar anderen Zutaten zusammen und begann sie für den Einsatz zu erhitzen. Die Rezeptur war ein Geheimnis der Schwimmenden Inseln, das nur von Schiffskoch zu Schiffskoch weitergegeben wurde.

Nanja ließ das Gemisch in Tontöpfe füllen. Andere Kapitäne tränkten einfach Strohballen damit und zündeten sie vor dem Abschuss an. Aber mit diesem Feuer, das sich nicht löschen ließ, war ihr das zu riskant. Manch einer hatte sein eigenes Schiff damit in Brand gesetzt.

Währenddessen wässerten die Seefahrer das Deck, um die Feuergefahr durch feindliche Geschosse zu verringern. Anschließend schütteten sie Sand darüber, damit sie bei einem Nahkampf an Bord besseren Stand hatten und nicht im Blut ausrutschten. Aber wenn alles nach Plan lief, würde der Kampf nicht auf der »Agena« stattfinden. Die Schiffsjungen schöpften Wasser zum Löschen und stellten die Eimer entlang des Schanzkleids ab. Dann ließ Nanja Kurs auf das Kriegsschiff nehmen.

Der Kapitän war ein vorsichtiger Mensch. Lange bevor sie in Schussweite kamen, signalisierte er ihnen, sich erkennen zu geben.

Angesichts der Übermacht und ihrer Mission pfiff Nanja auf Ehre und Moral. »Hisst eine Flagge von Dhaomond!« Sie wollte unbehelligt so nahe herankommen, dass das Kriegsschiff in die Reichweite ihrer Katapulte gelangte, bevor der Kapitän Verdacht schöpfte. Wenigstens ein Feuergeschoss musste auf dessen Deck landen, damit sie überhaupt eine Chance hatten.

Khetan ließ das erstbeste Adelswappen von Dhaomonds Hauptstadt Sondharrim setzen. Hoffentlich wusste der Kapitän noch nicht, dass der Salzhandel neuerdings ein Monopol des Heiligen war.

Sitaki schob mit grimmiger Miene seine Pfeife aus dem rechten in den linken Mundwinkel. »Das haben wir noch nie getan. Aber wenn wir das Kriegsschiff nicht versenken, brauchen wir nicht einmal daran zu denken, den Händler anzugreifen.«

»Wir sehen nicht so heruntergekommen wie ein Salzhändler aus«, bemerkte Losilva. Als Nanja die Achseln zuckte, fügte er hinzu: »Nein, ich habe keinen besseren Vorschlag.«

»Sie werden sich sowieso gleich wundern.« Sitaki deutete zum Großmast, an dem sich ihre Schratsegel blähten.

»Kaum.« Nanja studierte die Männer an Deck des Handelsschiffs. Keiner von ihnen war so elegant gekleidet, als könnte er dieser Lord Jordan sein. »Sie werden es magischen Kräften zuschreiben, dass wir unter vollen Segeln fahren, während sie selber nicht vom Fleck kommen. Vielleicht ist ihre Furcht vor Magie groß genug, dass sie einen Fehler machen.« Darauf setzen konnten sie natürlich nicht; aber hoffen durften sie ein wenig.

Sitaki saugte heftig an seiner kalten Pfeife und die Mannschaft starrte schweigend hinüber, ihre Mienen grimmig und entschlossen. Dass ein Schiff, das so groß und so schwer beladen war, überhaupt noch schwimmen konnte ... Zweifellos hatten auch die Festländer begabte Schiffsbauer.

»Dafür sinkt es schneller«, sagte Losilva neben ihr. Überrascht wandte sie sich um. »Ich halte es für klug, dass ich jetzt weiß, was du denkst. Verzeih, dass ich dich nicht gefragt habe.« Sie nickte; es gab jetzt Wichtigeres als höfliche Umgangsformen.

»Das Elfenschiff ist noch eine gute Stunde entfernt.« Antworten von Losilva zu bekommen, bevor sie noch recht wusste, dass sie eine Frage hatte, war tatsächlich ungeheuer angenehm.

Die Brigantine selber schien den Atem anzuhalten: Das Ächzen und Knarren von Holz und Segeln klang unnatürlich gedämpft; nur das Schlagen der Wellen dröhnte mit jedem Aufsetzen des Vorstevens in den Ohren. Es war der helle Wahnsinn, dieses Schiff anzugreifen.

Als sie fast in Schussweite waren, ließ Nanja einen Teil der Fockmastsegel reffen und sie verloren an Fahrt. Die Sabienne sollten sich nicht zu früh bedroht fühlen. Ihre Männer waren geübt genug, sie rechtzeitig wieder zu setzen, sobald sie mehr Geschwindigkeit brauchten.

Schließlich waren sie nahe genug, um den Angriff zu beginnen. Nanja erteilte halblaut den Befehl zum Abschuss. Die Schützen öffneten die Luken und schleuderten die ersten Steine. Drei Geschosse durchschlugen den Bauch des Kriegsschiffs und das Marssegel am Fockmast ging in Fetzen. Von den Deckskatapulten folgten die Tontöpfe mit Lerts brennender Masse. Sie zielten auf die Öffnungen des Kriegsschiffs über dem Ruderdeck und gleich mit der ersten Salve gelang es ihnen, zwei Wurfmaschinen in Brand zu setzen. Achtern brach daraufhin Feuer aus.

Wirklich vorsichtig war der Kriegskapitän aber doch nicht gewesen, denn seine Soldaten waren nicht gefechtsbereit. Nanjas Schützen schleuderten eine zweite Steinsalve und zertrümmerten drei weitere Katapulte, bevor die Sabienne auf dem Kriegsschiff ihre übrig gebliebenen Wurfmaschinen gespannt hatten.

Kriegserfahren war der Kapitän wohl auch nicht. Seine Leute zielten zu hoch, möglicherweise verwirrt durch den Überraschungserfolg von Nanjas Männern. Sie schleuderten nicht nur Steine, sondern auch Eisen, das zu Kugeln gegossen worden war, aber die erste Runde ging weit über die Brigantine hinweg. Allerdings streifte ein Geschoss dabei das Krähennest am Fockmast und der Ausguck stürzte mit einem Schrei aufs Deck. Nanja sah nicht hin; sie wusste auch so, dass er tot war.

Dann hatten sie selber ihre Katapulte wieder einsatzbereit. Bevor die Schützen auf dem Kriegsschiff erneut fertig gespannt hatten, flogen vier weitere Wurfmaschinen auseinander; am Tribok im Heck zerschellten mit Feuer gefüllte Tontöpfe und setzten ihn in Brand. Die umherfliegenden Teile trafen Matrosen und Soldaten und brachten sie zu Boden.

Aber noch war ein gutes Dutzend der Wurfmaschinen übrig und sie schleuderten fast gleichzeitig ihre Ladung auf die Brigantine ab. Und dieses Mal trafen sie. Zuerst brach der Topp des Großmasts ab, dann wurden zwei Deckskatapulte der »Agena« zertrümmert. Gleichzeitig kam von Lert ein durchdringender Schrei: Sie hatten seine Kombüse getroffen. Ein eisernes Geschoss fegte übers Deck und riss eines der Landungsboote mit sich; ein Bündel brennendes Stroh setzte den Laderaum im Heck in Brand. Andere Geschosse trafen den Schiffsbauch knapp über der Wasserlinie.

Khetan fluchte und schwang sich hinunter aufs Deck, um die Löscharbeiten zu organisieren. Nanja blickte Losilva fragend an; sie wollte wissen, wie es unter Deck bei den Schützen aussah.

»Wie es dort unten zugeht, kannst du dir denken.« Ein flüchtiges Lächeln vertrieb die Anspannung aus seinem Gesicht. »Die Elfen sind nahe genug, um den Rauch zu sehen.«

Sie mussten dieses Kriegsschiff so schnell wie möglich versenken. Fluchend wartete Nanja, bis ihre Männer die nächste Salve an Steingeschossen geschleudert hatten. Dann ließ sie die Brigantine querab bringen, um weniger Zielfläche zu bieten, während die Katapulte neu gespannt wurden.

Losilva half mit Wind aus und der nächste Geschosshagel erwischte sie nicht mehr voll. Aber der Fockmast wurde getroffen, brach und stürzte halb ins Meer. Nun waren sie fürs Erste manövrierunfähig. Jeder verfügbare Mann half, den Mast ganz zu kappen. Vom Bug aus schleuderten sie währenddessen zwei weitere Tontöpfe mit Lerts Suppe. Ölig-schwarzer Qualm hing inzwischen über dem Kriegsschiff und begann, denen dort die Sicht zu nehmen.

Sobald der gekappte Teil des Fockmasts unterging, brachte sie die Brigantine für den nächsten Angriff in Position.

Nanjas Schützen und die auf dem Kriegsschiff schleuderten ihre Geschosse gleichzeitig. Einer ihrer Männer schrie im selben Augenblick schmerzvoll auf, als zwei ihrer Steine unter der Wasserlinie des Kriegsschiffs einschlugen. Hoffentlich behielt Losilva recht und es würde schnell sinken.

Aber noch gab es keine Atempause. Die nächste Salve des Gegners schlug auch in die Brigantine ein Leck. Sie schickte einen Teil der Mannschaft an die Pumpen und andere, das Leck abzudichten. Am Horizont tauchten die Masttopps des Elfenschiffs auf. Wenigstens würden sie den Haien entkommen, wenn sie sanken.

Nanjas Schützen ignorierten kaltblütig das Chaos um sich herum und spannten die Katapulte, so schnell sie konnten. Mit der nächsten Salve gelang es ihnen, zwei weitere Katapulte zu zerschmettern und dem Kriegsschiff ein drittes Leck unterhalb der Wasserlinie zu schlagen. Ein Tontopf setzte den Niedergang vom Achterdeck in Brand und das Feuer versperrte den Schiffsoffizieren den Weg hinunter; es blieb ihnen nur der Sprung ins Wasser.

Noch bevor Nanja sicher war, dass ihre Augen sie nicht täuschten, kam die Bestätigung von Losilva: »Sie sinken.«

Die »Agena« hatte am Fockmast jetzt nur noch die Fock und die Marssegel, aber das Hochsegel am Großmast sicherte ihnen immer noch die nötige Wendigkeit. Losilva sorgte mit Wind dafür, dass sie außer Reichweite des Kriegsschiffs gelangten, bevor dessen Besatzung einen letzten Angriff starten konnte. Den schiffbrüchigen Soldaten schadete es nicht, ein paar Stunden zu baden. So schnell kamen die Haie hier nicht.

Sie schlugen einen Bogen und näherten sich dem Handelsschiff von Osten, während die Elfen ihm die Flucht zum Festland versperrten. Das es allerdings ohne Wind eh nicht erreichen konnte.

Langsam glitt die »Agena« in Stellung, während die Seefahrer die Arbeit am Leck beendeten. Auch das Handelsschiff setzte Segel, obwohl der Kapitän doch merken musste, dass die Brise, die die Brigantine vorantrieb, sein Schiff nicht erfasste. Er versuchte zu halsen, um den Bugtribok in Angriffsposition zu bringen, aber Nanja war dank Losilvas Hilfe trotz aller Schäden wendiger und wich aus. Der Händler versuchte es erneut, aber vergeblich. Der Wind, der zwangsläufig nun auch sein Schiff erreichte, füllte kaum die Toppsegel.

Nanja brannte vor Ungeduld, aber das Katz-und-Maus-Spiel brachte ihrer Besatzung die dringend nötige Atempause. Sie versorgten die Verletzten und Khetan gelang es derweilen, das Feuer im Heck zu löschen.

Vom Norden näherte sich das Elfenschiff. Allerdings war es unbewaffnet und bedeutete für den Augenblick nur moralische Unterstützung. Das immerhin gelang gut: Nach einem Augenblick nervöser Unruhe angesichts des fremden Schiffs erkannte einer an den Lateinersegeln, dass es eine Schebecke war, wie die Elfen sie segelten. Die Besatzung brach in Freudenrufe aus; viele winkten Losilva begeistert zu.

Ein enormer Knall lenkte Nanjas Aufmerksamkeit zurück auf das Kriegsschiff; es war explodiert. Von der Stelle, wo die Trümmer schwammen, breitete sich das Feuer immer weiter über das Meer aus. Wer von den Sabienne nicht lange genug tauchen konnte, würde in den Flammen umkommen. Es war eine grausame Waffe, aber gegen dieses Schiff hatte sie keine Wahl gehabt. Sitaki gab ein zufriedenes Grunzen von sich. »Und jetzt beenden wir das Drama!«

Losilva fasste ihn am Arm. »Was glaubst du, was passiert, wenn ihr die Brigg entert?«

Sitaki winkte ab. »Vorher werden sie sich ergeben. Sie haben doch gesehen, dass wir sogar das Kriegsschiff versenkt haben.«

»Aber sie sehen auch, dass die ‚Agena' schwer beschädigt ist. Wir warten auf die Elfen.« Nanja deutete zur Schebecke. Sie sollte doch zu etwas gut sein. »Sie werden einen Weg finden, Ron zu schützen.«

Sitaki schnaubte verächtlich. »Sie sind nicht einmal bewaffnet.«

In Losilvas Gesicht zuckte ein Muskel. Sitakis Äußerung war nachgerade beleidigend; und seine Gedanken vermutlich noch viel mehr. Aber kein Elf äußerte sich je zu dem Vorwurf, er ginge einem Kampf aus dem Weg. »Wartet trotzdem noch. Die Elfen schwimmen hinüber und werden ungesehen an Bord klettern, während ihr den Händler mit einem Angriff ablenkt.«

Sitakis Augen weiteten sich überrascht. »Wenn das gelänge, dann allerdings ...« Er nahm die Pfeife aus dem Mund.

Das Lächeln auf Losilvas Gesicht besagte, dass Sitaki wenigstens in Gedanken die Hilfe der Elfen anerkannte.

Nanja spielte noch eine Runde Katz und Maus mit dem Händler, ehe sie einen Stein schleudern ließ. Er zerfetzte das Großsegel der Brigg. Dann setzten sie ihm einen mit Lerts Feuer gefüllten Tonkrug vor den Bug. Als es im Wasser nicht erlosch, musste dem Handelskapitän klar sein, dass sie über die legendäre Waffe der Magie-Kriege verfügten. Sitaki ließ ihm signalisieren beizudrehen. Dieses Schiff durften sie nicht versenken; Ron konnte nicht schwimmen.

Neben dem Kapitän tauchte auf dem Achterdeck ein schwarz gekleideter Mann mit einem bombastischen federgeschmückten Hut auf: Falls er dieser Lord Jordan war, dessen Farben am Bugspriet wehten, würde er versuchen, den Kapitän am Aufgeben zu hindern.

Ein Matrose stellte sich mit Signalflaggen an die Reling. Er forderte sie auf, sich zurückzuziehen. Nanja ließ dem Händler als Antwort einen weiteren Tonkrug vor den Bug schleudern.

Daraufhin signalisierte der Matrose: »Wir haben einen Gefangenen.« Der Händler ließ sein Deckskatapult spannen; er hatte es mit dem Tribok wohl aufgegeben.

»Das wissen wir«, knurrte Nanja mit zusammengekniffenen Augen. Sie wendete und ließ ihm erneut einen Tontopf vor den Bug schleudern. »Wo sind die Elfen?« Sitaki zuliebe sprach sie laut.

»Sie haben das Schiff gleich erreicht.«

»Sind sie die ganze Strecke getaucht?«, fragte Sitaki. – »Dumme Frage, ja«, sagte er auf Losilvas Lächeln.

Gleich darauf fauchte eine schwere eiserne Kugel heran und riss einen von Lerts Kesseln um, der noch zu einem Viertel mit heißer Masse gefüllt war. Mitsamt der Kugel durchbrach er das Schanzkleid und landete im Meer. Der Kontakt mit dem Wasser entzündete das Gemisch und brachte den Kessel zur Explosion. Lert und Khetan schütteten hastig eimerweise Urin gegen die Schiffswand, um zu verhindern, dass Funken sie in Brand setzten.

Nanja fluchte. Sie mussten diesen Kampf zu einem Ende bringen und darauf vertrauen, dass die Elfen Ron schützten. Sie zögerte nicht länger und schickte sich nach einer weiteren Halse an, längsseits zu gehen.

Der Schwarzgekleidete und der Handelskapitän schienen zu streiten. Dann ließen sie einen Menschen an Deck bringen. Ron. Man hatte ihm einen groben Sack über den Kopf gezogen. Trotzdem wusste er natürlich, dass sie da waren. Der Gefechtslärm war unüberhörbar.

»Dreckskerl«, murmelte Sitaki.

Sie banden Ron mit dem Rücken zu ihnen an den Fockmast. Er drehte den Kopf zur Seite, aber durch das Sacktuch würde er kaum etwas sehen. Die Sabienne rissen ihm das Hemd herunter, dann ließen zwei Matrosen lange Peitschen über seinen Rücken pfeifen. Die ersten Schläge ertrug er lautlos; dann drangen seine Schmerzensschreie bis zu ihnen.

»Sackratten, verfluchte!« Die Seefahrer brüllten ihre Wut zu den Sabienne hinüber.

Der Kapitän forderte sie erneut auf, sich zu ergeben.

»Er wird ihn totschlagen!« Khetan klang verzweifelt; in seinen Augen brannte der Zorn.

Nanja ließ die Brigantine noch einmal am Handelsschiff vorbeisegeln, um den Elfen mehr Zeit zu geben. Sie schlugen Ron weiter, aber noch musste sie diesen Anblick ertragen.

»Wo sind die Elfen jetzt?«, fragte sie dann Losilva.

»An Bord.«

Sie ballte die Fäuste. »Hisst ein weißes Tuch!«

Khetan sah sie an, als habe sie den Verstand verloren, und die gesamte Mannschaft protestierte lauthals.

Sie hieb mit beiden Fäusten auf das Ruder. »Es wird ihnen nicht reichen, dass wir verschwinden. Sie schlagen ihn tot, wenn sie nicht ganz schnell die weiße Fahne sehen.«

Zwei Männer spuckten vor ihr aus; sie war wohl sehr überzeugend gewesen. Sitaki gehorchte dennoch. Das Triumphgeheul, das daraufhin vom Handelsschiff zu ihnen herüberdrang, ließ sie einmal mehr wünschen, Ron könne wie ein richtiger Elf Gedanken sehen und wüsste, dass sie ihn nicht aufgaben.

Losilva tippte ihr auf die Schulter. Als sie sich zu ihm umwandte, hatte er ein Lächeln im Gesicht. »Ich habe es ihm gesagt.«

Zufrieden stellte sie fest, dass die gesamte Besatzung des Händlers an der Reling zu stehen schien und ihre Manöver beobachtete. Niemand achtete mehr auf Ron.

An Deck des Handelsschiffs gab es im Rücken der Matrosen verstohlene Bewegungen.

»Sie sind bei ihm«, hatte sie dann Losilvas Gedanken in ihrem Kopf.

Nanja blickte zu ihren empörten Männern hinunter und kommandierte halblaut: »Fertigmachen zum Rammen.«

Es war ein großes Risiko. Die »Agena« besaß keinen Rammsporn und mangels Ruderern hatten sie nur den Wind, um sie zurückzutreiben. Aber eben, weil die »Agena« nicht dafür gerüstet war, erwartete der Händler nichts dergleichen.

In vielen Augen leuchtete Begreifen auf, aber noch bewegte sich keiner. Sie wussten alle, dass sie ihre Absicht nicht vorzeitig verraten durften.

»Gib mir passenden Wind.« Sitaki zuliebe sprach sie ihre Bitte laut aus. Eine lange Bö von der Seite beschleunigte die Wende und brachte sie querab zum Händler. Jeder suchte sich einen Halt. Dann jagte ein Windstoß die Brigantine mit hoher Geschwindigkeit auf das Handelsschiff zu und gleich darauf knirschte Holz auf Holz. Die »Agena« bohrte sich achtern in die Brigg. Das Handelsschiff neigte sich durch den Aufprall zur Seite. Im gleichen Augenblick sprangen zwei Elfen aus ihrer Deckung hinter einem Landungsboot und stellten sich schützend vor Ron.

Die Wucht des Aufpralls riss die überraschten Sabienne von den Füßen. Ehe sie wieder standen, sprangen Nanjas Männer an Bord. Ihre Wut über die Misshandlung von Ron entlud sich in einem Gemetzel ohne Gnade. Und Nanja dachte nicht einen Augenblick daran, ihnen Einhalt zu gebieten.

Losilva rief eine mächtige Bö, um die Brigantine zurückzutreiben. Aber es reichte nicht aus: Die »Agena« hatte sich so tief in den Bauch der Brigg gebohrt, dass sie unrettbar feststeckte. Sie würde mit in die Tiefe gerissen werden.

Nanja sprang aufs Deck des Handelsschiffs und zog ihren Dolch. Sie schwang ihn nach rechts und links, während sie sich einen Weg durch die Kämpfenden bahnte.

Der Kapitän stand vor der geöffneten Kajütentür des Achterkastells, neben ihm der Schwarzgekleidete und ein weiterer Mann, alle drei mit Rapieren bewaffnet. Im Innern der Kajüte bewegte sich ein in Rot gekleideter Passagier: die Frau, die sie in Kruschar gesehen hatte?

Doch bevor Nanja den Kapitän erreichte, neigte sich das Schiff weiter; das Deck geriet in eine gefährliche Schräglage. Die ersten Männer, die nahe der Reling kämpften und keinen Halt mehr fanden, rutschten ins Wasser.

Damit hatte sich die Frage der Übergabe erledigt. Sie mussten von Deck, ehe der Sog der untergehenden Schiffe sie alle in die Tiefe riss. Die Schebecke der Elfen kreuzte inzwischen in beruhigender Nähe und außer Ron konnten alle schwimmen. Nanja lief zum Fockmast.

Die Elfen hatten Rons Fesseln durchgeschnitten und deckten ihn vor etwaigen Angreifern. Aber die Festländer fürchteten die Magie der Elfen und niemand wagte sich in ihre Nähe. Er lehnte am Mast und hielt sich an der untersten Rah fest.

»Das wird dir zur Gewohnheit, Kaptänin.« Er hatte seine schöne Stimme heiser geschrien. Was er seit seiner Flucht aus Thannes Lane erlitten hatte, war gewiss schlimmer als alles zuvor. Ob er seine Entscheidung schon einmal bedauert hatte?

»Wir sinken. Komm.« Sie dachte an die Nacht in Kruschar zurück. »Diesmal musst du springen.«

»Ich habe wohl keine Wahl.« Er ergriff ihre ausgestreckte Hand.

»Du hast keine Wahl.«

»Mir scheint, auch das wird dir zur Gewohnheit.« Er lächelte tatsächlich.

Sie hangelten sich an der Rah entlang bis zur Reling, während die Elfen sie deckten. Mit ihren Messern wehrten sie die Angriffe zweier Matrosen ab. Den friedliebenden Elfen musste es ein Gräuel sein.

An der Reling setzte Ron sich auf den Decksboden und ließ sich gleichzeitig mit den Elfen in die See fallen. Er ging sofort unter, aber die Elfen tauchten hinterher und holten ihn wieder hoch.

Nun konnte sie mit ihren Seefahrern von Bord, bevor die Schiffe untergingen.

Bald darauf stand Nanja an Deck des Elfenschiffs und sah ihrer sterbenden Brigantine beim Versinken zu. Sie hatte Ron einmal gesagt, mit Margoros Perlen könne sie sich drei solcher Schiffe kaufen. Aber der Anblick schnürte ihr trotzdem die Kehle zu. Mit der »Agena« versank manches, was ihr wichtig gewesen war: Aufzeichnungen ihrer Mutter, die Seekarten des Vaters ...

Die Elfen fischten die Schiffbrüchigen auf, ohne zwischen Nanjas Seefahrern und den Festländern zu unterscheiden. Nanja drängte sich auf dem überfüllten Deck durch die Geretteten hindurch und suchte Ron.

Aus einer Gruppe Festländer, zu denen auch eine Frau in einem durchsichtigen roten Kleid gehörte, trat ihr der Schwarzgekleidete in den Weg. »Ich kenne Euch!« Mit grimmiger Miene wies er auf die Trümmer, die im Meer schwammen. »Damit habt Ihr den Schutz Eures Kaperbriefs verloren.« Na so was! In Thannes Lane konnte sie sich nach dem Diebstahl der Pferde eh nicht blicken lassen.

Sie musterte ihn abschätzig von oben bis unten. »Ihr lebt. Das ist mehr als Ihr meinem Seemann zugestehen wolltet.«

»Ich verlange, dass Ihr mich und meine Begleiter an Land bringt.« So, wie er sich aufplusterte, war er gewiss der Lord von Haus Thalis. Dann war die Frau in dem roten Fetzen vermutlich seine Hure.

»Die Elfen werden euch nicht ins Meer werfen, nachdem sie euch gerade aufgefischt haben.« Aber sie würden gewiss nicht riskieren, einen Hafen auf dem Festland anzulaufen.

Ron lag im Bug auf dem Boden, umringt von ihren Männern. Sein Rücken war eine einzige, große Wunde. Er hatte ein Stück Holz zwischen den Zähnen und ächzte unter den Berührungen des Elfs, der seine Verletzungen versorgte.

Sie kniete sich neben die beiden und sah einen Moment zu. »Keine Magie?«, fragte sie leise.

Ron schüttelte den Kopf, als sei er ein Festländer, der sich vor Zauberei fürchtete.

Losilva und der Elfenkapitän kamen zu ihnen. »Wohin sollen wir euch bringen?«

Sie blickte in Rons schmerzgepeinigte Augen. In Kruschar konnten sie sich beide nicht blicken lassen. »Nach Gemona.« Sein Lächeln stimmte ihr zu.

Ein Seefahrer nach dem anderen nickte. Sie würden alle mit ihr gehen. Auf Gemona hatte es angefangen. Dort würden sie bleiben, bis die Elfen die überlebenden Sabienne in Kruschar abgesetzt hatten und sie nach Hause auf die Schwimmenden Inseln bringen konnten.

Sie schlugen ihr Lager in der gleichen Klamm auf wie vor dem Herbstfest. Auf der Geröllhalde hatten sich die ersten Pflanzen angesiedelt und die Bäume, unter denen Ron begraben gewesen war, moderten in der Feuchtigkeit eines regenreichen Winters.

Am Abend fand Nanja Ron auf der Klippe, auf der sie die Pferde ausgeladen hatten. Wortlos setzte sie sich neben ihn. Sie hätte ihn gerne gefragt, was er plante. Er war kein Seefahrer: Würde er wirklich wieder mit ihr segeln oder sich auf den Schwimmenden Inseln niederlassen?

Als die Sonne den Horizont berührte, legte er sanft eine Hand auf ihre Schulter. Nanja schrak mit einer heftigen Bewegung aus ihren Gedanken auf. Sofort ließ er sie los und stand auf. Das hatte sie nicht gewollt.

»Verzeih, Kapitänin.« Rons Stimme versagte und er ging mit gesenktem Kopf davon. Niemals zuvor hatte er sich gebeugt; jetzt gab er sich geschlagen? Nanja brach das Herz für ihn.

»Warte«, bat sie leise. Doch er ging weiter.

»Bleib stehen«, rief sie in dem harten Tonfall, in dem sie an Bord ihre Befehle erteilte, und sprang auf.

Er erstarrte. Aber er drehte sich nicht um. Auch dann nicht, als sich ein Stein unter Nanjas Fuß löste und ihm verriet, dass sie dicht hinter ihm stand.

Sie fasste ihn am Arm und zog ihn zu sich herum.

Sein Blick blieb düster. Er hob eine Hand, als wolle er sie nach ihr ausstrecken, beendete die Bewegung aber nicht. Sie nahm seine Hand und legte sie an ihre Wange.

»Ich will dich.« Ihre Stimme schwankte.

»Nein«, antwortete er, »das ist nicht wahr.«

»Doch!« Ihr Widerspruch war so heftig, dass auf seinem Gesicht ein kleines Lächeln auftauchte.

Sie ging einen Schritt näher und hob ihr Gesicht zu ihm empor. Mit einem Finger zeichnete er ihre Lippen nach. Dann zog er sie sacht an sich und diesmal lehnte sie sich in seine Berührung.

»Nein, du willst es nicht wirklich«, flüsterte er in ihr Haar. Sie wussten beide, dass er recht hatte. »Nicht jetzt.« Er strich sanft über ihren Rücken. »Eines Tages vielleicht.«

Sie lehnte sich so weit zurück, dass sie ihn ansehen konnte. »Ich liebe dich, Ron.«

Da erschien endlich das vertraute Leuchten in seinen Augen.

ENDE

Wenn Ihnen dieser Roman gefallen hat, empfehlen Sie ihn bitte weiter.
Empfehlungen und Rezensionen helfen anderen, lesenswerte Bücher zu finden.

Abonnieren Sie meinen Newsletter unter http://eepurl.com/Ub86, wenn sie an kostenlosem Lesestoff und Informationen über Neuerscheinungen interessiert sind.

Karte der Dracheninsel

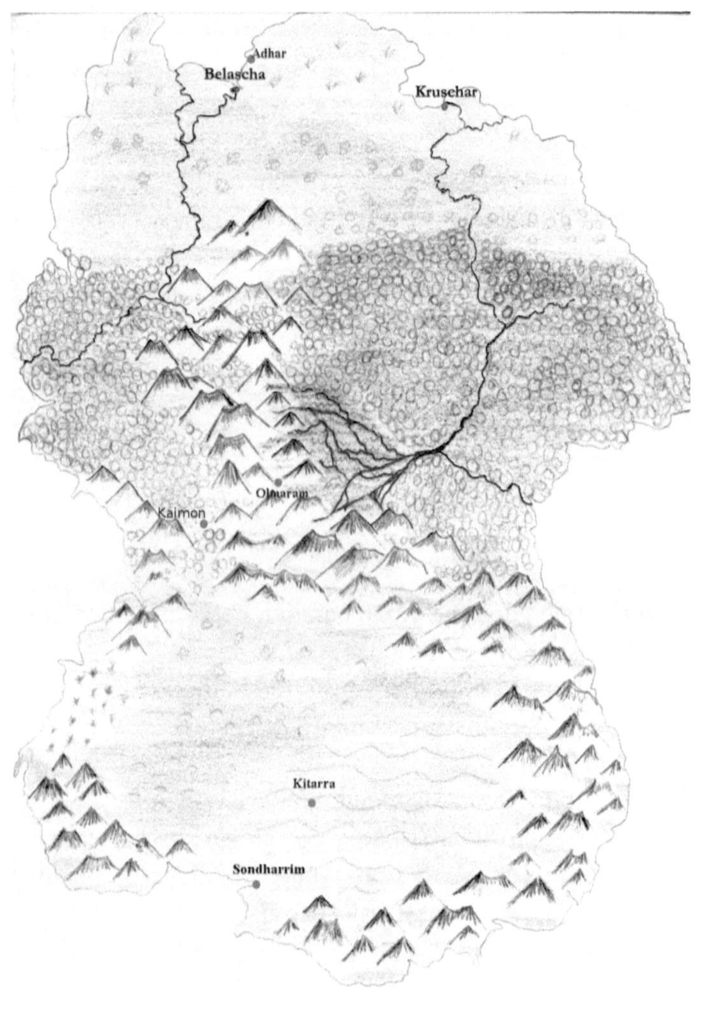

Glossar

Achterdeck – ist ein erhöhtes Deck im hinteren Teil eines Schiffes, bei Segelschiffen hinter dem Großmast.

Agena – Name eines Stern in der Konstellation des Centauren, besser bekannt als Beta Centauri.

Nanjas Vater hat die Brigantine ihr zu Ehren nach dem Stern benannt.

Arciere – Bezeichnung für die Bogenschützen der Stadtwache von Kruschar. Italienisches Wort

Backbord – bezeichnet, vom Heck (hinten) zum Bug (vorne) gesehen, die linke Seite eines Schiffs.

Bootsmann – In der frühen Seeschifffahrt waren die Bootsmänner verantwortlich für die Wartung und Instandhaltung der technischen Ausrüstung des Schiffs, insbesondere von Segeln, Tauwerk und Anker. Er war dem Kapitän oder dem Steuermann unterstellt und befehligte die Decksmannschaften.

Brigantine – Segelschiff mit zwei Masten. Der vordere ist der Fockmast, der hintere der Großmast. Am Fockmast führt eine Brigantine Rahsegel; am Großmast führt sie teilweise oder ausschließlich Schratsegel.

Nanjas Brigantine führt nur Schratsegel. Sie kann dank der Schratsegel »höher am Wind« segeln als ein Schiff, das nur Rahsegel hat, das heißt, sie kann besser »schräg gegen den Wind« segeln. Damit ist sie bei seitlichem Wind schneller als ein Rahsegler, der darauf angewiesen ist, dass der Wind von hinten schiebt, und sie hat es leichter beim Manövrieren.

In der Geschichte der Seefahrt waren Brigantinen daher beliebt unter Piraten, für Spionage und als Begleitschutz.

Brigg – Zweimastschiff mit Rahtakelung an beiden Masten.

Bugspriet – Der Bugspriet ist ein fest mit dem Rumpf eines Segelschiffes verbundenes, starkes Rundholz (Spiere genannt) und ragt meist zentral in spitzem Winkel über den Bug hinaus.

Cavalla – nennen die Festländer die weiblichen Pferde. Italienisches Wort

Davit – kranähnliche, schwenkbare Vorrichtung an einem Schiff, um Lasten zu laden oder entladen.
Die ersten Davits gab es auf Großseglern, am Vorschiff angebracht, um den Anker zu setzen.

Dippen – Gruß zwischen Schiffen, bei dem die Flagge halb herunter geholt wird.

Fallreep – an der Bordwand eines Schiffes herablassbare Treppe zum Betreten (oder Verlassen) eines Schiffes, besonders von einem Boot aus.

Fleute – dreimastiges, rahgetakeltes Handelsschiff mit großer Ladefähigkeit und geringem Tiefgang. Fleuten wurden ab Ende des 16. Jahrhunderts in den Niederlanden gebaut.

Fock – (oder Vorsegel) das unterste rechteckige Rahsegel am Fockmast

Fockmast – der vorderste Mast auf Segelschiffen

Freiwache – bezeichnet die Zeit zwischen zwei Wachen, aber auch die Besatzungsmitglieder selber, die Freizeit haben

»Gläserne« Waffen – sind nicht aus Glas, sondern aus Obsidian. Der Dracheninsel fehlt es an metallischen Bodenschätzen (oder sie wurden bislang noch nicht entdeckt?); darum wurde dies die dortige Alternative: Bei Vulkanausbrüchen geschmolzenes Magma (Lava) mit geringem Wassergehalt erstarrt bei rascher Abkühlung zu farbigem, hartem Gesteinsglas – Obsidian.

Bis zur frühen Neuzeit benutzten die indianischen Völker Mittelamerikas Obsidianschwerter.

»Griechisches Feuer« – In der Seeschlacht im letzten Kapitel lässt Nanja ihren Koch eine Brandwaffe zusammenrühren. Eine solche Mischung ist historisch als »Griechisches Feuer« oder »flüssiges Feuer« bekannt. Bis heute unbekannt ist allerdings die genaue Zusammensetzung.

Das »Griechische Feuer« wurde ab dem 7. Jahrhundert im byzantinischen Reich vor allem bei Seeschlachten eingesetzt. Mit einem Siphon, einer Art Flammenwerfer, wurde die brennende Flüssigkeit auf die gegnerischen Schiffe gesprüht. Das Gerät bestand aus Bronze, die Zuleitung aus dem Kessel mit der erhitzten Masse vermutlich aus Kupfer, und es hatte wahrscheinlich einen Pump- oder Drehmechanismus.

Der Hauptbestandteil des Gemischs war Erdöl oder Asphalt: Diese Stoffe traten im byzantinischen Reich in der Nähe des Schwarzen Meeres an der Erdoberfläche auf. Weitere Bestandteile waren Baumharz, Schwefel und in späteren Jahrhunderten möglicherweise auch Salpeter. Unter Historikern wird auch der Einsatz von Kalk diskutiert. Ungebrannter Kalk könnte der Grund für die in Quellen geschilderten Explosionen sein, weil ungebrannter Kalk in Kontakt mit Wasser Hitze entwickelt.

Es war eine der gefürchtetsten Waffen des Altertums und schon der Anblick des Siphons konnte manchen Gegner zur Aufgabe bringen, denn sogar auf dem Wasser verlosch die klebrige Masse nicht. Angeblich ließen sich die Flammen nur mit Essig, Sand und Urin bekämpfen. Versuche, sie zu kopieren, brachten nie die gleiche Wirksamkeit. Mit dem Untergang des byzantinischen Reichs ging die Rezeptur verloren.

Das »Griechische Feuer« wurde vorwiegend in Seeschlachten eingesetzt. Es gab aber auch tragbare Siphons, sodass prinzipiell der Einsatz an Land möglich war.

Großmast – bei Zweimastern der größte Mast: bei der Brigantine der hintere, bei der Ketsch der vordere. Bei Großseglern mit drei und mehr Masten heißt immer der zweite »Großmast«, selbst wenn er nicht der größte ist.

Großsegel – Bei rahgetakelten Schiffen, wie den Briggs der Sabienne, das unterste Segel am Großmast.

Halse, halsen – Kursänderung, bei der das Schiff mit dem Heck durch den Wind geht (im Gegensatz zur Wende, bei der das Schiff mit dem Bug durch den Wind geht).

Hochseebewohner – Bewohner der »Schwimmenden Inseln«

Hochsegel – dreieckiges Schratsegel. Es hat sich aus dem viereckigen Gaffelsegel (ebenfalls ein Schratsegel) entwickelt und ist diesem überlegen, weil es aerodynamische Vorteile hat und einfacher zu bedienen ist.

Kaperbrief – von einer Regierung ausgestelltes Dokument für Privatleute, der es ihnen gestattete, im Namen und im Auftrag des ausstellenden Staates feindliche Schiffe aufzubringen. Sie hatten einen Teil der Beute an den Staat abzugeben und standen dafür unter dessen Schutz. Bis ins 19. Jahrhundert waren Kaperfahrten ein akzeptierter Teil der Seekriegsführung. Kaperbriefe wurden insbesondere dann ausgestellt, wenn Staaten kurzfristig ihre Seemacht verstärken wollten oder schlicht Geld brauchten.

Katapult – eine große, nicht tragbare Fernwaffe, die Geschosse mittels Beschleunigung über große Entfernungen schleudern kann. In der Antike wurden nur Wurfmaschinen für Steine so genannt; später galt der Begriff für alle Arten von Geschossen.

In der Seeschlacht zwischen Nanja und den Sabienne werden damit auch Brandgeschosse geschleudert. Die Sa-

bienne schleudern zudem eiserne Kugeln, die die Festländer im Gegensatz zu den Hochseebewohnern und den
Bewohnern der Dracheninsel herstellen können: die Vorläufer von Kanonenkugeln.

Ketsch – kleiner Zweimaster, meist mit Schratsegeln an
beiden Masten. Die historische Ketsch wurde ab Mitte
des 17. Jahrhunderts für die Fischerei und Küstenschiff-
fahrt entwickelt. Sie ist daher das ideale Schiff für die
Küstenkapitäne der Dracheninsel.

Krähennest – zu einem Mastkorb umgebaute Plattform,
die als Ausguck benutzt wird.

Kreuzmast – bei Dreimastschiffen der hinterste Mast (im
Heck)

Lateinsegel oder **Lateinersegel** – dreieckiges Schratsegel, das an einer mittig am Mast befestigten Rute (ein
Rundholz) angeschlagen ist

Marssegel – das zweitunterste Segel am Fockmast (oder
anderen rahgetakelten Masten), im Laufe der Zeit in Un-
termarssegel und Obermarssegel geteilt, damit die Segel
einfacher zu handhaben sind.

Oktant – nautisches Gerät zur Messung von Winkeln, ursprünglich ein großes Holzinstrument.

Palindrom – eine Zeichenkette, die vorwärts wie rückwärts gelesen identisch ist. (Z.B. »Reittier«, »Anna«) Es
gibt Wort-, Zahlen- und Satzpalindrome. Musik-Palindro-

me sind Musikstücke, die sich, vorwärts wie rückwärts gespielt, (wegen des Verklingens von Tönen nur nahezu) gleich anhören. (Zum Beispiel Joseph Haydns Symphonie Nr. 47 in G-Dur.)

Parierstange – Querstück zwischen Griff und Klinge eines Schwertes oder Messers zum Schutz der eigenen Hand.

Rah – Rahen sind Spieren bzw. Rundstangen, die quer zur Fahrtrichtung am Mast angebracht sind, und meist aus Rundholz bestehen. Die Rahen von historischen Großseglern konnten mehr als die doppelte Breite des Schiffsrumpfes haben.

Rahsegel – zumeist rechteckiges oder trapezförmiges Segel, das an einer Rah geführt wird. Der Vorteil des Rahsegels ist, dass es in nahezu beliebiger Anzahl auf einem Schiff gefahren werden kann, da es mehrfach übereinander an einem Mast und an vielen Masten hintereinander angebracht werden kann. Der größte Nachteil der Rahsegel ist, dass damit nicht so hoch am Wind gesegelt werden kann wie mit Schratsegeln: Für den Vortrieb ist es darauf angewiesen, dass der Wind von hinten kommt. Ein weiterer Nachteil des Rahsegels ist der hohe Personalbedarf beim Setzen und Reffen.

rahbesegelt – heißen demnach die Masten, die mit Rahsegeln bestückt sind.

Rammsporn – Verlängerung am Bug eines Kriegsschiffs. Sein Zweck ist es, ein gegnerisches Schiff unterhalb der Wasserlinie zu rammen, durch die Planken zu brechen und auf diese Weise zu versenken oder zumindest manövrierunfähig zu machen. Seit mindestens Mitte des 8. Jahrhunderts v.u.Z. in Gebrauch. Über mehrere Jahrhunderte waren Rammsporne die wesentliche Waffe im Seekrieg.

Antike mediterrane Kriegsschiffe hatten in der Regel Ruderer und die brauchte es für präzise und schnelle Manöver mit einem Rammsporn. Vor allem musste das rammende Schiff sofort in eine Rückwärtsbewegung gebracht werden, damit es sich vom angegriffenen Schiff lösen konnte und nicht mit ihm versank.

Nanjas Brigantine hat aber keinen Rammsporn, sondern steuert mit dem gesamten Schiffskörper in die Brigg der Sabienne. Und da sie auch keine Ruderer hat, fehlt der »Agena« die Energie, sich zu lösen.

Rapier – seit dem frühen 16. Jahrhundert im europäischen Raum verbreitete Stich- und Hiebwaffe. Das im Vergleich zu vorangegangenen Schwerttypen leichtere Rapier entstand zu einer Zeit, als das Tragen voller Rüstungen mit dem Aufkommen der Feuerwaffen abnahm. Es hat eine zweischneidige, gerade Klinge mit einem sehr spitzen Ort, schlanker und länger als frühere Schwerter. Die einfache Parierstange wurde mit einem Korb zum Schutz der Hand ergänzt.

Riemen – Antriebsgerät von Schiffen, die gerudert werden; daher »un-seemännisch« als Ruder oder Paddel bezeichnet.

Ruder – dient der Richtungsänderung von Schiffen, also zum Steuern.

Der für Landratten etwas verwirrende Sprachgebrauch von Riemen und Ruder liegt daran, dass die begriffliche Unterscheidung zwischen Riemen und Ruder historisch jung ist. »Gesteuert« wurden Schiffe einstmals – in der Antike z.B. – über einen besonders großen Riemen.

Schebecke – Vorläufer der Karavelle, die anfangs komplett lateinbesegelt war (s. Lateinersegel)

Schanzkleid – die über das Oberdeck hochgezogene geschlossene Bordwand (anstelle einer offenen Reling). Es hatte im Segelkriegsschiffzeitalter eine taktische Schutzfunktion im Gefecht mit anderen Schiffen.

Schratsegel – Sammelbegriff für alle Segel, die in Ruhestellung in Richtung der Schiffslängsachse gesetzt werden. Schratsegel sind meist dreieckig (Hochsegel), früher auch viereckig (Gaffelsegel).

Schratgetakelte Schiffe sind leichter zu wenden als rahgetakelte und können höher am Wind segeln, weil die Segel passend zur Windrichtung gedreht werden können.

Stallone – Bezeichnung der Festländer für männliche Pferde. Italienisches Wort.

Stelling – Laufplanke in der Seefahrt

Steuerbord – Die in Fahrtrichtung gesehen rechte Seite wird mit Steuerbord bezeichnet, weil das Ruder früher auf der rechten Seite der Schiffe gelegen war.

Toppsegel – das Segel, das im Masttopp (an der Spitze) gefahren wird.

Tribok – (auch Blide genannt) eine Unterform des Katapults. Der Tribok funktioniert nach dem Hebelarmprinzip, bei dem ein Gegengewicht auf der kurzen Armseite für die notwendige Beschleunigung der langen Armseite sorgt. Zusätzlich ist am Ende der langen Armseite eine Schlinge angebracht, in der sich das Geschoss befindet. Die Rotation des Wurfarmes und der Schlinge sorgen für eine starke Beschleunigung des Geschosses. Die Wurfweite wurde durch Verändern der Schlingenlänge oder des Gegengewichtes justiert. Die Flugbahn ließ sich durch unterschiedliche Einstellungen des Abwurfwinkels vorwählen. Im Mittelmeerraum gab es diese Waffe (längs eingebaut) auch auf Schiffen, wobei das Gegengewicht durch eine Öffnung im Deck bis fast zum Kiel herunterschwang.

Wahrscheinlich handelt es sich um eine byzantinische Entwicklung, die ab 1200 in Europa von Kreuzfahrern und Arabern übernommen wurde.

Vorsteven – Die Steven sind Bestandteile des »Gerüstes« des Schiffsrumpfes. Sie stellen die nach oben gezogene Verlängerung des Kiels eines Schiffes oder Bootes dar. Der Vor- oder Vordersteven bildet den vorderen Abschluss des Schiffsrumpfes.

Über die Autorin

Annemarie Nikolaus, gebürtige Hessin, hat zwanzig Jahre in Norditalien gelebt. 2010 ist sie mit ihrer Tochter in die Auvergne in Frankreich gezogen.

Anfang 2001 hat sie mit dem literarischen Schreiben begonnen. 2005 ist ihr erster Roman erschienen. Mittlerweile veröffentlicht sie verlagsunabhängig. Qindie-Autorin.

Sie hat Psychologie, Publizistik, Politik und Geschichte studiert und war u.a. als Psychotherapeutin, Politikberaterin, Journalistin, Lektorin und Übersetzerin tätig.

Sie können ihre Arbeit auf Patreon unterstützen: www.patreon.com/AnnemarieNikolaus

Wenn Sie ihren Newsletter abonnieren, erhalten Sie Informationen über Neuerscheinungen.
http://eepurl.com/Ub86b

Die Biografie im Wikipedia: http://bit.ly/r0mwoC
Blog: http://annes-werke.blogspot.fr/
Facebook: http://on.fb.me/JLAN6J
Twitter: http://twitter.com/AnneNikolaus

***

Veröffentlichungen

Romane und Erzählungen:

Königliche Republik. Historischer Roman. ISBN
9782902412471

Bitterer Wein. Reihe »Médoc« Kriminalroman. ISBN
9782493398017

Haus zu verkaufen. Familiendrama. ISBN
9782902412983

Magische Geschichten. Kurzgeschichten für Kinder.
ISBN 9782902412488

Die Piratin. Fantasy-Roman. Reihe »*Drachenwelt*«.
ISBN 9782902412495

Das Feuerpferd. Fantasy-Roman. ISBN
9782902412501

Die Enkelin. Liebesroman. Reihe »*Quick, quick, slow –
Tanzclub Lietzensee*«. ISBN 9782902412518

Flirt mit einem Star. Liebesroman. Reihe »*Quick, quick,
slow – Tanzclub Lietzensee*«. ISBN 9782902412532

Zurück aufs Parkett. Eheroman. Reihe »*Quick, quick,
slow – Tanzclub Lietzensee*«. ISBN 9782902412525

Verjährt. Historische Krimi-Kurzgeschichten. ISBN
978-9782902412549

Ustica. Ein Mini-Thriller. ISBN 9782902412556 TB mit Gutschein für das E-Book.

Tot. Krimi-Kurzgeschichten. ISBN 9782902412587

Leuchtende Hoffnung – Adventskalender. Bebilderter Science Fiction-Roman. ISBN 9782902412563

Sachbücher:

Aquitanien: Das Ende eines Krieges. Reihe »*Am Rande des Weges* ...« ISBN 9782902412570

Suche Reisebegleitung. Reihe »*Fliegende Blätter*« ISBN 9781499608427.

Junge Welten. Reihe Reihe »*Fliegende Blätter*« ISBN 9781500971991